Imitación de Guatemala

Rodrigo Rey Rosa

Imitación de Guatemala

Santillana Ediciones Generales, S.A. de C.V.
Av. Río Mixcoac 274, Col. Acacias
México, D.F., C.P. 03240, México
Teléfono 5420-7530

Primera edición: mayo de 2014

ISBN: 978-607-11-3330-4

Impreso en México

Índice

Releerse a sí mismo no es necesariamente una experiencia agradable, aunque puede ser instructiva. No he corregido los textos más allá de lo gramatical y la eliminación de algunas líneas superfluas. No acometí ningún agregado; suprimí las dedicatorias. La tendencia a la llamada *autoficción* es gradual y un poco alarmante. La proliferación de rasgos autobiográficos puede resultar caprichosa; escribirlos se me hizo tan natural como necesario.

Que me maten si... es mi primera incursión en la ficción política —hecha el año en que volví a instalarme en Guatemala, después de catorce o quince años de vivir en el extranjero, poco antes de la firma de una supuesta paz—, y llegué a arrepentirme de ella, recién publicada, por su tono ligeramente tremendista. Hoy diría que de las piezas que componen este volumen no es la más malograda. *El cojo bueno,* escrita unos meses antes, en 1995, es un experimento quizá fallido (la influencia o el impulso cinematográfico es demasiado evidente: los párrafos hacen las veces de trozos de celuloide, que se han yuxtapuesto como en un montaje). Supongo que podría salvarla —al menos afectivamente— la extraña tesis del perdón que guarda y que se esboza apenas. *Piedras encantadas,* ejercicio evidentemente urbano, hoy me parece más «realista» que cuando se publicó, sobre todo en la representación de algunas estructuras del Estado y la «inteligencia» guatemaltecos. *Caballeriza,* que quizá debí suprimir (el cuarto número no me trae buena suerte), debe ser leída más en clave de farsa que como novela negra. Se hace lo que se puede y con lo que se tiene a mano.

Me complace, sin embargo, ver cómo en estas ficciones redactadas durante un punto de inflexión de la historia política de Guatemala, puede verse el carácter cíclico y cerrado que tiene todavía la historia social de una ex colonia española ya en plena era cibernética. El entramado y los personajes de 1980 o 1990 no funcionan de manera muy distinta de los de hoy. En muchos casos son literalmente los mismos.

—RRR

Ciudad de Guatemala, septiembre del 2013

Que me maten si…

Lucien Leigh

Era el 30 de mayo de 1996, en el pueblecito de Fernchurch, Inglaterra. Lucien Leigh, que había vivido más de ochenta y cinco años —casi la mitad de los cuales pasó entre extraños y en lugares apartados—, levantó una mano a su grande oreja izquierda para extraer un minúsculo audífono, sin el que le era prácticamente imposible oír. Se sentó, mirando el pequeño objeto, querido para él como alguna joya.

Era temprano por la tarde y el sol brillaba precariamente entre largas nubes aburridas. El pequeño invernáculo, adyacente a la casa, olía a flores. Respiró, y el aroma de las flores, que él había escogido para plantar allí, le trajo gratos recuerdos de largos viajes. Luego —tal como él sabía que de un momento a otro iba a ocurrir— su mente, aunque aguda aún para sus años, comenzó a nublarse. Sintió vértigo. Recuerdos borrosos de una vida que le parecía vagamente propia, vagamente ajena. Imágenes lúgubres: cabezas de muerto, fémures, cauces de ojos vacíos. «Este mareo —pensó— está durando demasiado». Había cerrado los ojos, y se guardó cuidadosamente el audífono en un bolsillo. Puso las manos en los brazos del sillón de mimbre, irguió la cabeza. Tenía que expulsar las visiones, hacer que se alejaran, que se fueran haciendo cada vez más pequeñas, hasta desaparecer en una distancia imaginaria, en una nada rojiza y no más espesa que sus párpados. Sabía cómo hacerlas desaparecer, pero era necesario hacer un esfuerzo, como cuando uno quería vencer algún miedo: apretar el cardias, esperar el brote de saliva amarga, que no se debía tragar hasta más tarde, producir un chasquido con la lengua en la parte posterior del paladar, dejar salir lentamente el aire por la nariz, y entonces, tragar despacio. Y las imágenes se disociaban, se dispersaban, desaparecían.

Ahora podía abrir los ojos. Allí estaba, del otro lado del cristal, la gramilla verde y familiar, el comedero de los pájaros. Su esposa, la tercera, entró en el invernáculo, y una corriente de aire hizo variar levemente el olor de las flores.

—*Can you hear me?*

Él podía leerle los labios; dijo no con la cabeza. Vio la expresión de la mujer pasar de la impaciencia al enfado, y entonces se sacó el audífono del bolsillo y se lo colocó en la oreja. Era una invención prodigiosa, pensó. Uno de los contados adelantos debidos a la ciencia por el que sencillamente tenía que estar agradecido. Él siempre había estado a favor de las malas comunicaciones, los malos caminos... Quizá había vivido demasiados años: había sido inevitable envejecer.

Todavía estaba ajustándose el oído digital, que le haría percibir los sonidos como hacía muchos años: desde el crujido de la tierrecilla bajo la suela de sus zapatos, hasta el zumbar de una mosca, cuando la mujer siguió diciéndole:

—*It's Emilia... from London... says... Guatemala...*

No pudo leer todas las palabras, pero había comprendido por los gestos que algo terrible había ocurrido en Guatemala. Terminó de meterse la joyita en la oreja.

—*What?*

—*She's coming to see us* —dijo Nina.

—*Fantastic. When?*

La noticia era placentera, y no se sintió singularmente sorprendido. Él y Nina la habían invitado varias veces a venir a Inglaterra, y ahora ella estaba aquí. Guatemala para él quería decir complicaciones. Allí había perdido a su primera esposa. Allí había sido asesinado a sangre fría —*«Guatemalan style»*— un amigo querido. Le intrigaban los seres brutales, pero la brutalidad en este país era una fuerza impersonal que se manifestaba aquí o allá, una fuerza fuera del control de los hombres, implacable y desinteresada. Emilia, cuando la conocieron, les había parecido un ser improbable. En medio de la especie de bruma moral en que vivía la clase adinerada, había logrado ver el aspecto oscuro y cruel de su entorno, y había decidido permanecer allí, con la esperanza de ayudar a cambiarlo. Era necesario tener buen estómago, pensaba.

—Mañana por la noche estará aquí —continuó Nina.

Poco después, él subió a su escritorio. Tenía que escribir una reseña para el *Times* sobre un libro de antropología de un autor francés, que todavía no había terminado de leer. Aunque el asunto (el concepto de hospitalidad entre algunas sociedades primitivas) le interesaba y el libro estaba lleno de ingenio francés, antes de llegar a la última página se quedó dormido.

Los oidores

I

—No es sólo eso —le decía Ernesto a Pedro Morán, teniente de infantería—. Es también que ya no me gusta ese estilo de vida. Creo que me gustaría volver a estudiar.

—No me extraña, huevón. —Pedro hizo una mueca y empinó su vasito de tequila.— Salud, pues. —Se limpió la boca con el brazo, y luego llamó al cantinero y le pidió dos copas más.— Espero que no te olvides de tus amigos —dijo después.

Ernesto lo miró con una sonrisa falsa.

—No, cómo me voy a olvidar.

Eso quería hacer precisamente. Pedro, amigo de adolescencia, provenía de una familia de militares, igual que él. Pero las armas se habían convertido en una especie de pecado original.

Pedro volvió a vaciar su vasito de tequila.

—A tu viejo debe de dolerle —dijo.

—Es posible. —Ernesto bebió también.

Pedro se rió siniestramente.

—Yo lo que digo es que nunca vas a dejar de ser un militar. ¡Si lo tenés en la sangre, condenado! —Soltó una carcajada.

—Bueno, nada dura para siempre —dijo Ernesto.

Pedro ya estaba muy borracho, se puso serio de repente.

—Pago yo —dijo, mientras contaba su dinero, y dejó unos billetes sobre el bar—. Pero sos una mula.

En el jeep de Ernesto, Pedro siguió hablando.

—En este país, para gente como vos y yo, el único lugar donde enriquecerse es la institución. O la droga.

Ernesto detuvo el jeep a la puerta de la casa del padre de Pedro, que le dio un apretón de manos y le dijo:

—Yo no creo que seás ningún traidor.

II

—Y tú crees —le decía su madre a Ernesto— que todo eso ha pasado porque sí, y que no era así como debió pasar. Pues hijo, estás equivocado. El que tú veas las cosas de esa manera quiere decir solamente que así las ves tú, no que así sean. Cada cabeza es un mundo, y hay infinitos mundos.

Él se rió, en parte porque su madre le daba risa, en parte porque así manifestaba su disconformidad.

—Todo eso —dijo— lo incluye todo.

—Sí —prosiguió ella—. Todo eso, y más. Las cosas más horribles que puedas imaginar, todo, absolutamente todo ocurre como debe ocurrir. Es parte de la forma de ser del mundo particular en que vivimos, que nada puede cambiar. Hay que aceptarlo, simplemente.

—Así lo ves tú —respondió él—, pero eso quiere decir solamente que así lo ves tú, que así es el mundo que hay dentro de tu cabeza. Dentro de la mía no es así.

—Me parece justo —dijo la señora—. Sin duda es así como debe ser.

Rosa, la sirvienta, entró en el comedor y dejó una fuente de sopa en el centro de la mesa.

—El principio del problema —dijo el coronel Solís— es que tú de niño leías mística china.

—No digas tonterías —le dijo la señora.

—Bueno —dijo el coronel. Se quedó mirando su plato de sopa, y continuó—: Te acordás de tu caballo, el *Caribeño.* La semana pasada se murió.

Su padre le había regalado ese caballo para sus quince años. La noticia lo entristeció.

—¿De qué murió?

—De viejo. Y la pistola que te regalé cuando te graduaste, ¿todavía la tenés?

Ernesto respondió que sí.

Siguieron tomando la sopa en silencio.

Cuando Rosa llegó con el postre, la señora le pidió que encendiera el televisor, porque era la hora de las noticias. En La Libertad, Petén, acababa de ser descubierto un cementerio clandestino: veintitantas familias habían sido ejecutadas extraoficialmente, supuestamente por miembros del ejército nacional, y enterradas en un pozo que medía dos metros de diámetro y quince de profundidad.

—Esa gente fue manipulada —dijo la señora. Se levantó para apagar el aparato y volvió a sentarse.

—Viste —dijo Ernesto—. Allí había cadáveres de viejos y de niños. Bebés.

—Era la guerra. Pero eso pasó hace más de diez años —dijo ella.

—Cometieron crímenes de guerra.

—Yo no soy quién para juzgar.

—Créeme.

El padre guardó silencio. Parecía bien dispuesto. Como estaban las cosas en el presente, dijo después, creía que salirse del ejército había sido todo un acierto; y le parecía muy bien que Ernesto volviera a la universidad.

—Te lo he dicho a ti, Amalia, ¿no? —y se volvió hacia su mujer. Parecía que estaba al borde de las lágrimas.

—Sí, es cierto —respondió ella. Lo miró un momento con una ternura superficial y luego siguió diciéndole a Ernesto—: El nombre de la institución está quedando por los suelos, con tanto escándalo. Yo digo que hasta han ido demasiado lejos, y que no todas las cabezas que han rodado son culpables, como seguramente tampoco rodarán todas las que lo son. Tu padre es uno de los pocos que no han sido manchados, aunque —se sonrió— la salpicadura llegó cerca. Tú no te imaginas quiénes van a quedar en la picota cuando todo este asunto de la paz haya terminado. Gente que uno hubiera creído a prueba de todo. Pero esto, Ernesto, que no salga de aquí. —Bajó la voz—: Gente como el coronel Bonilla, o el almirante Hernández. Y el hijo del coronel Morán, que dicen que anda en drogas. Sí, tu amigo Pedro.

Ernesto asintió con la cabeza, y la señora continuó.

—Pero lo que es increíble es lo del padre. Lo acusan de dos atentados, muy recientes, y la cosa va en serio.

—De eso no sé nada —dijo Ernesto.

—Claro —siguió ella, y miró a su esposo como para pedirle permiso para continuar—, es que se trata de algo muy delicado.

El coronel, que estaba cortando en trocitos su bistec, comentó:

—Con los extranjeros, yo siempre lo he dicho, hay que andarse con más que cuidado... —Levantó el cuchillo un instante, y luego siguió cortando su carne.

—¿Qué fue lo que pasó? —preguntó Ernesto.

—Cuéntale tú —le dijo el coronel a su esposa—, lo cuentas mejor que yo.

—Pasó hace poco. El hombre que trató de cometer los crímenes fue capturado, y declaró que había sido contratado por el coronel Morán. Es un especialista israelí, creo. ¿O es libanés?

—No, no. Israelí, israelí.

—Pues eso. Dio a las autoridades pelos y señales acerca del encargo. Él era, según dicen, especialista en guerrillas, enviado por su país a Guatemala como parte de un programa de ayuda internacional, como asesor. Parece que estuvo aquí varios meses de servicio, y cuando le dieron de baja, como el país le había gustado, decidió quedarse algún tiempo. —La señora alzó los ojos al reloj, hizo algún cálculo, y prosiguió—: El coronel, dicen, ofreció pagarle cien mil dólares por cometer estos asesinatos.

—¿Y a quién intentaban asesinar?

—No lo sé. Algo había pasado con un camión del ejército que supuestamente se usaba para transportar amapola, o cocaína.

—Cocaína, cocaína —dijo el coronel.

III

En su apartamento, mientras bebía su primera taza de café de pie junto a los ventanales, desde donde se veían alineados hacia el horizonte y en disminución varios volcanes azules, Ernesto reflexionaba. Más allá de la cruel actividad de la guerra, la vida no era otra cosa que una serie de ritos vacíos, innecesarios y sin sentido. No era que la guerra tuviera sentido más allá de la mutua destrucción entre enemigos, pero ahí cada acto, cada pensamiento tenía un fin preciso. Quizá esta clase de orden fuera una ilusión, pero era suficiente para servir de marco a la vida de los hombres. Fuera de esto, todo parecía absurdo. Todo era un juego, y ¿no era lo más sensato, entonces, jugar al supremo juego de la guerra?

Vació la taza de un trago largo. Estaba cansado de las cosas sensatas. «Tenés miedo», se dijo a sí mismo. Entró en el cuarto de baño y se miró un momento en el espejo. No tenía cara de cobarde, y se tranquilizó. Era lícito tener miedo, en el momento de darle la espalda a su pasado militar. Volvió a la sala y puso a sonar música africana, para acompañar sus ejercicios matinales.

Debajo de la ducha, se preguntó: «¿Qué me hizo cambiar?». Era una pregunta sin respuesta, pero estaba seguro de que el cambio había sido favorable. Y si era cierto que todo lo que le rodeaba iba de mal en peor, él tendría la satisfacción de saber que había logrado sustraerse al «impulso hacia lo peor», se dijo mientras se secaba las musculosas piernas.

Más tarde, en su auto, subió por la carretera a El Salvador, y se desvió hacia Vista Hermosa, donde estaba la universidad. Era la última semana de inscripciones y por la carretera había tráfico de gente joven. Cerca del diamante deportivo, lo rebasó un Dos Caballos negro. Una chica, que encontró atractiva, lo conducía. Comenzó a seguirla. Dobló a la derecha en Correos y siguió por la avenida de la universidad. En el estacionamiento de estudiantes halló un sitio vacío no muy lejos del de ella. Era alta, más hermosa de lo que había imaginado. Algo en su porte aristocrático le intimidaba. Pero se bajó del auto y se fue andando, no muy rápido, detrás de ella.

Hasta la oficina de información la siguió, y como ella se puso a esperar turno frente a una de las ventanillas, él decidió agregarse a la cola, de modo que pudo ver de cerca la parte trasera de su cabeza, su cabello negro corto, sus hombros rectos.

Por encima de la ventanilla al principio de la fila estaba escrito: *Filosofía: Horarios e inscripciones.*

Ella debió de sentir su mirada en la nuca porque se volvió despacio y lo miró. Intercambiaron miradas. «Si supiera que he sido militar —pensó él— ni me mira». Pero lo había mirado de manera apreciativa, o eso le pareció.

—Oye —le dijo—, ¿esta cola es para filosofía nada más?

—No estoy segura. ¿Cuál querías?

—Literatura.

Quizá debió dar otra respuesta, pues la chica le volvió la espalda, sacó una libreta de su morral y comenzó a hojearla. Unos minutos más tarde, él hizo un nuevo intento.

—¿Cómo te llamas?

—Emilia.

—Ernesto. Mucho gusto.

—Mucho gusto.

Ella se dio la vuelta una vez más, pidió a la mujer de gafas que estaba en la ventanilla los horarios de clases, y luego se alejó a paso ligero, en dirección a su automóvil.

—¿Sí, joven? —le dijo a Ernesto la mujer de gafas.

—Un horario para literatura, por favor.

—Aquí sólo se da filosofía.

—De filosofía, entonces.

Ella se sonrió.

—Aquí tiene. Pero no es lo mismo —le dijo.

Ernesto comenzó a caminar rápidamente hacia el estacionamiento. Se había hecho ilusiones, pensaba. No podía seguirla ahora: no quería asustarla, pero la vería otra vez.

El primer día de clases, Ernesto volvió a la universidad. Encontró a Emilia, la chica del Dos Caballos, en la cafetería. Como estaba sola y pensativa en una mesa, fue a sentarse frente a ella con su taza desechable de café.

—Me metí a filosofía —le dijo.

—¿Sí? Y por qué.

—Tal vez por ti.

Ella no dijo nada.

—En verdad —siguió él—. Aunque tengo otros motivos. La literatura también me interesa, pero ya tendré tiempo más tarde para leer poemas y novelas. Pero eso no se puede estudiar, ¿no? En cambio la filosofía seguramente sí.

—Yo no sé mucho de filosofía —dijo ella—. Tomo sólo un curso, de historia general. Yo lo que estudio es antropología. Me gustan las cosas concretas. Lo abstracto me aburre.

«No importa», pensaba Ernesto. Al menos una clase tendrían en común. Y podría verla, como ahora, durante las pausas.

Emilia se levantó de la mesa, y lo dejó. Cerca de la puerta se cruzó con un hombrecito de rasgos aindiados, al que saludó; se inclinó hacia él para darle un beso en la mejilla.

IV

Pedro y Ernesto habían ido al Korea Klub, donde ahora las chicas se desnudaban en la pista de baile de dos en dos.

—Acabo de enterarme —dijo Ernesto, cuando estuvieron sentados a una de las mesas cerca de la pista de baile con sus cervezas— de que tu viejo tiene problemas. Espero que lo que me han contado no sea verdad.

Pedro parecía sorprendido.

—¿Qué problemas?

Ernesto sintió un miedo irracional. Lo que había dicho podía sonar como un insulto a los oídos del militar, e insultar a Pedro Morán era lo último que quería hacer en aquel momento.

—Olvidate. Pero ya sabés, si en algo los puedo ayudar, estoy a tus órdenes.

—No sé de qué me estás hablando.

Estaba visiblemente irritado, y Ernesto creyó oportuno continuar. La pelusa que tenía en los brazos y en la nuca se le erizó cuando dijo:

—Algo acerca de un lío con un especialista israelí.

Pedro se relajó, para asombro de Ernesto. Encendió un cigarrillo, estiró las piernas a un lado de la mesita de plástico, se arregló el pantalón.

—Mirá qué cosa —dijo, mirando a la pista, donde bailaba una muchacha que parecía hecha de goma.

Ernesto la miró.

—Una por lo menos que parece hacerlo con gusto —dijo.

—Por algo así —dijo Pedro—, yo sí que pago.

Cuando terminó de bailar, la llamaron a la mesa, la invitaron a beber. Ella aceptó y fue a llamar a una amiga para que acompañara a Ernesto. Pedro la llevó a bailar a otra pista, reservada a las parejas.

—¿Tú no bailas? —le preguntó la otra chica a Ernesto, mientras el camarero les servía dos copas de ron oscuro.

—A veces. —Chocaron las copas.

—¿Tienes novia?

—No.

—Vamos a bailar, hombre.

(Un, dos, tres...)

—Bueno, vamos.

Comenzaba a clarear el día cuando Pedro detuvo el auto frente al edificio de apartamentos donde vivía Ernesto.

Ernesto subió las escaleras del vestíbulo de dos en dos, apretó el botón del ascensor. De pronto, dio un pequeño salto, al ver que Pedro estaba a su lado.

—Voy a subir contigo un momento —le dijo—, si no te importa.

—Claro. —Montaron en el ascensor.

Ascendían aún, cuando Pedro le dijo con una sonrisa vacía:

—Necesito usar el baño, nada más.

En lugar del efecto tranquilizador que esas palabras hubieran tenido en otras circunstancias, helaron la sangre de Ernesto. Era el tono lo que no había estado bien, eso era todo, pensó. Llegaron al décimo piso, salieron del ascensor, entraron en el apartamento. Pedro fue directamente al cuarto de baño.

Ernesto entró en su dormitorio, alejándose de los ventanales que miraban al abismo. Se sentó al borde de la cama, cerca de la mesita de noche donde guardaba su vieja pistola. Se tendió en la cama, encendió el televisor. (Un videoclip mexicano.)

Pedro tardaba demasiado en el baño, pensó. Por un momento había dejado de sentir miedo. Se levantó y fue a escuchar a la puerta del baño. ¿Estaría enfermo? Corría el agua del grifo, y podía oír a Pedro respirar. Tocó tres veces suavemente a la puerta.

—¿Estás bien?

El agua dejó de correr. La puerta del baño se abrió.

—A estas horas —dijo Pedro, pasándose las manos por la cara aún mojada— no hay nada mejor que el agua. Ya soy otro. Qué decís, ¿querés dormirte, o platicamos?

Ernesto se encogió de hombros.

—Podemos platicar, si querés —dijo—. Sueño no tengo.

Pedro le dejó entrar en el baño. Ernesto cerró la puerta, echó la llave.

Del otro lado de la puerta, Pedro se rió.

Mientras se lavaba la cara, volvió el miedo. Quizá nada iba a pasar de inmediato, pero presentía que su rompimiento con Pedro tendría que ser violento.

Cuando salió, Pedro estaba transformado. Sereno. Era un viejo y buen amigo. Porque también un militar podía ser un buen amigo, pensó. Estaba tendido en la colchoneta de la sala entre los almohadones, y Ernesto fue a sentarse a pocos metros de él.

—A ver, ¿qué es lo que te dijo tu vieja?

Ernesto le contó. Cuando dejó de hablar, Pedro se puso rápidamente de pie. Su cara estaba roja; sus ojos, extrañamente saltones. Parecía que había enloquecido.

—Ya lo sabés —dijo rápidamente—, si no estás con nosotros, te rompo todo lo que se llama culo.

—Hombre, tranquilo, Pedro. ¿Qué se te metió? Podés confiar en mí.

—Y decile a tu vieja que no ande diciendo babosadas, que a ella también le puede ir mal.

Ernesto se puso de pie y gritó a las espaldas de Pedro, que se dirigía hacia la puerta:

—¡Loco de mierda!

Pedro se detuvo, se dio la vuelta, dio dos zancadas, agarró por el cuello a Ernesto. Le gritó a la cara.

—Andate con cuidado, hijo de puta. O te voy a colgar de los huevos por traidor.

Fue entonces cuando Ernesto reaccionó. Alzó los brazos bruscamente, para soltarse de las garras del otro, y luego, echándosele encima —pues él era un poco más grande—, rodeándolo con los brazos, lo apretó con fuerza contra sí. Le dijo lenta, claramente:

—Entrá en la onda, mierda, yo no soy ningún traidor. Soy tu amigo. A. Eme. I. Ge. O. Amigo.

V

Volvieron a sentarse entre los almohadones, y Pedro comenzó a hablar.

En tiempos de Lucas, quince años atrás, su padre había sido destinado a la zona de Uspantán. La guerra de guerrillas en Ixcán estaba en su período culminante, y el coronel había recibido órdenes de movilizar tropas al área ixil.

Ernesto escuchaba con atención, aun con simpatía, pero de tiempo en tiempo le invadía un miedo absurdo, irracional. Inexplicablemente, veía a Emilia en su imaginación. Y mientras tanto, la voz de Pedro continuaba:

—Cuando lo de los derechos humanos comenzó a ponerse de moda, mi viejo recibió una llamada anónima de una mujer con acento argentino o uruguayo, bastante joven, según él. Una amenaza de chantaje. Como muchas familias campesinas se habían desplazado durante la guerra, el gobierno, como todo el mundo sabe, regaló las tierras abandonadas a familias de campesinos de Oriente, donde la gente simpatizaba menos con los revolucionarios. Pues en aquel tiempo el viejo, de buena gente, había dado dinero a varios jefes de familia ixiles que él conocía y sabía que habían decidido ir a vivir en otras partes, a cambio de sus títulos de propiedad. Así evitó algún derramamiento de sangre. Pues la mujer esta le dice que piensa denunciar que mi padre se había apropiado de esas tierras ilícitamente, a menos que él acceda a hacerle cierto favor.

Pedro se detuvo, mirando fijamente a Ernesto.

—Ojalá que de verdad pueda confiar en vos —le dijo.

Ernesto le sostuvo la mirada, sin contestar.

—Lo que querían era un derecho de paso por sus tierras, al noreste de Nebaj. Uno de los terrenos colindaba con una faja minada alrededor de un campo de cultivo de amapola explotado por la subversión. Pues querían que él hiciera la vista gorda del paso de varios camiones que debían sacar un cargamento de material. Tuvo que ceder, o creyó que tenía que ceder. Poco después de este golpe, mandó una patrulla especial a investigar, pero la plantación había sido abandonada, y nada más se averiguó. Estaba claro que alguien muy cercano a él había dado información a los guerrinches porque nadie que no fuera de su confianza podría haberse enterado de que aquellas tierras habían pasado a su poder. Nada de eso constaba en ningún catastro. Pasan unos años. Mi viejo es electo diputado de Uspantán. Un buen día me doy cuenta de que la mujer esa lo sigue molestando. Y me digo que el cuije no podía ser otra persona que su secretaria. Era alguien de lo más correcto, que trabajó con él toda la vida, una tipa lista y muy eficiente. Pero resultó ser una traidora. Una noche la agarramos... Para qué entrar en detalles. La hicimos eme, como dirías vos. En su casa encontramos fotocopias de la papelería de las tierras de Chajul.

—¿Qué hay de la historia del israelí?

—Ese idiota, no sé. Nadie lo mandó a matar a nadie. Se le envió a investigar, sencillamente. Bonita historia, ¿no?

«Demasiado complicada», pensó Ernesto.

—¿Y qué piensa hacer tu viejo?

—Por ahora no hace más que eso, pensar.

Ernesto regresó a la cocina. Mientras terminaba de preparar el café, le pareció oír a Pedro que inhalaba ruidosamente. ¿Cocaína? Se sirvió leche y azúcar y regresó a la sala. Pedro estaba cerca de la puerta, listo para salir.

—Bueno, cabrón —le dijo—, a dormir. ¡Y pensá en mí!

—Vos también deberías dormir —le dijo Ernesto.

¿Pero lo haría?, se preguntó. En su cuarto, apagó el televisor mientras se desnudaba, y se tumbó en la cama.

VI

Emilia parecía tener dificultades para mantenerse despierta. A Ernesto, que la contemplaba desde unas filas más atrás, le era casi doloroso ver el perfil de uno de sus pechos, que de alguna manera rimaba con las formas de su mejilla y su nariz; y su mano inerte, que colgaba al lado de la mesa, y la forma de la pierna acentuada por el talle del pantalón.

¿Qué habría hecho ella anoche; por qué se había desvelado?

Más tarde, en la cafetería, se sentaron juntos a tomar el café. Ella se mostraba más amable que de costumbre. Lo trataba como a un viejo amigo. Lo sorprendió al decir:

—Vamos a salir a alguna parte este fin de semana, ¿quieres? Estoy cansada de la ciudad.

—¿Y adónde quieres ir? —preguntó él, entusiasmado.

—Yo había pensado en Nebaj.

—¿Nebaj? Pero queda un poco lejos.

—En tu Rav, nos ponemos allí en cuatro, cinco horas a lo más. Y tenemos de viernes a lunes, con el feriado de la Asunción.

—Nebaj. ¿Por qué no Lívingston, o el Pacífico?

—Yo tengo ganas de ir a Nebaj. Hombre, vamos. Si no, tendré que buscarme otro amigo que tenga jeep.

VII

Llegaron a Chichicastenango a mediodía. Las callecitas de piedra estaban obstruidas por grandes autobuses de turismo extranjero y nacional. Los niños del pueblo se acercaban a los autos para ofrecer textiles y cerámica, máscaras de madera y chirimías, sitios para almorzar o para dormir.

Ellos bordearon la plaza y continuaron hasta el otro límite del pueblo. Siguieron por un camino de polvo hasta Jocopilas, y se detuvieron a almorzar en la plaza central, donde había varias hileras de puestos de comida.

Otra vez en el camino, por el que no pasaba más que uno que otro camión, él creyó oportuno decir:

—Me alegra que me hayas persuadido para venir.

Ella no respondió.

Pasaron Sacapulas, con su puente antiguo sobre el Chixoy y su perezoso aire colonial, su gente mestiza y amable, como adormecida.

Subían ahora hacia la parte más alta de la sierra, que se perdía entre las nubes. Ernesto conducía concentrado en las piedras, por un lado, y por el otro en los ganchos del camino que bordeaba un precipicio. Se dio cuenta de que ella estaba tensa, un poco pálida. Era posible que tuviera miedo a la altura. Sin preguntarle nada, comenzó a conducir más despacio. Pero de pronto fue él quien se sintió presa de un miedo que después de todo quizá no era irracional.

Ya en más de una ocasión había pensado fugazmente que ella podría tener algún motivo oculto para traerlo a Nebaj. Quizá era el paisaje, quizá era su pasado militar, que le hacía ver a cada vuelta del camino un sitio ideal para armar una emboscada. Volvió a mirarla de reojo; parecía que algo le preocupaba.

—¿En qué estás pensando?

—En una muchacha de Uspantán que conocía.

—¿Y?

—Nada, nada.

—Cuéntame, hombre.

—¡No soy hombre! —exclamó, malhumorada—. No tengo ganas de hablar. Me mareo —agregó, como distraída.

Siguieron ascendiendo hacia las nubes, vastas y esponjosas, con el río a la derecha que se hacía cada vez más negro y abstracto al pie de la sierra.

Del otro lado de la cima estaba el altiplano Ixil. Un arroyo labrado en la tierra negra corría en medio de prados verdes, mientras el cielo cambiaba de colores con la luz del atardecer. Sólo el cuartel militar y una que otra casa construida recientemente indicaban que Nebaj era un pueblo como todos, que también allí pasaba el tiempo.

Dos chicas ixiles los guiaron hasta la pensión que unos amigos le habían recomendado a Emilia, en las afueras del pueblo. La propietaria, una ladina con rasgos negroides, les dijo que le quedaba solamente un cuarto disponible.

—Necesitábamos dos —le dijo Emilia.

—Bueno, allí fuera hay otro, aunque no tiene cama, pero le pongo un colchón, y ya. Es calientito, porque queda al lado del fogón para el agua. ¿Lo quieren ver?

Fueron a verlo. Era un cubículo oscuro, sin ventanas y con suelo de tierra, pero recibía el calor de un horno de leña, donde se calentaba el agua para el cuarto de baño que estaba al lado.

—¿Qué te parece? —dijo Emilia.

—No sé. —Ella lo miró con cierto enfado, y él se apresuró a agregar—: Menos frío que tú voy a pasar aquí probablemente.

—Yo odio el frío —dijo ella, y agregó con alegría—: Pero fui yo la que quiso venir.

Estaban junto a la pilita de lavar en el centro del patio de la pequeña pensión. La propietaria, que acababa de encontrar un colchón viejo para llevarlo al cubículo de Ernesto, se acercó a decirles:

—Si desean comer, pueden. Yo no acostumbro cocinar, pero hay unos señores que tuvieron problemas con su carro y me han pedido que prepare algo. Como son extranjeros y bastante mayores, hice una excepción. Si no, tendrían que subir al pueblo, ya lo saben.

—¿Qué nos ofrece?

—Caldo de gallina, huevos, frijoles, aguacate y arroz. Platanitos con crema para postre, y café.

Decidieron comer allí. Ernesto ayudó a la señora a llevar el colchón a su cubículo, y luego ella fue por una manta y unos cartones para poner debajo del colchón.

Ernesto se quedó tendido allí varios minutos, mirando el techo de tejas ennegrecidas por el humo. Esto le pasaba por encapricharse, pensaba. El colchón era demasiado duro, la manta estaba demasiado sucia. Le humillaba hacer todo esto sólo para complacer a una mujer. De alguna manera iba a pagárselo, se prometió a sí mismo.

—¡Ernesto! —Ella estaba del otro lado de la puerta.— Vamos a comer.

Cuando salió, Emilia ya no estaba allí. Las estrellas brillaban en un cielo purísimo.

El comedor era un cuarto pequeño, de techo bajo, con una mesa de pino en el centro, sobre la que ardía una candela clavada en un anillo de piedra. Allí, sentados a la mesa, estaban los turistas, conversando afablemente con ella. Parecían ingleses. Ernesto se sentó, y fue inmediatamente incluido en la conversación.

—Qué camino, ¿eh? —le dijo el anciano inglés. Luego se volvió a su señora y agregó—: *One of the worst in the world, no Nina?* —Se llevó una mano a la oreja para aumentar el volumen de su audífono.

Era un hombre alto, que debió de ser fuerte pero que los años habían hecho frágil.

—*Yes, Lucien* —respondió la señora, y se volvió para decirle a Emilia—: *Couldn't be much worse if one is to call it a road, really.*

Era evidente que habían viajado bastante. Compararon el caldo de gallina con algo que habían tomado años atrás en Iranyaya. Él era novelista y escritor de viajes, les explicó la señora, y ella, su esposa, solía acompañarlo ahora que se había hecho tan viejo.

Emilia preguntó si estaban en Nebaj como turistas o si él tenía algo que escribir.

—*The truth is* —dijo el inglés—, *I'm not sure.*

Ernesto se sintió incómodo cuando el anciano le clavó los ojos y continuó en español:

—Yo quería visitar Chajul.

—¿Por qué Chajul? —quiso saber Ernesto.

—¿Cómo se llama esa muchacha india que ganó hace algunos años el Premio Nobel de la Paz? ¿Han leído su historia?

Emilia la había leído, Ernesto mintió al decir que él también. Alguna vez tuvo el libro en sus manos, lo había hojeado, había leído un párrafo aquí, otro allá, nada más.

—No sé si lo recuerda, pero en ese pueblo tuvo lugar una matanza en la que murió un hermano de ella. Yo quería, aunque nadie me lo ha pedido, escribir un artículo acerca de ese asunto. Pero antes me gustaría ver el sitio. Ubicarme, ¿no?, en el lugar exacto.

Emilia dijo que le parecía buena idea. Ernesto se sentía como un impostor.

—¿Recuerda usted —le preguntó el inglés— ese pasaje?

Ernesto titubeó, arrugando el entrecejo.

—Me temo que no. Leí el libro hace varios años, cuando acababa de aparecer.

—¿Hace unos diez años, no?

—Eso es.

—Y se le ha olvidado algo así —dijo el inglés—; es extraordinario, ¿no, Nina? —y se volvió a su señora.

Luego, mientras Ernesto sentía la sangre que le subía a las mejillas y agradecía la penumbra del cuarto, el inglés se sacó de un bolsillo varias páginas impresas sujetas por un alacrán.

—Aquí lo tengo —dijo, y se lo dio a Ernesto—, si lo quiere leer.

Las hojas provenían del libro de la Menchú. A la luz de la candela, Ernesto leyó rápidamente el sangriento e increíble relato de la ejecución, quema y enterramiento en un pozo de veintitantos indígenas a manos de un grupo de soldados en la plaza del pueblo de Chajul, ante los habitantes que habían sido forzados a presenciar la matanza a modo de caución.

—Pero claro que lo recuerdo —volvió a mentir Ernesto, para cubrir las apariencias—. No sé cómo se me pudo escapar.

Cuando terminaron de cenar, la señora sacó de su bolso una botella plástica de Pepsi-Cola que contenía whisky de malta. Les sirvió a todos, y luego brindaron a la salud de la propietaria de la pensión.

—*And may I ask you* —le dijo la señora a Ernesto—, *what is the purpose of your trip here?*

Emilia miró a Ernesto, que callaba, y dijo:

—Quería enseñarle a mi amigo un poco de su propio país.

Los ingleses se rieron discretamente. Poco después se pusieron de pie y se despidieron.

VIII

Por la mañana, entre sueños, Ernesto oyó el desfile de gente que entraba en el cuarto de baño y el ruido del agua que caía sobre los cuerpos desnudos y sobre el suelo de barro. El vapor penetraba en su cubículo a través de ranuras invisibles, y el olor a humo del fogón estaba en la manta que lo envolvía, para hacerle sentirse primitivamente feliz. Estaba deslizándose hacia el fondo de un sueño corto, pero muy vívido, cuando alguien tocó a la puerta y lo despertó.

Bañado y afeitado, con ropa limpia, aunque ahumada, y con el ánimo alegre del que ha dormido bien, Ernesto entró en el patio, donde un pequeño drama tenía lugar. El guía guatemalteco de la pareja inglesa estaba en un rincón, manchado de grasa de motor hasta los codos, mirando al suelo y moviendo negativamente la cabeza. Junto a la pila estaban los ingleses, conversando en voz baja, con caras de circunstancia y preocupación. El escritor se encogía de hombros a cada frase de su señora, la que miraba a su alrededor de vez en cuando, como si la solución para su problema fuera a entrar en el patio de un momento a otro.

Emilia salió del comedor y llamó a Ernesto. Se sentaron juntos a la mesa, donde había un plato con frijoles, varios molletes y una jarra con café. Emilia le sirvió café a Ernesto, mientras le explicaba que los ingleses no podrían llegar hasta Chajul porque su auto se había descompuesto y aún no lo habían podido reparar.

—¿Qué le pasó?

—El hombre que los trae dice que es la bomba de gasolina que se rompió. ¿No los podríamos llevar nosotros?

—¿Hasta Chajul?

—¿Por qué no?

—No estaba en el plan.

Era difícil de creer, pensaba Ernesto. Dijo:

—Pero si insistes...

—Pues insisto —dijo ella. Se puso de pie y salió al patio para dar la noticia a los ingleses.

El anciano dijo:

—*But that's marvelous. What kind of car do you have? Do we all fit?*

«No lo creo», pensó Ernesto, y dejó de escuchar. El mollete estaba seco, difícil de tragar, pero con el café se convirtió en una sensación caliente y suave que se deslizaba lentamente hacia su estómago.

Fue al patio, listo para tomar parte en la acción. El otro guatemalteco estaba de espaldas, lavándose las manos en la pila. Los ingleses y Emilia se volvieron hacia Ernesto, que les preguntó:

—¿Cuántos somos?

—Eso es lo que preguntaba yo —dijo el inglés—. Su coche no es muy amplio, creo. —Se miró las largas piernas.

—La verdad, no. —Ernesto miró a Emilia, que mostraba descontento.

—*Listen* —comenzó la señora inglesa, y continuó en español—: Van ustedes dos. Tú y Lucien —le dijo a Ernesto. Luego miró a Emilia—. Y tú y yo nos quedamos aquí para dar una vuelta por el pueblo y hacer compras, que era lo que tú querías, ¿no?, y yo, la verdad, también. —Indicó al otro hombre, que seguía sacándose la grasa.— Y mientras tanto Arturo aquí se ocupa de reparar el auto, y listo, ¿qué dices, Ernesto?

El tono empleado, el aplomo, parecían excluir la posibilidad de protesta. Emilia agregó:

—Es un plan perfecto. Yo ya conozco Chajul, y Ernesto no. ¿Pero estás de acuerdo, Ernesto?

—Por mí, está bien.

De modo que unos minutos más tarde iba camino de Chajul en compañía del anciano inglés, y alejándose de Emilia. Era una mañana fría y soleada, y el rocío comenzaba a levantarse de la hierba y parecía que jugaba con la brisa y los rayos de sol.

El inglés dijo:

—No cabe duda de que este camino es todavía peor que el de ayer.

Era más angosto, contenía más piedras.

Un poco más tarde:

—Mira qué raro paisaje —Un filón de roca negra.— Es... *unearthly.* ¿Cómo se diría en español?

Quería saber el nombre de cada caserío, pero Ernesto los ignoraba. Se detenían a preguntar: a un niño, a un viejo, a una mujer, que parecían no comprender y se apartaban del camino con expresión de terror.

Tzitzé, Ixay, Poí...

A la entrada de Chajul, donde las mujeres soleaban la ropa lavada sobre los arbustos a la orilla del camino, una cuadrilla de paisanos trabajaban cavando un pozo. Por la calle principal, larga y recta, con sus casas con viejos pilares de madera y tejas antiguas que le daban al pueblo cierto aire de dignidad, bajaron hasta la pequeña plaza típica, donde estaban la alcaldía, la sede de bomberos y, en la parte más alta, la iglesia. Frente a la alcaldía, donde Ernesto estacionó, había un numeroso grupo de mujeres ixiles, con sus faldas rojas y sus huipiles de varios colores, que conversaban con el alcalde, un joven ladino vestido de negro.

Ernesto y el alto inglés subieron lentamente las gradas del templo, que conservaba su fachada colonial. Un anciano, pequeño y enjuto, los saludó al pasar.

—Buenos días.

—Buenos...

—Buenos...

Entraron en la iglesia, donde olía a incienso. La techumbre era nueva, lo mismo que los muros laterales. En el fondo, a la derecha del altar, había una tosca pintura contemporánea, donde aparecían amontonados varios indígenas muertos, sus cuerpos sangrientos y mutilados, en medio de un semicírculo de figuras con uniformes de soldados. *Dichosos los perseguidos. Lucas, XXIII,* decía el lema al pie del cuadro.

El inglés soltó una sorda exclamación.

Ernesto miró incómodamente a su alrededor.

Se detuvieron un instante frente al altar y luego giraron sobre sus talones para buscar la salida.

Fuera, el sol brillaba sobre la plaza. Estuvieron un momento mirando el pequeño valle alargado, parcialmente cubierto por la niebla. El inglés, entonces, le dijo a Ernesto en voz baja:

—*Do you think we could ask someone about the incident that girl wrote about?*

—Seguro —dijo Ernesto, aunque le parecía que era una imprudencia.

El anciano se llevó la mano a la oreja, Ernesto buscó con la mirada un posible informante.

De pronto —y esto le pareció un poco extraño—, dos hombres estaban conversando en lo alto de las escaleras, a pocos pasos de ellos, en ixil. Uno era viejo y tuerto, y el otro, bastante más joven, miraba de tiempo en tiempo al anciano inglés. Las mujeres que se habían reunido con el alcalde comenzaban a dispersarse por la plaza, aparentemente satisfechas del resultado de la asamblea, y el alcalde desapareció por las puertas del viejo cabildo. Más allá del mercado estaba el barranco —donde los zopilotes ascendían y descendían en espiral— y del otro lado se veían los cubos de colores intensos del camposanto. Ernesto se volvió hacia los dos aldeanos, que habían hecho una pausa en su hablar, y les dijo en tono grave, casi íntimo:

—Disculpen, ¿les puedo hacer una pregunta?

El más joven se metió las manos en los bolsillos y echó los hombros un poco para atrás.

—¿Conoce usted el libro de la Menchú? —preguntó Ernesto.

—Sí.

—Sólo queríamos ver el lugar donde ocurrió lo que cuenta sobre Chajul. ¿No fue aquí?

—Pero disculpe —respondió el otro—, qué dice ella que ocurrió en Chajul.

Ernesto nombró el día y el año, y describió la matanza.

—Sí —dijo el viejo—. Ése fue el año. Los muertos fueron veintitrés.

El joven lo interrumpió.

—Sí. Pero no los mataron aquí.

—No —dijo el viejo—. Se los llevaron allá atrás.

Los chajulenses se miraron entre ellos. El más joven dijo después:

—Yo en ese tiempo era bombero. Fuimos a traer los cuerpos —señaló vagamente a sus espaldas, donde, más allá del templo, resaltaban las puntas de unos pinos—, por la pinada. Regados, uno aquí, otro allá, estaban muertos, con las tripas de fuera.

El inglés escuchaba impasiblemente.

—Entonces no fue aquí donde ocurrió.

El ex bombero volvió a señalar los pinos más allá del templo.

—¿Se puede ver el lugar? —preguntó Ernesto.

El ex bombero dijo que sí, y luego los guió por el costado de la iglesia hasta una callecita angosta y llena de fango que subía hacia el límite del pueblo. El inglés andaba con dificultad, pues había que dar saltos por encima de los charcos y era imposible no resbalar. Ernesto y su guía se detuvieron a esperarlo en una esquina calle arriba.

—¿Y de parte de quién vienen ustedes? —quería saber el ixil.

—Yo vengo como guía del señor. Él escribe libros.

—¿Y para quién los escribe?

—Para el que quiera leerlos.

—Ah, eso está bien —dijo el otro, satisfecho.

El inglés se acercaba despacio, dando un paso ahora, otro después en el fango, y Ernesto no pudo evitar sentir admiración por él. Debía de tener más de ochenta años, y helo aquí. Soplaba un viento fresco, pero el sol calentaba. El anciano los alcanzó por fin, jadeando un poco.

—No sé —dijo— si voy a poder llegar hasta ese sitio. No está tan cerca, después de todo, ¿eh? —Miró su reloj.

—Está ahí nomás —dijo el ixil, pero los pinos estaban en lo alto de una ladera bastante inclinada.

—Sigan ustedes —dijo el inglés.

Ernesto iba a protestar, pero en ese momento el anciano se sacó el audífono de la oreja y concentró toda su atención en él. Ernesto se volvió al ixil, y sin decir nada siguieron andando.

En lo alto de la ladera, el ex bombero le contó a Ernesto:

—Los mataron de noche, como a las tres. Amarrados como estaban en la plaza los trajeron hasta aquí. Les tiraron una granada en medio y después los acabaron con machete. A nosotros nos dijeron: bomberos, quemen y entierren los restos. Les pusimos las tripas en su lugar y los cosimos y después los llevamos cargados hasta el camposanto. Como eran tantos, no alcanzaron las cajas, los féretros, y a algunos tuvimos que enterrarlos en bolsas de plástico.

—¿Eran chajulenses?

—Cómo no.

—¿Vos sos de aquí también?

—Sí.

Descendiendo la ladera de regreso hacia el pueblo, vieron un camión del ejército que se acercaba por el camino valle abajo, más allá del camposanto. Cuando llegaron a la plaza y el guía los dejó, el camión ya estaba allí, estacionado junto al Rav de Ernesto.

—Tú tendrás que contármelo todo más tarde, porque este aparatito, como de costumbre, dejó de funcionar en cuanto había algo interesante que escuchar —decía el inglés.

Ahora andaba un poco más deprisa, y, curiosamente, parecía que estaba perdiendo la paciencia. Se tiró de la oreja para sacarse otra vez el audífono.

—Con permiso —dijo, y se apartó de Ernesto para ir a la parte trasera del camión, que no llevaba carga y tenía la carrocería abierta.

Ernesto subió en su jeep y aguardó. Por el retrovisor podía ver al anciano, que utilizaba las tablas del camión como mesa de trabajo. Parecía que sabía lo que hacía. Pero de pronto comenzó a gesticular, y Ernesto se bajó del jeep y fue a ver si podía ayudarle.

—Lo perdí —dijo el inglés, tranquilizándose—. Cayó allí, por la ranura. Afortunadamente traigo uno de reserva. —Después de colocarse en la oreja el audífono suplementario, anunció—: Ahora puedo oír.

El soldado encargado del camión estaba frente a ellos. Parecía disgustado.

—¿Qué están haciendo ahí?

Ernesto contestó militarmente:

—Nada, cabo. El señor tenía un problemita.

Y pasaron al lado del cabo sin hacerle caso, y él no dijo nada más.

Camino de regreso a Nebaj, el anciano le decía a Ernesto:

—Así que hay dos versiones distintas. La descripción de ella es un poco exagerada, un poco increíble. Pero tampoco la de él es del todo confiable, ¿no?

—¿Por qué no? —preguntó Ernesto.

—Por haber estado allí cuando ocurrió todo esto, y no haber hecho nada al respecto. Se sentiría algo culpable, y sería natural. Tal vez cobarde.

Estas reflexiones deprimieron a Ernesto. También él, según esa manera de pensar, debía sentirse culpable, tal vez cobarde.

IX

Emilia y Nina seguían a una chica ixil llamada Miriam que quería venderles huipiles y las llevaba a casa de su hermana, donde —les había dicho un momento atrás en el mercado— tenía varios para mostrar. Se alejaban del mercado por una callecita de piedra y fango que bajaba hacia un arroyo. Emilia y Nina caminaban sin prisa y conversaban en inglés.

—Yo pensé que ya no te veríamos en este viaje. ¿Qué te hizo cambiar de parecer? —decía Nina.

—No he cambiado de parecer. —Nina le caía bien a Emilia. Sentía que con ella podía ser sincera.— Se trata más bien de terminar de pagar una vieja deuda —continuó—. Con nadie en particular, o tal vez conmigo misma. Mi karma. Karma nacional —se rió un poco amargamente—, si es que eso quiere decir algo.

Nina le dijo después de un momento:

—Veo que te lo tomas muy en serio. Y probablemente así hay que tomárselo. ¿Y ahora sales con Ernesto?

—No, no —respondió Emilia, como si la sola idea la escandalizara—. Óscar y Arturo insistieron en que lo trajera. Bueno, en que trajéramos su jeep. —Bajó la voz.— Yo creo que toman demasiada coca. Se han vuelto paranoicos.

Nina la miró con aire desilusionado.

—Supongo que tienes razón. Es triste, parecían buenos muchachos.

—No sé qué es lo que creen que van a descubrir en Chajul. Yo creo que ahora se lo inventan todo. Tienen miedo de cambiar.

—Yo tampoco creo que quede mucho que averiguar en Chajul. Y Lucien piensa lo mismo. Pero ya se sabe, cualquier pretexto le parece bueno para hacer uno de estos viajes.

Miriam las aguardaba calle abajo en una esquina. Las hizo entrar por una puertecita angosta y las dos tuvieron que agacharse para pasar. Dentro, en una habitación en penumbra, donde la luz entraba solamente por una ventanita y por la puerta que Miriam había dejado entreabierta, estaba tejiendo una vieja sentada en el suelo de barro, con su telar de cintura atado a un pilar. Miriam invitó a las extranjeras a sentarse en dos taburetes de pino, que parecían hechos para un niño.

—Es admirable —dijo Emilia—, a su edad. Es un viaje duro.

Nina observaba a la vieja, que seguía tejiendo sin hacerles ningún caso.

—Oh —dijo—, no tanto.

—Y también un poco peligroso.

—¿Tú crees?

—Miren —les dijo Miriam, y extendió huipiles y fajas frente a las posibles compradoras—. Muy bonitos.

—Sí —le dijo Nina—, son preciosos.

—A mí me gusta ése —dijo Emilia, y señaló una pieza de colores apagados con figuras de guajolotes y de ciervos o caballos, evidentemente más vieja que las otras.

—¿Ernesto conduce bien? —preguntó Nina.

—Yo diría que sí —dijo Emilia, y le pasó el huipil.

—¿Ése quieren comprar? —preguntó Miriam, y se sonrió porque ya sabía que la respuesta era sí.

Cuando caminaban de vuelta a la pensión, Nina le preguntó a Emilia:

—¿No has terminado con Óscar, entonces?

—No. —Emilia alzó los ojos al cielo, verde y sin nubes, y sacudió la cabeza.— Me temo que no completamente.

—Aunque no me lo preguntes —dijo Nina—, este muchacho, Ernesto, me gusta más.

«Not in a million years», pensó Emilia.

Llegaron a la pensión, y como Lucien y Ernesto aún no habían vuelto, fueron a sentarse en la cama en el cuarto de Emilia, a esperar. Nina dijo que tenía frío, y sugirió que bebieran un poco de su whisky.

—Todavía me cuesta entender —decía Emilia, mientras Nina le servía whisky en un vasito de plástico— por qué sigue haciendo estos viajes, a su edad.

—Ya te lo dije, aunque a veces tampoco yo estoy segura de comprender. Supongo que es por curiosidad. Y supongo que la curiosidad podría convertirse en vicio. Lo bueno es que él tiene un olfato casi infalible para descubrir las causas nobles.

Oyeron la voz de Arturo, que pedía a gritos a la propietaria que pusieran agua a calentar para el café.

Nina miró en dirección a la voz con una ligera expresión de disgusto. Se refería a Arturo y al pequeño grupo de amigos que tenían en común al decir:

—Adaptarse puede ser difícil, ¿no?, aprender a convivir en paz. Pero tendrán que aprender.

Emilia dijo:

—Óscar piensa irse a vivir a otro país. Tal vez a Cuba. Es posible que me vaya con él.

Nina alzó las cejas en señal de desaprobación.

—¿Y Lucien —dijo Emilia, para cambiar de tema— tiene algún método para obtener su información?

Nina se acomodó en la cama.

—Es muy curioso, tú lo sabes, y habla con toda clase de gente. Eso es lo principal. Aunque ahora que se está quedando sordo le cuesta mucho más. Por eso, últimamente, cada vez que salimos de viaje lleva consigo varios audífonos, y los deja caer en los sitios menos pensados, como si fueran anzuelos. Más tarde, en casa o en algún hotel, se pone a jugar con su aparato de radio, que no es un simple aparato de radio. Por medio de una serie de procedimientos que todavía no conozco muy bien, entra en sintonía con un viejo amigo suyo, que vive en Londres. Si está de suerte, él puede transmitirle cierto código de acceso para interceptar una frecuencia de satélite, y así le es posible localizar la señal de uno de sus audífonos, que tampoco son simples audífonos. Es menos complicado de lo que parece; como buscar una emisora con un transistor. Lo que pasa es que la señal de un aparatito así es tan débil que la mayoría de las veces resulta imposible descifrar los sonidos que logra registrar. Aquí, en las montañas, o en el mar, donde hay relativamente pocos radios y televisores, puede resultar más fácil. Pero en una ciudad, aun en una ciudad pequeña como la Antigua, sería imposible. A mí me gusta verlo cuando se levanta de la cama tarde por la noche a escribir una oración o sólo una palabra que acaba de ocurrírsele. A veces, en lugar de volver a acostarse, sale al balcón o se sienta cerca de una ventana con su aparato de radio y se pone a jugar con las ondas, buscando una señal. Es una especie de rito, y me hace pensar en un monje recogido en oración, cuando lo veo ensimismado así en la oscuridad.

En ese momento oyeron el motor del jeep de Ernesto, que se detenía a la puerta de la pensión.

Nina prosiguió:

—Ya ha conseguido bastante información interesante así. Pero le es imposible publicarla como artículos de prensa porque no es lícito hacer lo que hace para obtenerla, y como las historias que suele conseguir de esa manera no son comprobables por lo general, las usa cuando escribe ficción. Yo, la verdad, prefiero sus viajes a sus novelas —se sonrió un poco maliciosamente—, aunque sean igualmente ciertas.

—Nina —dijo la voz de Lucien, que estaba del otro lado de la puerta—. *Are you there?*

X

Ernesto no comprendía por qué Emilia, después de aquel viaje, había comenzado a mostrarse evasiva. Había rechazado sus invitaciones al cine, al teatro, a cenar.

Siempre tenía alguna excusa más o menos válida, pero era como si hubiera decidido que, fuera de la universidad, él no existía.

Intentó olvidarla. Pasó varios días sin buscarla, sin ir a la cafetería, sin llamarla.

Pero finalmente una mañana, entre clase y clase, se encontraron en el corredor. Fue ella la que se acercó a Ernesto para saludarlo e iniciar la conversación. Llevaba un traje sastre un poco anticuado, no se había puesto maquillaje ni tenía los labios pintados, pero aun así le parecía hermosa.

—¿Dónde te habías metido? —le preguntó.

Fueron a la cafetería y se sentaron a beber café. Emilia parecía contenta y Ernesto estaba confundido. Ella le explicó que un viejo amigo que vivía hacía años en el extranjero había estado de visita y que por eso no había podido verlo a él. Ernesto tenía muchas cosas que decirle.

—¿Y por qué no comienzas?

—Me has hecho cambiar. Ahora sé que debo aceptar la responsabilidad por mucho de lo que ha pasado aquí —dijo—. Sobre todo por lo que les ha pasado a los indios.

Ella parecía escéptica.

—El inglés te convenció de eso, creo, no yo.

—Entre los dos. Lo que me pregunto ahora es qué se puede hacer.

—¿Por los indios? Pero tú y yo somos ladinos. Tenemos nuestros propios problemas. Ellos pueden valerse, ¿sabes?

—Sí, pero… —Ernesto pensó en el amigo indio de ella, que militaba contra el cristianismo y exigía que lo llamaran Xiuán en vez de Juan.

—Este tema me incomoda —dijo ella—. También yo me siento en cierto modo culpable. Hablemos de nosotros, mejor.

—¿Quién es el amigo que vino a verte?

—Un ex novio, defensor de los indios también —hizo una mueca.

—¿Todavía lo quieres?

—Un poco, sí.

—¿Y a mí?

—A ti también, como amigo.

—¿Y eso no podría cambiar?

—Yo qué sé.

Estuvieron callados un momento.

—Estoy harta de vivir con mis padres —dijo ella después—. Sobre todo por mi madre. Ya ni en pintura la puedo ver.

Ernesto se preguntó por qué le decía esto. Le parecía buena señal. Ella le había contado que vivía en un departamento en casa de sus padres, en un extremo del jardín, de modo que tenía bastante independencia.

—Y esta ciudad —dijo ella, con la mirada perdida más allá de los jardines de la universidad— debe de ser uno de los peores sitios inventados por el hombre. —Se volvió a Ernesto.— ¿Qué dices si volvemos a escaparnos este fin de semana, tú y yo?

—¿A Nebaj otra vez?

—¡Estás loco! A un lugar caliente, al puerto.

Así que aquel fin de semana fueron juntos al Pacífico. Al otro lado del canal de Monterrico, se alojaron en un hospedaje administrado por una bióloga norteamericana retirada.

Por la noche pasearon por la arena negra y tibia, con el mar que rompía ruidosamente playa abajo. Podía oírse la espuma que se deslizaba sobre la arena, y había olor a sal en el aire.

Cuando volvían al hospedaje, la bióloga los llamó para que fueran a ver una parlama que estaba desovando cerca del canal. La tortuga negra, del tamaño de un galápago, había cavado en la arena un hoyo de medio metro de profundidad. Inconsciente de los hombres que la observaban de cerca a la luz de una linterna, dejaba caer uno tras otro sus huevos blandos y grises.

Más tarde, Emilia y Ernesto se acostaron en la misma cama en uno de los cuartos. Y fue el cuerpo de ella el que en la oscuridad buscó sorda y ciegamente el de él.

XI

Cuando Ernesto se despertó, ella no estaba a su lado. Se levantó de la cama, salió del cuarto y fue a buscarla en el comedor.

—Me dijo que iba al pueblo a desayunar —le explicó la bióloga, que fumaba un cigarrillo y bebía una cerveza.

Ernesto fue andando al pueblo, y encontró a Emilia en el mercado de frutas conversando con una niña negra.

Emilia acompañó a Ernesto a desayunar en un comedor abierto a la orilla del canal, desde donde podían oírse las olas del mar, que reventaban.

—¡Pero estás loco! —le dijo Emilia, porque de improviso él le había ofrecido matrimonio.

—Después de lo de anoche, me parecía lo correcto.

—Pues no.

—Tan amigos, entonces.

—Tan amigos, claro. ¿Qué tienes en la cabeza, Ernesto?

De vuelta en la capital ella le permitió, por primera vez, que la acompañara hasta su departamento en el jardín de la casa de sus padres, que estaba en una calle amplia y bien alumbrada. Allí, junto a la puerta, permitió también que la besara un momento: los labios, el cuello.

—Bueno, voy a entrar.

—Nos vemos mañana —dijo él.

—No tengo clases mañana.

—Te llamo.

—Si quieres. Pero no sé si voy a estar.

Y así, en una nota un poco incierta, se despidieron.

XII

—¿Emilia? Hola, habla Arturo.

Emilia estaba en su cuarto, secándose el cabello. Se sentó al borde de la cama. Dejó la toalla en una silla y desembrolló el cable del teléfono.

—¿Cómo va todo?

—Acabo de llevarlos al aeropuerto. Me pidieron que te saludara. Esperan que los visites algún día. Lucien me dejó unas cintas, que dice que tenemos que oír. Él va a escribir un artículo para la prensa, pero cree que no será fácil publicarlo. Pocas cosas, dice, parecen comprobables. Vamos a juntarnos con Óscar en mi apartamento por la tarde. ¿Vas a la universidad?

—No tengo clases. ¿Por qué?

—Necesitamos a Xiuán.

—Bueno, puedo darme una vuelta.

—Dile por favor que venga a mi casa a eso de las tres. Hay unas conversaciones en ixil que va a tener que interpretar.

—¿Y yo tengo que ir también?

—No, si no quieres.

—Ya sabes que no quiero. Quedamos en que ese viaje era lo último.

—Sí, no te preocupes. Sólo una cosa, acerca de Solís.

—¿Ernesto?

—Sí. ¿Sabías que era militar?

—¿Cómo?

—Bueno, que fue militar, mejor dicho.

—No. No lo sabía.

—Pues ya lo sabes. Óscar me lo dijo. La otra noche lo vieron en el Korea. A que no sabes con quién.

—Con quién.

—Con Pedrito Morán.

—No te creo. —Emilia se echó la toalla a las espaldas, porque de pronto sintió frío.

—Ya lo sabes. Así que con cuidado.

La comunicación se interrumpió: la operadora le recordó a Arturo que debía introducir diez centavos más.

—No tengo más sencillo —le dijo a Emilia—. Adiós. No te olvides de decirle a Xiuán, en mi jaula a las tres.

XIII

Ernesto telefoneó a casa de Emilia, donde le dijeron que se había ido a la universidad, de modo que a mediodía fue a buscarla. Anduvo de arriba abajo por el corredor desierto, aguardando el final de clases. Los estudiantes comenzaron a salir uno tras otro de las aulas, y de pronto el corredor estaba lleno de cuerpos y voces. Al fin vio a Emilia, pero uno de los catedráticos la acompañaba; un anciano venerable por quien ella sentía gran admiración. Se fueron andando lentamente hacia el despacho de él, absortos en su conversar. Ernesto se quedó revoloteando detrás de ellos, sin atreverse a interrumpirlos.

Anduvo de nuevo varias veces de arriba abajo por el corredor, que había quedado desierto otra vez. Cuando Emilia salió del despacho, él fue a su encuentro, pero ella lo evadió, doblando en el primer tramo de escaleras hacia el estacionamiento.

Tuvo que correr entre los autos para alcanzarla. Se puso frente a ella, y le dijo imperativamente:

—Te quiero hablar.

Entonces ella lo miró con una intensidad que él aún no conocía.

—Pero yo no te quiero hablar a ti —le dijo, y siguió hacia su auto.

El dolor que sintió fue físico: en el pecho, una presión insoportable. Cuando oyó la portezuela del auto que se cerraba, corrió hacia ella.

Desde el volante, Emilia se volvió para mirarlo: parecía horrorizada. Sin decir nada, encendió el motor y arrancó.

—Espera. ¿Qué pasa? No tengas miedo. —El auto se alejaba.— ¡Emilia...!

Alzó una mano y la dejó caer, descorazonado, exhausto, con un cansancio más anímico que corporal.

XIV

Eran las tres y media cuando Arturo, Óscar y Xiuán se sentaron a una mesa de pino en el comedor del pequeño apartamento en un viejo edificio de dos pisos, en la zona dos. Arturo había cerrado las cortinas, verdes con grandes dibujos de flores negras. Encendió una vieja grabadora Sony, extendió un mapa de la república sobre la mesa y dijo: «Yo trataré de ir ubicándonos, ustedes me corrigen». Abrió una libreta de notas donde estaban escritos varios códigos de tiempo y nombres de pueblos —en quiché, en kekchí, en ixil y en español— y puso la Sony a andar.

—Eso —dijo, cuando un ronquido mecánico comenzó a surgir de la bocina— es el motor del camión. Supongo que estamos en la plaza de Chajul. Son las cuatro de la tarde. Pon atención, Xiuán, que ahora vienen las voces.

Pero antes de que nadie hablara, se oyeron unos sonidos como de bultos pesados que caían sobre tablones de madera.

—Están echando sacos al camión —explicó Arturo.

Ahora las voces, de dos o tres hombres, en lengua ixil; y Arturo oprimió el botón de pausa de la Sony.

—Xiuán —le dijo al hombrecito indio—, ¿se entiende lo que dicen?

—Sí. —Tenía los codos sobre la mesa, y se detenía la quijada con ambas manos.— Uno está regañando a otro por haragán. Alguien dice que se está haciendo tarde. Que todavía tienen que cargar otro camión.

Arturo puso de nuevo la grabadora a andar.

Durante un rato, se oyeron más *tomp-poms,* una exclamación, algunos pujidos.

Luego, el sonido del motor les indicó que el camión se había puesto en marcha. Se esforzaba cuesta arriba y Arturo, mientras tanto, estudiaba el mapa. Chajul. Nebaj. Sacapulas.

Casi una hora más tarde, al terminar la cinta, levantó un maletín que estaba junto a la mesa, lo abrió y sacó otra cinta, que sustituyó a la primera. Anotó en su libreta: *Sacapulas.*

—Parece que aquí durmieron —dijo, y puso a andar la grabadora.

Había silencio, con un fondo de ruidos de grillos y ranas (el río Chixoy corría cerca), y de pronto se oyeron campanadas. Una campana pequeña, probablemente rajada.

—Sí —dijo Xiuán—, eso es Sacapulas. La iglesia tiene todavía la campana de bronce original.

Más adelante volvieron a oír algunas frases en ixil.

—¿Qué dicen? —quiso saber Arturo.

—Retroceda un poco la cinta, por favor —le pidió Xiuán.

Y luego:

—Tienen frío. Están abrazados dos de ellos. —Se rió.— Como que son buenos amigos.

—¿Nada más?

—Hay palabras que se traducen muy mal —dijo Xiuán—. Pero no importan.

La grabadora prosiguió. Oyeron un estornudo, el ruido de alguien que se sonaba las narices. Después, más silencio, siempre con el ruido de fondo de las ranas.

Mientras Arturo cambiaba la segunda cinta por la tercera, Óscar, que hacía cálculos de tiempo, les hizo ver a los otros que según las notas ya debía de ser la madrugada para los hombres del camión. El ruido de fondo había variado. Ahora las ranas parecían ser pocas, y de vez en cuando se oía el gorjeo de algún ave. Y, una vez más, algo de conversación.

—Dice uno que tiene frío —explicó Xiuán—. Hablan de sus esposas, que quedaron en un nuevo pueblo modelo, más allá de Chajul. No saben adónde los llevan. Tienen miedo.

Poco más tarde, se oyó que el camión arrancaba de nuevo y se ponía en marcha, y Arturo volvió a oprimir el botón de pausa.

—Aquí hay otra pregunta —dijo—. No está claro qué camino tomaron después de Sacapulas.

—¿No podemos tomar un cafecito? —preguntó Óscar.

XV

Después de servir café en tres tazas, dejarlas sobre la mesa y dar un sorbo, Arturo puso a andar otra vez la grabadora.

Óscar seguía un camino del mapa con un dedo, y de vez en cuando consultaba su reloj. Al llegar a Jocopilas, aumentó el volumen de la máquina, y luego le dijo a Arturo que la detuviera. Como ningún sonido indicaba que el camión hubiese pasado por ningún poblado, le preguntó a Xiuán:

—¿Qué otro camino pudo tomar?

Xiuán se rascó la cabeza, con abundante cabello negro y espinudo.

—Sólo hay otro camino —dijo— si se dirigen a un puerto del Pacífico, como dijo el inglés. El que va a Huehuetenango. Es de tierra también ese camino, poco transitado.

Arturo levantó el botón de pausa. El motor del camión siguió roncando, evidentemente cuesta arriba, y de vez en cuando el chofer cambiaba de velocidad y hacía sonar la bocina. Luego, al parecer, llegaron a una meseta y el sonido del motor se hizo uniforme. Un rumor como de sirenas lejanas. Arturo detuvo la máquina y miró inquisitivamente al Xiuán:

—¿Qué fue eso?

—Es el camino que yo decía. Lo que se oye silbar es el viento. Allá arriba hay un páramo como el de Alaska, donde sólo crecen pinos enanos que el viento ha retorcido. Un tramo del camino pasa por entre grandes peñascos. Cuando el viento es fuerte, suena así. Parecen silbidos humanos, que a veces se convierten en aullidos.

Arturo puso de nuevo la máquina a andar. Ahora, les pareció que el camión descendía por una pendiente. Se oía el rechinar de los muelles del camión y el resoplido de los frenos de aire.

Más tarde hubo bocinas, voces de gente, ruidos de otros motores. Atravesaban la ciudad de Huehuetenango. Y concluyeron que el camión había dado aquel rodeo, en lugar de seguir de Sacapulas a Los Encuentros, para evitar garitas de policía o un posible retén. Más allá de Huehuetenango, el camino era de asfalto, y se oía constantemente el silbar del viento causado por la marcha rápida del camión.

Después de un rato, la textura de los sonidos fue cambiando, mientras el paisaje circundante del camión se hacía cada vez más borroso en la imaginación de Xiuán. Entonces, fue a Óscar a quien Arturo interrogó. Ahora podía oírse, a lo lejos, el mugir de una vaca.

—Ya están en la Bocacosta —dijo Óscar. Se sonrió algo siniestramente un poco después, cuando se oyó un crujido particular—. Una gallina, ¿no?

Así transcurrieron varios minutos más.

XVI

De nuevo, habían cesado los ronquidos del motor. Se oyeron las voces de los ixiles, pero demasiado débilmente para que Xiuán llegara a entender. Hubo dos sonidos que pudieron ser las portezuelas del camión que se cerraban, y luego alcanzaron a oír un ruido opaco, lejano pero vasto. Los tres hombres, que ya se adormecían, concentraron la atención.

—Eso debe de ser el mar —dijo Arturo después de un momento.

Varió la dirección del viento. De pronto se oyó otra vez una como vasta y lejana explosión y, en el fondo, el canto de miles de ranas, un sonido muchísimo más rico que el canto de las ranas a orillas del Chixoy. Después oyeron un suave siseo, como de espuma de mar.

—Sí. —Arturo puso el dedo en el margen inferior del mapa, cerca de un punto rojo llamado Tiquisate.

Pero Óscar movió negativamente la cabeza.

—Yo digo que están en Champerico. Un poco más hacia poniente. Ya lo verán.

La máquina seguía andando. Las voces que ahora se oyeron hablaban en español, pero sólo podía comprenderse una palabra suelta aquí y allá. Luego palabras en ixil, que tampoco fueron comprensibles. Y unos minutos más tarde, era el ruido del motor de un automóvil, posiblemente un jeep, que, a juzgar por las aceleraciones, debía de venir sobre la arena. Ruidos de pasos sobre la carrocería del camión. La áspera orden de: «¡A descargar!». El ya conocido ruido de los hombres que movían sacos y los dejaban caer pesadamente. Ahora el ronroneo de otra clase de motor. Tuvieron que retroceder la cinta tres veces antes de decidir que debía de ser el motor de una lancha.

—¡Ven! —dijo Óscar—. No pueden estar en Tiquisate, tienen que estar en Champerico. Allí hay un viejo muelle abandonado. Allí están, y van a echar el material a la lancha, ¿no? No podrían hacerlo en la playa, por supuesto, con la reventazón.

Siguieron escuchando. Ahora oyeron una voz que no se había oído hasta entonces, pero que les era familiar. Al reconocerla, los tres intercambiaron miradas.

—Es él —dijo Óscar.

Arturo retrocedió la cinta. De nuevo, la grabadora echó a andar. Silencio: olas que rompían, ranas, espuma sobre la arena, viento. Claramente, se oyeron tres detonaciones. Pasos sobre las tablas del muelle. ¿Cadenas? Y otra vez el motor del camión.

«Ahora —dijo la voz de Pedro Morán—, a empujar». Hubo un cambio en el sonido del motor, como si súbitamente hubiera quedado suspendido en el aire, y una explosión que les dijo que el camión había caído al mar.

Luego fue el siseo sordo de la cinta vacía.

XVII

—No hay nada más. —Arturo comenzó a rebobinar el último carrete.

—Creo que está bastante claro —dijo Óscar.

—Muy claro —dijo Xiuán—. Y ahora, qué.

—¿Qué podemos hacer? —preguntó Arturo, encogiéndose de hombros, de modo que podía adivinarse que la respuesta era: nada.

—Pero —dijo Xiuán, indignado— a los cargadores los mataron, ¿no? Aunque no sabían, no podían saber, qué transportaban. Y todo esto pasó varias semanas después del alto el fuego. No hay justificación posible. Y si el camión fue echado al mar, podría levantarse. Se podrían encontrar los cuerpos de los cargadores. Seguramente los encadenaron al chasis.

Óscar decía no lentamente con la cabeza. Sería imposible sacar el camión del fondo del mar, le explicó a Xiuán, porque la costa, más allá de la rompiente y a pocos metros del final del muelle, era muy profunda, prácticamente insondable en aquella parte.

—¿Y estas cintas? —dijo Xiuán, indicando el maletín, donde Arturo había vuelto a guardar las que acababan de escuchar.

—Son muy poca cosa, nada, casi —dijo Arturo—, para nuestros tribunales. Eso lo sabes.

Xiuán sacudió la cabeza, obstinadamente.

—Yo no puedo dejar que esto termine ahí —protestó—. Simplemente, no puedo.

Óscar le dijo en tono amistoso, mientras Arturo replegaba el mapa:

—Lo entiendo, pero sobre todo ahora, nosotros no podemos ayudarte.

Xiuán miró el maletín.

—Las cintas, ¿puedo guardarlas?

Arturo miró a Óscar, que dijo entre dientes, mirándose el dorso de las manos, «¿Por qué no?», y luego empujó el maletín sobre la mesa para dejarlo frente a Xiuán.

Éste alzó una mano pequeña, gruesa y bien dibujada y sin decir nada tomó el maletín. Arturo y Óscar lo acompañaron a la puerta.

XVIII

Pedro había venido a buscarlo al apartamento sin anunciarse, y Ernesto, que se encontraba decaído, sin ganas de salir ni ver a nadie, agradeció un poco autocompasivamente la visita del teniente.

—¿Pero qué me estás diciendo, Ernesto? Si serás pendejo. ¡Turistas ingleses! Esa pulguita va a meterte en líos, vas a ver. Yo me quito el apellido si ese par de viejos no eran espías.

—¿Para quién creés que espían?

Pedro se quedó pensativo un momento.

—No lo sé —dijo—. Lo que voy a tener que averiguar es el nombre del guatemalteco que les conducía. ¿No lo oíste, por casualidad?

—No. Era un simple guía.

—Ya, guía. Je, je. Vos sólo la pija tenés de intelectual, porque de cacumen, cero. Te digo que te están usando como a un buey.

Ernesto resopló. Era cierto que se sentía utilizado.

—Un clavo saca otro —le dijo Pedro—. Vamos, te invito a echarnos un trago.

—No, gracias. No tengo ganas de chupar. Todavía no, por lo menos.

—Ya no es tan temprano —Pedro miró su reloj de pulsera.— Son casi las diez.

—Contame lo que sabés acerca de ella.

Pedro hizo un gesto despectivo.

—Lo mejor que podrías hacer es sacártela de la cabeza. ¿Por qué no me hacés caso?

—Tal vez contándome me ayudás.

—No lo creo. Es cuestión de voluntad.

—¿Voluntad? —se rió forzadamente Ernesto—. ¿Vas a contarme lo que decís que sabés? —Se puso de pie.

—Tranquilo, tranquilo. En serio que un traguito no te caería mal. Pero ya que insistís, aquí te va.

Ernesto fue a la cocina y preparó dos *highballs,* mientras Pedro le contaba:

—Ya te dije que no había gran cosa, pero lo que hay da que pensar. Tiene un novio, y uso esa palabra para que no creás que quiero calumniar, que vive la mayor parte del tiempo en el extranjero, pero que no pasa más de un mes o dos sin venir a Guatemala. Sabemos que hace poco estuvo en Cuba, la llamó por teléfono desde allá.

Ernesto regresó a la sala con las bebidas, se sentó frente a Pedro.

—Ahora mismo está en Guatemala. Es periodista, aunque no trabaja para ningún periódico en particular. Ha estado asociado con toda clase de personas. Nos consta que tiene contactos, aunque no sabemos exactamente de qué naturaleza, con la subversión. No es ningún jovencito, cosa que —Pedro arqueó las cejas— podría estar a tu favor, muchachón. Va rascando los cuarenta. Parece que últimamente las cosas no le van nada bien. Tiene problemas de dinero. Ni modo, con tanto viaje y tanta juerga, digo yo. Le sacaron unas fotos en el aeropuerto a principios de mes, la última vez que entró. Se le ve bastante envejecido. Es mariguano, bastante borracho y hasta cocainómano ha sido. Mujeriego, también. Tuvo hace años una amiga india, de Uspantán, si la memoria no me falla. Ésa sí resultó guerrillera de pies a cabeza. Terminó torturada, y soltó bastante información. Pero de eso hace ya casi diez años. Y creo que eso es todo. De todas formas, sabemos de qué lado están sus simpatías.

—Y sus rencores —añadió Ernesto—. ¿Y el nombre?

Estaba un poco mareado, sentía náuseas. Pedro vació su bebida.

—Óscar Dubón —dijo—. Hosco, le dice ella. La ve cada vez que viene. Y dejame que te diga que si esa pulga está enamorada de alguien, es de él.

Ernesto se encogió de hombros. Pedro repitió:

—Te están usando. Si podés, usala a ella vos también. Pero tratá de no obsesionarte —arrugó la frente—, aunque creo que ya estás obsesionado.

—Las cosas no son tan sencillas, pero en parte tenés razón.

—Hay que tener cuidado de cómo mira uno las cosas. Te dan la vuelta y ni cuenta te das, con tanta filosofía.

—No sigas jodiéndome con eso.

—Si no quiero joderte. Ya sabés cómo somos en la institución. Nos gusta hacernos cargo, que los nuestros estén bien. Te cuidamos las espaldas, aunque ni cuenta te des.

XIX

Cuando Pedro partió, Ernesto fue con su vaso de whisky a la cocina, lo vació en el lavadero y se quedó mirando la culebrita ambarina que se escapaba alegremente por el caño. Pensaba otra vez en Emilia. «Te va a meter en líos», le había dicho Pedro, y quizá tenía razón.

Estaba harto de Pedro, decidió mientras miraba desde los ventanales de la sala las manchitas rojas de dos volcanes que fumaban en la noche. La ciudad entera y las montañas más bajas estaban cubiertas por una nube quieta y como luminosa de un finísimo polvo de cenizas. Muy a lo lejos por el suroeste había un constante relampagueo, pero todavía no se oía ningún trueno.

Estaba seguro de que Emilia se había enterado de alguna manera de que él había sido militar. Fue un error ocultárselo —se reprochó a sí mismo—: ahora ella debía de creer que era su enemigo. Pero ella también le había ocultado innecesariamente algunas cosas a él. Hasta era posible que le hubiera hecho llevar al inglés a Chajul sabiendo que, como decía Pedro, era una especie de espía.

Se oyó, muy débilmente, una sucesión de truenos, y Ernesto recordó con simpatía la sordera del inglés. Lo veía en su imaginación de pie y gesticulando junto al camión del ejército con la carrocería abierta en la placita de Chajul. Y fue entonces cuando, sin saber que lo buscaba, halló un detalle que le pareció revelador. Tenía la mirada perdida en los lejanos relámpagos, pero lo que veía era la ranura entre dos tablones de la carrocería abierta del camión, donde se había introducido —no accidentalmente, ahora lo comprendía— el audífono del inglés, un objeto esferoide negro, más pequeño que una moneda de cinco centavos de quetzal.

Pasada la euforia de este pequeño descubrimiento, sintió por segunda vez aquel día una presión dolorosa en el pecho, una rara dificultad para respirar: todavía no podía creer que Emilia se hubiera negado a hablarle. Anduvo de un lado a otro por la sala. Después fue a su cuarto y se quedó de pie frente al teléfono. Levantó el auricular, y lo dejó de nuevo en su sitio. Tal vez sería mejor ir a verla, pensó. Volvió a tomar el teléfono y marcó el número de Emilia, que ya sabía de memoria. Pero no hubo contestación.

XX

Emilia cerró la llave de la ducha, y sólo siguió cayendo una gota gruesa que al estallar en el suelo de azulejos producía un ruido reconfortante y familiar. Era su segunda ducha del día, porque había empezado, de pronto, el calor. Iría aumentando por momentos hasta hacerse inaguantable, y entonces las lluvias llegarían. Se estrujó el cabello antes de pararse en la alfombra de toalla frente al espejo, que no estaba empañado porque había usado el agua fría. Terminaba de secarse cuando oyó que alguien llamaba a la puerta. Se puso una toalla grande alrededor del cuerpo y fue a abrir.

Era Óscar, y parecía descompuesto. Lo dejó entrar, y él le dio un beso en la mejilla descuidadamente y fue a sentarse al filo de la cama.

—¿Viniste a pie?

—No. Me trajo Arturo.

—¿Hay algún problema?

—No.

—¿Qué pasó con las cintas?

—Son interesantes, pero no se puede hacer nada. Te lo cuento después.

—Pero algo pasa. ¿Andas encocado?

—No, no. —Se sacó de un bolsillo de la chaqueta un sobre blanco.— Al fin. Nos vamos de viaje. Mañana, bastante temprano.

—¿Oh?

—Si todavía quieres. Pero pensé que lo querías.

Tomó el sobre, dudosa de si en realidad quería irse con él a vivir un tiempo en Cuba. Nunca llegó a creer que Óscar cumpliría sus promesas; pero el nombre de Emilia estaba escrito en el billete: Ciudad de Guatemala; San José de Costa Rica; La Habana; San José de Costa Rica; Ciudad de Guatemala.

Le devolvió el sobre con los billetes y regresó al baño.

—Ahora estoy contigo —le dijo por encima del hombro y cerró la puerta sin echar la llave.

Óscar fue al baño detrás de ella. Se le acercó para besarle el cuello, la espalda. Ella se puso rápidamente una camisa. Entre incómoda y complaciente, se dejó llevar de vuelta hasta la cama. Él estaba tembloroso y olía a alcohol. Se reía.

—¿Qué? ¿Esperabas a alguien más?

—Por supuesto que no. Yo creí que no nos íbamos hasta dentro de un mes.

—Y yo creí que tú querías irte cuanto antes.

Era verdad. Ella había insistido para que se fueran a Cuba antes del calor. Porque el calor de aquí era seco, eléctrico, y ella lo asociaba con los brotes de violencia y los temblores de tierra.

—Yo ya tengo listas mis maletas —dijo Óscar—, no puedo echarme atrás. Entre otras cosas, perdería mi billete. La ida, como has visto, está cerrada. Si tú quieres te quedas y me alcanzas después.

De pronto, se sintió abandonada. Las cosas cambiaban muy deprisa en este país, siempre había sido así. Y era raro: pese a las apariencias, de alguna manera, la historia se repetía; se repetía y se repetía y se repetía.

—Bueno —dijo, y se puso de pie—. Voy a hacer yo también mis maletas.

Ya había llenado la primera, cuando él le preguntó:

—Dime una cosa, ¿hasta dónde llegaste con el soldadito?

—¿Cómo?

—Que si tuviste algo que ver con Solís.

—¿Ernesto? —Todo aquel episodio le pareció en ese momento extrañamente remoto, como si formara parte de un pasado ajeno al suyo. Hasta le supo algo mal (ahora que sabía que se iría) haber roto de manera tan brusca con él. Era comprensible que se sintiera avergonzado de su pasado militar, que deseara ocultarlo. Dijo—: No era mala persona.

—Así que sí hubo algo, ¿no?

Ahora Emilia sintió un ligero enfado. Eso era estrictamente asunto de ella.

—Sí —dijo, y enseguida se arrepintió—. Pero fue sólo cosa de un momento. No tiene la menor importancia, de verdad.

La cara de Óscar se retorció con una sonrisa.

—Puta —le dijo.

XXI

Serían las once de la noche cuando Ernesto estacionó frente a la casa de los padres de Emilia. Por encima de la verja de hierro forjado y bambú pudo ver que no había luz en la salita donde, Emilia le había explicado, sus padres veían la televisión, ni en la cocina, en el piso de abajo, de modo que supuso que se habían retirado a dormir. Por una rendija entre dos cañas, vio el auto de Emilia en el garaje. Pensó en tocar el timbre pero, después de mirar calle arriba y calle abajo, se saltó la cerca.

Los pastores belgas del padre, dos perrazos negros, ladraron, se acercaron corriendo, gruñendo, y mostraron los dientes a Ernesto. Pero luego lo reconocieron y, moviendo el rabo amistosamente, fueron a olerle una pierna, los pies.

Mientras atravesaba el jardín en silencio iba pensando que cometía un desacierto; había sido un desacierto enamorarse de esta mujer. Las luces estaban encendidas en el apartamento. Llamó a la puerta.

—Emilia, soy yo —dijo en voz baja—, Ernesto.

Fue Óscar quien abrió. Era más pequeño y delgado que Ernesto. Tenía los ojos inyectados de sangre y, en la mano, a la altura del pecho, una pistola automática que apuntaba a la cara de Ernesto. Ernesto apartó la mirada, alcanzó a ver dos maletas grandes abiertas sobre la cama de Emilia: una vacía; llena de ropa la otra. «Se me va», pensó.

Emilia, que permanecía invisible, comenzó a decir algo, y en ese instante Ernesto vio brotar de la pistola una lengüita de fuego.

El hogar

I

Emilia tiraba de su maleta con rueditas por un corredor del subterráneo de Londres, atestado de gente a aquella hora. Hacía casi diez años que no había estado aquí, y ráfagas de recuerdos vividos pasaban por sus pensamientos. Eran la clase de recuerdos —pensaba— que sólo podían tenerse en una gran ciudad, entre tanta gente. Ruidos de pasos, carteles pegados a las paredes, olores, caras desconocidas, sombras.

El tren apareció por la boca del túnel, se detuvo, se abrieron las puertas; la gente comenzó a empujar para bajar o subir. En el vagón, de pie entre los cuerpos apretados, Emilia fue atravesada por otra serie de recuerdos. El singular enamoramiento por un chico que sólo había visto una vez hacía varios años (cuando iba temprano una mañana en el subterráneo a sus clases de inglés) y cuya cara recordaba aún con claridad. Una chica de pelo cortísimo teñido de rojo sintético dijo: «*My foot*» y alguien pidió perdón. El tren llegó a la estación de Liverpool, y Emilia empujó y fue empujada y logró apearse. Puso la maleta en la plataforma y de nuevo comenzó a tirar de la cuerda por el túnel, con un profundo cansancio. Hacía diez años que había decidido que Europa no le sentaba bien, y sin embargo había vuelto.

El asfalto mojado de la calle, los ladrillos rojos de las casas y el taxi londinense también le trajeron recuerdos: deslizarse sobre neumáticos por la calle era recordar. Esto era Shoreditch.

Amanda, su amiga y anfitriona en Londres, bajó a recibirla; la abrazó cariñosamente, le besó ambas mejillas y le ayudó a llevar la maleta por un pasillo deprimente hasta un ascensor industrial. Amanda había cambiado. Parecía orgullosa de vivir en un barrio un poco dudoso.

—Qué sorpresa, Emilia, y qué gusto verte. —El ascensor hacía ruidos de cadenas y resortes, y Amanda sonreía.— No es bonito vecindario, pero vivimos bien, ya verás.

Al entrar en el departamento, Emilia recibió una impresión de paredes blancas y suelos de madera rústica y altos ventanales. La sala era amplia y al fondo estaba una cocina semiindustrial, completamente expuesta.

—Es precioso —dijo Emilia, y Amanda la llevó a un rincón de la sala donde había un colchón sobre el suelo.

—Ésta es tu cama. Yo tengo que salir a hacer algunas compras. Tú descansa lo que quieras. Si necesitas lavar ropa —señaló una puerta—, hay lavadora y secadora en el cuarto de baño.

Poco después Emilia estaba sola, tumbada en el colchón, todavía asombrada por la cantidad de recuerdos que la visitaban desde que había llegado a esta ciudad. De pronto, sintió un ligero escalofrío, un turbio presentimiento como de muerte.

Por la noche, Amanda preparó la cena, mientras le hablaba a Emilia acerca de su novio, de la vida en Londres. Se sentaron a la mesa, una mesa de madera larga y rústica. Amanda estaba contenta de haber dejado atrás su vida guatemalteca —decía—. Había nacido allá por accidente, pero había elegido vivir en Londres. Era como si sintiera cierto desprecio por los que querían vivir allá. Parecía pensar que para eso debía de existir algún motivo innoble, como la pereza o la codicia, o simplemente la falta de sensibilidad.

El novio de Amanda, Tom, era poeta y profesor de inglés en una academia de Oxford Street. Pegada a la puerta de la nevera con un imán había una foto suya, de medio cuerpo; se esforzaba por abrir una botella de champán.

—Es muy divertido, un poco cínico —le decía Amanda a Emilia.

Amanda estudiaba psicología. Estaba escribiendo su tesis, y después de graduarse quería trabajar como orientadora vocacional para alguna universidad. Tenía ojos almendrados, que parecían enormes detrás de sus lentes sin aros, y una sonrisa espléndida.

—Pero tú no me has contado nada —protestó, mientras sacaba de la nevera dos botellines de cerveza mexicana—. ¿Qué exactamente quieres hacer aquí? ¿Viniste por algún motivo en especial?

—Sí. —Emilia se preguntaba si Amanda conocería el nombre o algo de la obra de Leigh.— Hay unas personas que quiero visitar. No precisamente en Londres, pero bastante cerca, en Essex.

—Ah, qué bien. ¿Ingleses?

Emilia vio con espíritu crítico la expresión de alivio en la cara de Amanda; estaba aliviada porque los amigos de su amiga eran ingleses y no guatemaltecos.

—¿Se puede saber quiénes son?

—Una pareja que conocí en Guatemala. Él escribe novelas y libros de viaje, tiene un punto de vista muy original. Pero me temo que no es muy conocido. Lucien Leigh. ¿No te suena?

—No. Ya sabes, leo casi sólo lo necesario para mi historial. Me quedan pocas ganas y energías para leer otras cosas.

—Claro. —Sintió de pronto, otra vez, un profundo cansancio.

—Estás rendida —le dijo Amanda—. ¿Quieres acostarte? Voy a prepararte un baño.

Emilia se quedó sentada, oyendo los pasos suaves de su amiga que se alejaba descalza por el piso de madera hacia el baño. Dio un largo trago de su cerveza y luego puso la cabeza sobre la mesa y se quedó dormida instantáneamente, pero el ruido del chorro de agua que llenaba la bañera la despertó. «No voy a contarle nada —se dijo a sí misma—. No comprendería».

II

Sacudió la cabeza, salió de la bañera goteando agua. Su piel, ligeramente perfumada por el jabón de menta, despedía un poco de vapor. Cuando pasó a la sala, Amanda estaba bebiendo el té, tendida cómodamente con un libro de historietas en un sofá. La invitó a beber con ella y luego, cuando Emilia ya estaba sentada, las piernas recogidas contra el pecho, en el otro extremo del sofá, encendió un cigarrillo de mariguana, se lo ofreció.

—¿No fumas?

—Bueno, de vez en cuando. —Hacía años que no fumaba mariguana, y ahora fumó cautelosamente.

El humo de la yerba la hizo volver bruscamente al pasado: pero no eran recuerdos gratos como los inventados por Proust. Habían resurgido por el cáñamo, y le era difícil distinguir lo soñado de lo real; podía estar recordando sueños, pensó. El mar estaba cerca.

Amanda le hablaba. Su voz, lejana, un poco quebradiza, produjo un ligerísimo cambio en el tono de los colores, y de pronto el cuarto se transformó. Ya no estaba en Guatemala, cerca del mar; estaba en un moderno departamento en Londres. Y ella no era la misma desde la muerte de Ernesto. «No le cuentes nada», se repitió a sí misma. Quizá no había sido buena idea venir a visitar a los Leigh. Se preguntaba qué les habría dicho Óscar. Estaba un poco borracho y drogado y había disparado sin justificación.

—¿Quieres acostarte?

—No, no. —Antes, pensó, debía volver enteramente a Londres.— ¿Esperas a… cómo es que se llama? —se rió, y se llevó una mano a la frente.

—Tom —dijo Amanda—. Dulce Tom.

Emilia había vuelto.

—Tienes mucha suerte —dijo.

Amanda la observaba con curiosidad. Tarde o temprano tenía que preguntarlo:

—¿Qué pasó con aquel viejo que tenías de novio?

—No nos fue muy bien —contestó Emilia.

Amanda hizo una mueca de disgusto y Emilia sintió que le había leído el pensamiento.

—Era un cerdo —confesó.

—Todos, unos más, unos menos, lo son.

Emilia reflexionó.

—Eso tal vez habría que aclararlo porque en este caso me parece que no comprendes la amplitud del término.

Amanda se rió.

—No te cae mal la yerba —dijo.

Después se quedaron las dos en silencio, pensando en cosas distintas, sin sentir la necesidad de hablar.

—Buenas noches —dijo Amanda. Se puso de pie, se inclinó para dar un beso a Emilia, y después de apagar las luces desapareció detrás de un biombo del otro lado del espacioso cuarto.

Emilia se dio cuenta de que si daba dos o tres pasos podría dejarse caer sobre su colchón en el suelo. Lo hizo, y la sala se convirtió en un dormitorio extraño. Cuántas veces se había dicho a sí misma en la noche que había sido imposible evitarlo... Tal vez debió denunciar a Óscar, pero Ernesto había muerto instantáneamente, y ella pensó que no había nada que hacer. Ahora no lo parecía así. Se dio vuelta contra una pared desconocida.

III

A la mañana siguiente, en el tren que corría entre ordenados campos ácidos de un amarillo intenso y los vastos, verdes campos de trigo, Emilia recordó con ternura, aunque vaga y distantemente, a Ernesto. «Tonto», pensó.

Nina fue a la estación a recogerla, y camino de Fernchurch comenzó lo que Emilia sabía que sería un largo e incómodo interrogatorio, que ella deseaba y temía al mismo tiempo.

—No pude hacer nada para evitarlo —dijo.

Nina detuvo el automóvil frente a la vieja casona de cura.

—Aquí estamos. Lucien debe de estar arriba, en su escritorio. —Puso el freno de mano, y el auto se detuvo completamente con un crujido de grava.— Tiene que entregar mañana una reseña acerca de un libro que todavía no ha terminado de leer.

Emilia se bajó y anduvo alrededor del auto, respirando la primavera inglesa.

—*This way, dear.*

Entraron en la casa.

—Las vigas de madera son originales, tienen casi cinco siglos.

En el vestíbulo, amplio y austero, había varias piezas de textiles primitivos de Colombia, Venezuela, Guatemala y Panamá.

—Deja aquí la maleta. Tu cuarto está arriba, podemos subir más tarde.

Pasaron a una salita acogedora, también austera. Emilia se decía a sí misma que nunca se había sentido tan bien físicamente en un lugar extraño, y se preguntaba si no serían las obras de arte americano, halladas en esta antigua casa de párroco, las que le causaban aquella sensación. La palabra *armonía* y la palabra *bondad* estallaron con resonancias doradas en medio del cuarto. Aquí —pensó fugazmente—, aunque estuviera en Europa, una podría ser feliz.

—¿Quieres beber algo?

Emilia siguió a su anfitriona hasta la cocina, donde, sobre la mesa de cortar, había cabezas de col y de lechuga y una hogaza de pan. Nina abrió la nevera, sacó cubitos de hielo, los sirvió en un vaso, agregó whisky.

—¿Puedo ayudarte a cocinar? —preguntó Emilia. Nina le dio el vaso.

—No, no. Tú vas a sentarte a la sala. Lucien no tardará en bajar. De esto me encargo yo. —Se ató el delantal y empujó suavemente a Emilia con su whisky de regreso hacia la sala.

Los suelos de madera crujían. Emilia, sentada en un sillón en la salita, podía oír los pasos de Lucien que iba de un cuarto a otro por un corredor, y que ahora comenzaba a descender las escaleras. «Él comprenderá», dijo para sus adentros. No había por qué denunciar a Óscar. Había sido un accidente.

Lucien entró en la sala, y ella se puso de pie, a pesar de las corteses protestas del anciano inglés.

—Ya tienes tu bebida. Voy a seguir tu ejemplo —dijo él, y se dirigió hacia la cocina—. Ahora vuelvo.

Emilia bebió de su whisky. Ahora estaba nerviosa y un poco asustada. «Si quería olvidarme de todo —se dijo a sí misma—, no debí venir aquí».

Lucien regresó con su bebida. Se sentó cerca de Emilia y ella comenzó a hablar.

Un poco más tarde, él dijo:

—Óscar estaba loco.

Ella, con ansiedad:

—¿Lo cree?

—Lo sé. ¿Qué pasó con Ernesto?

—Murió instantáneamente. No hubo profusión de sangre.

Lucien escuchaba impasiblemente, con una atención que la incitó a proseguir.

—Arturo ayudó a Óscar con el cuerpo. Lo llevaron a Villalobos. Lo dejaron cerca del puente, sin su identificación.

—¿Pero alguien lo identificó?

—Sí, los padres.

El viejo inglés arqueó las cejas y dijo:

—Completamente innecesario. Y tú, en medio.

Lo peor había pasado. Él prosiguió:

—Así que era amapola lo que transportaban. Eso pensé. O cocaína. Si no, para qué habrían necesitado una lancha. Nina pensaba que llevaban cadáveres. Tengo que contárselo.

—Por ahora parece que todo eso ha terminado. Se ha prohibido al ejército circular por casi todo el altiplano occidental.

—Oh —dijo Lucien, con expresión divertida y quizá un poco maliciosa—. ¿Y adónde los han enviado? ¿A la luna? ¿Y tú, vas a volver a Guatemala?

Más que una pregunta a ella le pareció que era una orden.

—No tengo ganas.

—Entonces no irás —dijo él afablemente—. ¿Qué harás, si no?

—Es lo que digo. No lo sé.

—Volverás.

Sentados a la mesa, mientras Lucien partía una gallina, Nina le decía a Emilia que no era necesario que volviera inmediatamente, si no lo quería, que por algún tiempo podía quedarse con ellos, y Emilia pensaba que todo esto era increíble, ya se sentía parte del hogar, feliz allí con dos personas que apenas conocía.

—A mí me parece buena idea, Nina —dijo Lucien, y se volvió a Emilia—. Quédate aquí.

Y Nina añadió:

—Sí. Unos días. Te quedarás.

En su cama antes de dormirse, Emilia pensaba que no tendría ninguna vida inglesa, que éstas eran sólo unas vacaciones, que la orden había sido dada, que volvería.

IV

Sin embargo, después de pasar cinco días en casa de los Leigh, Emilia había vuelto a Londres, y de allí había ido a París. Aquí decidió establecerse, y aunque al principio le parecía que esta decisión había requerido valor y aun audacia moral, más tarde se dio cuenta de que había elegido lo más fácil. Porque la vida se le había hecho muy fácil y agradable en París. Creía que su decisión de quedarse en Europa había decepcionado un poco a Lucien, pero no había pensado que él fuera capaz de transferirle a ella el vago sentimiento de decepción que ahora sufría. Hacía nueve meses que estaba en París, y dejaría pasar todo un año antes de regresar a Guatemala, pensaba. Tenía un bonito apartamento, que podía conservar gratuitamente durante todo ese tiempo, y que sería una lástima no aprovechar. Y tenía a la anciana benefactora, que quizá dentro de un año ya no estaría allí, y al amigo músico y a la divertida chica escultora y a las bailarinas que la habían incluido generosamente en sus círculos, que le dolería abandonar tan pronto. Pero de vez en cuando Emilia sentía una especie de angustia, relacionada de alguna manera con el hecho de encontrarse en Europa.

La noche anterior —recordó mientras atravesaba el Sena por el Pont du Carrousel— había soñado con Lucien, y era extraordinario, como si poco a poco, a pesar de la distancia, le hubiera tomado al anciano un cariño excesivo. Andaba deprisa, porque un viento fresco soplaba sobre el río, y recordaba: seguía a Lucien por un claro corredor de maderas labradas. Él andaba despacio delante de ella y llevaba en la mano una raqueta de tenis. Y mientras en el sueño ella se decía que él era un buen perdedor, la raqueta se transformaba en una escopeta de dos cañones.

Por la noche volvió a su apartamento, cerca de la iglesia de Notre-Dame de Nazareth, con un desagradable sentimiento de insatisfacción. Sentía como una piedrecita debajo de la lengua y un sabor acre en el paladar. Temprano por la mañana telefoneó a Inglaterra. Nina contestó:

—*Oh, it's you, of all people.*

Emilia presintió que algo malo había pasado.

—Sí, me temo que sí. Es Lucien. Está en Guatemala, no sé exactamente dónde. Pero creo que se encuentra en problemas.

—¿Qué clase de problemas?

—No estoy segura. Pero dime una cosa, querida, ¿no podrías venir?

Y fue así como, dos horas más tarde, Emilia estaba con su maleta en la calle esperando un taxi para ir a la Gare du Nord.

La campiña inglesa estaba de nuevo cubierta de flores, y había un olor a heno y a excremento de perro y a colza en el aire tibio de la tarde. Nina, que había ido a recoger a Emilia a la estación de tren, conducía hacia Fernchurch con evidente nerviosismo.

—He estado usando el aparato de radio para seguir sus movimientos —le decía—, pero hace tres días perdí la señal. Iba solo, como te dije, y yo insistí en que me diera los códigos para escuchar. Me hizo prometer que no haría grabaciones, a menos que él me lo pidiera. —Miró por el retrovisor.— Antenoche volví a hallar la señal. Por eso me sorprendió tanto que llamaras. Lo que me preocupa es que ya no se oye su voz. Por eso he grabado las últimas conversaciones —explicó—. Me ha parecido necesario. Pero mi español es demasiado pobre. No sé qué está pasando exactamente.

Habían llegado.

—Ya conoces tu cuarto.

Entraron al vestíbulo. Emilia atravesó el corredor hacia las escaleras. Desde el estudio en el segundo piso llegaban sonidos extraños: ruidos de parásitos y estática, ranas y grillos. «Allá es de noche todavía», se dijo Emilia a sí misma: imaginó un paisaje con contornos de plata oscuro y aterciopelado.

V

La noche que Lucien Leigh, proveniente de Dangriga, desembarcó en el puerto de Lívingston, la luna estaba llena. La lancha tiburonera piloteada por un muchacho garífuna tocó el muelle de hormigón, y los otros pasajeros precedieron al viejo inglés en el desembarque y se alejaron pueblo adentro, unos despacio, otros con prisa. El anciano se quedó conversando un momento con un lanchero local, don Calixto Corman, un hombre menudo de piel muy oscura y aspecto dravídico, mientras la tiburonera beliceña viraba frente al muelle y salía de vuelta a Punta Gorda. Quería saber el precio de un viaje a un caserío llamado Las Delicias que estaba donde comienza el río Dulce, y de vuelta a Lívingston. Don Calixto dijo que él podía llevarlo, que ya tenía otros pasajeros para hacer el viaje a ese lugar a la mañana siguiente, que sólo le cobraría el regreso. Acordaron la hora de partida y se dieron la mano. Leigh se acomodó la mochila a las espaldas y, lentamente, se fue andando calle arriba hacia el centro del pueblo, seguido por varios niños negros. Él repetía amablemente que ya tenía un cuarto reservado en un hotel, que sabía cómo encontrarlo, pero como los chicos insistían, bajó el volumen de su audífono y siguió andando, sordo ahora a sus voces y al chillón himno religioso que había oído vagamente desde el puerto pero que a medida que se acercaba al centro había ido arreciando, sordo al ruido de las ranas, que se veían saltar de vez en cuando aquí y allá a la orilla de la calle inclinada que bordeaba un terreno baldío.

Sudaba, pero ¡qué contento estaba de encontrarse aquí! El que no le fuera posible distinguir el sabor de la felicidad que experimentaba ahora de la que había experimentado en momentos remotos, en lugares remotos, podía significar que de alguna manera la felicidad existía más allá del tiempo común, que pertenecía a otra clase de tiempo. Pero éstas no eran más que palabras ordenadas en su mente, y él seguía andando felizmente calle arriba. Las viejas casas de madera no eran casas fantasma sino que estaban habitadas por gente real más allá del oscuro terreno baldío, y él había dejado atrás a los niños.

La noche aquí era más negra que la noche de Inglaterra, pensó una vez más al contemplarla desde la ventanilla de su caluroso y húmedo cuarto en el segundo piso del hotel Izabal. Había dejado el audífono, apagado, en un cenicero de cerámica. Imaginaba los ruidos de la noche. Las hojitas negras del árbol del jardín de enfrente, las palomas sobre los techos de lámina oxidada, los nubarrones bajos que de un momento a otro dejarían caer sobre el pueblo su pesada carga de lluvia: todo murmuraba. La humedad podía tocarse con los dedos, y las sábanas despedían un fuerte olor a hongo, comprobó al tumbarse en la cama. Otras noches estaban en el cuarto: una lejana noche habanera, una noche vietnamita, más reciente, otra inglesa, añeja, de antes de la guerra. Cerró los ojos y, con los ojos cerrados, vio la cabeza roja de un rey de los zopilotes.

Temprano por la mañana, después de dar un paseo por el pueblo —pasó por la antigua fábrica de hielo, la primera industria del lugar, por la oficina de correos y el antiguo juzgado, por las discotecas, por el cementerio y las cantinas—, bajó al puerto. La calle en declive, el aire todavía fresco, la claridad de los sonidos procesados por su prodigioso audífono se combinaron para provocarle un curioso *déjà-vu:* el vívido recuerdo, no de ninguna percepción particular —pensó— sino de un estado, o de una manera de percibir.

Sabía que río arriba, por Las Delicias, había un albergue cuyo propietario podría darle información acerca del extraordinario orfanato del que había tenido noticias.

Durante el trayecto por el profundo río de jade bajo los altos acantilados cubiertos de vegetación, se transformó en un turista clásico, interesado en la flora y la fauna y los celajes, amable y conversador. Al llegar al ensanchamiento del Golfete, con el calor del sol que ya estaba en lo alto y las invariables vibraciones del motor, se quedó adormecido. Después de contemplar las orillas, ahora abiertas y espaciosas, donde a la derecha las colinas eran una manada de elefantes medio hundidos en el fango, y a la izquierda el vasto plano inclinado del cerro San Gil cubierto de árboles azules era una ola que comenzaba a combarse, se recostó en el respaldo de su silla, apagó el audífono y se durmió.

No se despertó hasta que estuvieron en la ensenada del albergue, oculto aún detrás de los yates de recreo y los veleros.

—¿Dónde están los otros? —preguntó, al ver que los demás pasajeros ya no estaban en la lancha.

—Los dejé del otro lado, en el Tijax —el lanchero señaló un enorme arco de hormigón, un moderno puente que se alzaba brutalmente sobre el río—. Sólo usted se queda aquí.

Leigh trepó con alguna dificultad al muelle del albergue.

—Voy a almorzar aquí —le dijo al lanchero—. A la tarde me gustaría visitar rápidamente otros lugares, y luego regresar a Lívingston, aunque sea ya de noche, si usted cree que es posible.

Don Calixto dijo que era posible y que volvería por él a eso de las tres.

El comedor del albergue, un ranchón rústico con techo de palma elevado en pilares sobre el agua, tenía al costado un trozo de selva aferrada al suelo limoso por musculosas gambas, que se perdían entre cortinas de lianas y enredaderas. Rodolfo Bucarán, el propietario del Aj Tuul, no estaba allí en ese momento, le dijo la administradora, una joven canadiense. Después de enviar a un muchacho australiano como guía de un grupo de turistas a una gira por la plantación de hule y por la selva primitiva adyacentes al albergue, la canadiense le sirvió a Leigh una cerveza y le ofreció una de las cabañas para descansar mientras esperaba a Bucarán y ella iba de compras y preparaba algo de comer.

Lo acompañó hasta otro edificio, también abierto y elevado sobre pilares al estilo costeño, con cuatro camas grandes y aparentemente cómodas. Cuatro ángeles de gasa blanca, atados con hilos invisibles a los durmientes del techo, estaban suspendidos sobre las camas con las alas replegadas, angulosos y benévolos.

Leigh se tendió en una de las camas. Recordó sin remordimiento el gozo que había sentido al escaparse a este viaje contra la voluntad de su mujer. Había tenido que fugarse de casa, y aun de Inglaterra, por temor a que ella le impidiera venir. No había sido hasta llegar a Panamá cuando la llamó para explicarle. «¿Cómo has podido hacerme esto?» «Lo siento. Tenía que hacerlo.» «Pero Lucien, podría ser una trampa. Regresa, por favor.» «No, Nina, me temo que no.»

Se sacó el audífono del oído, lo dejó descansar en la depresión en el centro de su pecho. En lugar de dormirse, se quedó pensando que probablemente lo que había oído acerca de aquel orfanato no eran nada más que rumores. Pero una institución así y en tales circunstancias —rodeada de agua, de pantanos y de selva, y administrada por una madame hondureña arrepentida—; era fácil poner en duda su legitimidad.

Cuando le avisaron que la comida estaba lista bajó al comedor. Bucarán, un hombre corpulento de cabello gris, fue a sentarse a la mesa de Leigh, con la desenvoltura típica de un propietario de hotel.

—Me da mucho gusto tenerlo aquí —le dijo—. He leído algunos de sus libros, no hace mucho. —Miró a su alrededor: la selva, el agua verde.— Este lugar y las cosas que pasan por aquí podrían fácilmente estar en uno de sus libros.

Leigh se sonrió apenas, un poco incómodamente.

—Si puedo ayudarle en cualquier cosa, dígalo nomás, ¿eh? —Bucarán le tocó el brazo casi filialmente y se puso de pie.— Lo veré más tarde.

La canadiense se acercó con el menú. Leigh pidió un pescado del río y una ensalada. Terminaba de comer, cuando Bucarán volvió a su mesa.

—¿Ya visitó el orfanato? —le preguntó.

—Todavía no.

—¿Es para eso que vino?

—En parte.

—La muchacha que lo maneja se llama Adelle Guillon. Yo puedo presentársela, si quiere. Es francesa. Muy atractiva —añadió.

El lanchero llegó a recogerlo a la hora convenida, pero para disgusto de Leigh no iba solo, sino con dos pasajeros más, una insólita pareja de turistas que le causaron un ataque de impaciencia. Él estaba acostumbrado a estos ataques hormonales de impaciencia. Había que dejarlos pasar. Sabía que, concluido el ataque actual, las caras de animales del hombre y la mujer —una nutria y un ratón blanco— se convertirían en humanas.

Más allá del caserío Vuelve Mujer, donde había una choza blanca incrustada en el ángulo entre el agua lisa y negra y el borde tupido de la selva, estaba El Hogar. La tiburonera arrimó la punta a uno de los muelles.

—Pero éste no es el sitio que yo le dije —decía el francés.

—¿Ah no? —replicó el lanchero, y Leigh vio su treta con alguna simpatía—. Entonces debe de ser el otro orfelinato, río abajo, el de los gringos. Los llevo después.

Mientras Leigh desembarcaba parsimoniosamente, los turistas y el lanchero seguían discutiendo en términos de distancia, tiempo, combustible, dinero.

Al llegar a mitad del muelle, Leigh se detuvo un momento a admirar la tiburonera del Hogar: el modelo de lancha rápida que había ayudado a desplazar las estructuras del poder entre los contrabandistas a lo largo de las costas centroamericanas. Diseñada en México por ingenieros japoneses, esta embarcación de fibra de vidrio con veinticinco pies de eslora, que recordaba la falúa arábiga por la curvatura de su proa, podía cubrir en menos de diez horas, con una carga de dos mil libras o unas veinte personas, la distancia entre las ciudades de Belice y Panamá. (El estático mundo de los objetos, donde el tiempo no existía, había incidido nuevamente de manera decisiva en el mundo movible de los hombres, cuya esencia era el tiempo.)

Bajo el sol de las cuatro, con un cansancio que sólo podía sentirse en el trópico, Leigh deseó que en este caso la pista que tenía fuera falsa. Que la ex madame tuviera probidad, que los extranjeros que trabajaban como voluntarios fueran gente de buen fondo, que los niños que crecían aquí, cuyos gritos llenaban la tarde, no fueran víctimas de ninguna voracidad.

Un paseo de entablado bajo los árboles llevaba a las oficinas, desde las que se dominaba una pequeña ensenada, donde estaba el muelle principal. De la parte del agua llegaba un ruido extraño semejante a un graznido, y Leigh vio a un grupo de niños en la punta del otro muelle, que rodeaban a un hombre sentado en cuclillas, quien producía aquel sonido. Era un joven extranjero de cabeza rapada y ojos grises, y los niños reían y daban saltos a su alrededor.

Una niña se volvió de pronto hacia Leigh y, levantando una manita, gritó: «¡Hola!».

—¡Hola! —Leigh levantó su vieja y lenta mano.

El joven habló en español con marcado acento alemán para preguntarle al viejo qué buscaba.

—Me gustaría hablar con la señorita Guillon —respondió Leigh.

El otro le dijo que siguiera por el entablado hasta el edificio de las oficinas, pero que creía que Adelle no estaba allí. El mayor de los niños dijo a sus compañeros en un susurro teatral:

—Vamos a ver su lancha —y, seguido por los otros, salió corriendo por el muelle sobre los juncos hacia la tiburonera recién arribada.

Leigh siguió caminando hacia las oficinas, elevadas del suelo por pilares de hormigón; subió los escalones y llamó:

—¡Buenas tardes! ¿Hay alguien?

A través de la oscura tela mosquitera, una joven española de cara fresca y ojos vivos le respondió:

—Sí. Pase adelante.

Estaba ocupada ordenando papeles, de pie junto a una mesa rústica que servía de escritorio. La piel de la chica, de la frente a los hombros, estaba recubierta con una película de transpiración, y por encima de sus labios se había formado un arco de gotitas de sudor.

—¿Sí? —dijo. Su voz era baja y agradable.

—Quería ver a Adelle Guillon —le dijo Leigh—. ¿Está aquí?

—Ahora mismo se ha marchado. ¿Puedo hacer algo por usted?

—Quería conocer el sitio. Quería hacerle algunas preguntas. Puedo regresar.

—Si usted quiere, yo puedo mostrarle las instalaciones. No hay gran cosa que ver. Ahora termino aquí.

Leigh dijo que esperaría, salió al corredor y volvió a bajar las escaleras.

Al pie de las escaleras, donde dos perros sin pelo dormían a la sombra de los pilares, él podía oír a la chica dar pasos por la oficina. La oyó exclamar para sí misma: *Qué lío han armado.* Se llevó una mano al oído, se extrajo el audífono y, alzando un brazo muy largo, lo incrustó entre dos tablones del piso. Estaba colocándose otro audífono en la oreja, cuando la chica salió de la oficina y bajó rápidamente las escaleras.

Durante el paseo por las instalaciones que recibían la agradable sombra de los árboles, la voluntaria española, una chica de Mendavia llamada Encarnación, explicaba a Leigh que de los noventa y tantos niños que vivían allí, solamente uno era adoptable, ya que los otros no eran realmente huérfanos sino que provenían de familias con distintas clases de problemas, y en la mayoría de los casos habían sido enviados al Hogar, cuya sede estaba en la capital, por algún tribunal familiar.

—Entonces —dijo él—, estos niños no son de por aquí.

—No. Algunos niños locales vienen a nuestra escuela, pero no viven aquí.

Siguieron andando hasta un galpón en forma de L con las paredes pintadas de blanco, con huellas de manos infantiles de varios colores.

—Aquí está la escuela, y aquello es la biblioteca.

Las paredes de la biblioteca estaban decoradas con casas y árboles y pájaros pintados.

—Hay libros también para los adultos, en inglés, francés y alemán. Yo consigo aquí mi lectura —se sonrió.

Los nueve voluntarios que se encargaban de los niños más pequeños eran extranjeros. Por el momento había cinco norteamericanos, dos chicas francesas, un australiano, un alemán. Había solamente veintiséis niños menores de ocho años, así que el cuido era bastante personal. Encarnación creía que los voluntarios iban y venían con demasiada frecuencia, y algunos permanecían en el Hogar sólo dos o tres semanas, lo que causaba entre los niños bastante confusión.

—Yo no estoy segura de que ésa sea la mejor manera de hacer esto —dijo—, pero mejor que nada sí que es.

Leigh estaba de acuerdo. Suponía que para los niños sería mejor estar aquí que encerrados en un caserón de bloques en la capital. Encarnación, además, parecía generosa de espíritu: quería dar un poco de su tiempo y amor. Si jóvenes como ella —no podía tener más de veinte años— estaban dispuestos a pasar sus vacaciones en una zona infestada de malaria entre niños pobres a la orilla del río, ¿qué había de malo en esto?

Ahora él estaba arrepentido de haber colocado el audífono en las oficinas. Quizá podría encontrar un pretexto para volver allá y extraerlo.

—¿Y qué hacen con los niños problema?

Desandaban el camino hacia los muelles por uno de los paseos elevados a la sombra de los mangles. Encarnación se quitó de la cara un mechón de cabello empapado en sudor.

—Tratamos de mantenerlos cansados. Aquí no resulta muy difícil, porque hay espacio de sobra y podemos hacerles correr y retozar hasta el agotamiento. Yo no sé qué harán a largo plazo. Pero creo que algunos necesitan más que eso, desde luego.

Llegaron al muelle. La nutria y el ratón blanco disfrazados de turistas estaban conversando con el cabeza rapada alemán, mientras la tiburonera viraba en la pequeña bahía con un ruidoso y alegre cargamento de niños, que gesticulaban desde el agua a los extranjeros en tierra. Las risas y los gritos daban un sabor especial a aquella hora de la tarde. Don Calixto no había escatimado en este caso ni gasolina ni dinero; había querido simplemente hacer felices durante un momento a los pequeños. Pero los turistas franceses estaban ansiosos por marcharse; llamaban al lanchero para que volviera.

Una vez más, la impaciencia. Él quería regresar a la oficina, extraer el audífono, y ahora los turistas impedirían que pudiera hacerlo de un modo natural. Los niños desembarcaban a regañadientes.

—Dígale por favor a la señorita Guillon que quizá pase de nuevo a visitarla. Y muchas gracias por la gira.

—Con mucho gusto, señor Leigh. —Se dieron la mano formalmente.— Hasta luego, entonces.

Mientras los extranjeros subían a la tiburonera el voluntario alemán formó militarmente a los niños en el muelle para hacerles decir en coro:

—Muchas gracias, señores.

—Más alto.

Y los niños gritaron:

—¡Muchas gracias, señores!

—¡Más alto!

—*¡Muchas gracias, señores!*

La última vez sonó como un absurdo grito de guerra.

VI

Anochecía cuando Leigh emprendió el viaje río abajo de vuelta a Lívingston, solo por fin con el lanchero. La luna no había salido aún de detrás de los montes, pero su luz bastaba para hacer visible un paisaje de siluetas de papel carbón recortadas con los dedos sobre un fondo de cielo plateado y agua reflexiva. A cada cambio de dirección de la lancha, se perfilaban a derecha e izquierda oscuras formas cambiantes de animales agazapados entre la claridad del firmamento y la claridad del río. Ahora, a la derecha, había un sapo que al doblar el recodo del río era engullido increíblemente por una serpiente, que se desenroscaba bajo las estrellas desde la otra orilla. Cuando entraron en el cañón de La Bacadilla y los ribazos se convirtieron en acantilados, las formas que acechaban crecieron tanto que se hicieron incomprensibles, y fue como si el cielo se alejara.

Por fin las montañas volvieron a abrirse y apareció el ancho horizonte del mar, y su aliento salado les tocó tibiamente la cara.

Leigh se demoró en el muelle de Lívingston entre los estibadores, para escuchar a un grupo de muchachos negros que producían música africana usando como instrumento el cuerpo de madera del *Marcos Monteros,* un viejo buque de carga fondeado frente al rompeolas, al lado de varias embarcaciones confiscadas: el *Róbalo,* el *Free Spirit,* el *Time Out*... Producían los ritmos al bailar, golpeando con sus pies descalzos el piso hueco de madera con cadencias africanas, y cantaban en tonos bajos, bien modulados.

La música cesó de pronto y los adolescentes, que hablaban en ráfagas de español, garífuna e inglés, comenzaron a bromear y reír groseramente. Uno golpeó a otro, los golpes se multiplicaron, y de pronto los seis se habían dispersado. Para ellos, aquel ritual que había transportado a Leigh a otro lugar y a otro tiempo no había sido más que un juego. Entonces se fue despacio, mirando las tiburoneras que estaban ancladas una junto a otra a lo largo del muelle, y siguió calle arriba hacia el hotel.

Cuando ya todos parecían dormir en el pueblo, Leigh fue a sentarse con su aparato de radio a la ventana de cedazo oxidado. Después de navegar un rato por un mar de parásitos, halló la frecuencia que buscaba; y pudo ver un paisaje puntillista descrito por las notas de los grillos y las ranas. Estuvo un rato escuchando: una gallina cacareaba, murmuraba el follaje de los árboles, un coco cayó ruidosamente al suelo.

Leigh anotó el número del dial y se tumbó en la cama. Se durmió pensando en que ahora que había hecho este trabajo, ya no tenía nada más que hacer. No había sido una trampa, después de todo. Nina escucharía.

Se despertó muy temprano, cuando el cielo todavía estaba oscuro, «aunque una vibración indecisa en el marco de la ventana no tardaría en convertirse en un rayo de sol». Mecánicamente, se incorporó para quedar sentado al filo de la cama, dura y sudorosa. Poco después se puso de pie y fue a sentarse en la silla a la ventana, encendió el aparato de radio y se puso los auriculares.

«Era muy agradable.» Era la voz de Encarnación.

«Pero dices que era un viejo.» Por el acento francés, debía de ser Adelle.

«Sí. Tal vez vas a conocerlo, dijo que quizá volvería.»

«¿Qué quería exactamente?»

«No estoy segura. Ver el lugar, hablar contigo.»

«El nombre no me suena. Tal vez era un reportero. Ya te lo dije, a alguien se le ha metido entre ceja y ceja que esto es una venta de niños o un burdel. Me entristece.»

«No debes preocuparte. Sabes que todos te apoyamos.»

«Sé que cuento contigo.»

En el fondo comenzaban a oírse más ruidos: ladridos, gritos de niños.

«Qué fue lo que te dijo Charlie acerca de Yuri», dijo Adelle.

«Oh, ¿te lo ha dicho?»

«¿Qué sabes tú?»

«Poco. Lo que vi.»

«Qué viste.»

«Estaba besando en la boca a Agustín.»

Una pausa.

«Voy a tener que despedirlo.»

«Claro. Pero Charlie le dijo anoche que se fuera, y Yuri contestó que se quedaría hasta aburrirse, que ya había hablado con Celeste y que ella lo apoyaba.»

«Tendrá que irse. Pero me temo que todavía va a causarnos problemas.»

«Todos queremos que se vaya.»

Apagó el aparato. Aunque lo que había escuchado confirmaba las buenas intenciones de las chicas, le había dejado un mal sabor. Ya no volvería al Hogar —pensó—; el viaje había terminado. Las baterías del audífono estarían muertas en menos de cinco días, y antes de eso él estaría de regreso en Inglaterra. Pensó en Encarnación con una vaga nostalgia. Se levantó rápidamente de la silla y comenzó a vestirse para bajar a desayunar.

Más tarde, el lanchero consiguió convencerlo de que no se marchara ese día —un día esplendoroso— y lo invitó a salir a alta mar para visitar uno de los cayos. Él —le dijo— tenía un primo beliceño que vivía allá. Era pescador, y de vez en cuando cazaba un manatí.

—¿Es posible ver manatíes vivos? —Leigh quería saber: no había visto nunca uno en libertad.

—Si no llegamos a ver uno, usted no paga nada. Pago yo la gasolina. ¿Vamos, no?

De modo que fueron. El primo del lanchero vivía en un islote maloliente, un cementerio de caracolas que formaban montañitas entre los cocoteros tostados a lo largo de la orilla de arena de coral. Barajaron la costa pero no vieron —como Leigh había sospechado— ningún manatí.

—Es que son listos —le explicaba Calixto al volver—. Tienen muy buen oído.

—¿Y la gasolina?

—Es verdad que usted la pagó. Dejémoslo así hoy, y mañana lo llevo a Barrios sin cobrarle. ¿Le parece?

Al día siguiente, sin embargo, cuando Lucien bajó al muelle, el lanchero no estaba allí. Otro muchacho de piel oscura como Calixto fue a su encuentro y le explicó que era primo del otro, que había amanecido enfermo y no había podido venir.

—Pero el viaje está pagado.

—Sí, por supuesto.

Era una mañana gris con viento huracanado. El cielo descendía lentamente sobre la oscura y verde bahía circular. Era un día de veleros de vela negra, que iban y venían y recordaban aletas dorsales de tiburones sobre el agua plomiza. De pronto el lanchero detuvo el motor y volvió a Leigh sus ojos inyectados de sangre mientras la embarcación era mecida por las olas.

—No tardará en llover —le dijo.

Se agachó a hacer algo bajo el cofre de popa, y luego sacó un trozo de plástico negro que comenzó a extender. Tambaleándose como un borracho, avanzaba hacia Leigh, que permaneció en su lugar diciéndose a sí mismo que no tenía ningún motivo para alarmarse, aunque estuviera alarmado.

El lanchero le echó el plástico encima, se lo colocó alrededor del cuello y le dijo con voz lúgubre:

—Vamos a mojarnos.

La lluvia comenzó a caer con fuerza, ya no podía oírse el ruido de las olas que golpeaban los costados de la lancha, sólo la lluvia y, de nuevo, el ronquido del motor. «Vamos a hundirnos», pensó Leigh: el agua entraba rápidamente por algún agujero en la embarcación. Se llevó la mano a la oreja para aumentar el volumen del audífono. Dijo: *We're going down. Nina, are you there?* Pero no alcanzó a oír su propia voz.

VII

En el fondo, del otro lado del océano, se oían los gritos de un pájaro —¿o era aquí donde gritaba, en el jardín, donde estaba el comedero que él había levantado y que día tras día Nina llenaba de semillas?— y Emilia hizo la reflexión de que Nina prefería enviarla a ella a reconocer el cuerpo de su esposo, en lugar de ir ella a hacerlo, o de mandar a uno de sus hijos. Hacía cinco días que la voz de Lucien no era lanzada al espacio, y las dos mujeres estaban tácitamente de acuerdo en que debía de estar muerto. Emilia, sin embargo, había comenzado a dudar, a creer que estaba vivo. Ya no se sentía culpable al esperar, con amorosa tensión, encontrarlo: una y otra vez imaginaba el momento.

Nina estaba tomando notas, sentada al escritorio junto a la grabadora, mientras Emilia, que miraba fijamente la bocina negra de la que salían los sonidos, calculaba las horas que faltaban para que Nina la condujera al aeropuerto de Sandgate. La noche anterior Emilia se había ofrecido a viajar a Guatemala para tratar de encontrarlo, y Nina había aceptado el ofrecimiento con gratitud. Ahora rebobinaban la cinta donde había sido grabada la última conversación que había tenido lugar en la oficina del Hogar la tarde anterior. La cinta llegó a su comienzo, y la pusieron a sonar. Los que conversaban eran Yuri el alemán, y Adelle.

Adelle decía:

«Acabo de ver a Celeste. Me autoriza para despedirte, Yuri. Lo siento. Mañana tendrás que marcharte.»

Se oyó la risa de Yuri.

«Es un malentendido —dijo—. Él está aquí. Hoy mismo llegó, y hemos hablado. Puedo quedarme, y me quedaré».

«Si tú te quedas, yo me voy.»

«Puedes hacer lo que quieras. No olvides que tú misma fuiste la que dijo que ese niño…»

Ella interrumpió la oración:

«¡Eso no tiene nada que ver! Tiene apenas once años. No hay discusión posible, Yuri.»

«Eso se dice fácilmente. Él tiene necesidad de esa clase de afecto, y ustedes no quieren comprenderlo. Eso es todo. Yo soy un degenerado, según ustedes. Pues él cree que es una suerte, casi un milagro, que yo sea así. Ahora mismo, si quieres, puedes ir a su habitación. Lo encontrarás llorando. ¿Sabes por qué está llorando? Porque le han dicho que me voy.»

«Yo no puedo consentir…»

Yuri ahogó las protestas de Adelle.

«Tú, tú, tú —dijo—. De todas formas, como tú has dicho, no hay discusión. Me quedo aquí, por orden de tus superiores».

«Veremos.»

Silencio, con gritos de niños y de aves en el fondo. Ruidos de pasos por el suelo de madera, el sonido de una puerta al cerrarse.

Nina examinaba sus apuntes. Luego le dijo a Emilia:

—Es posible que su audífono se haya descompuesto —pero lo decía sólo, pensó Emilia, para apartar algún mal pensamiento—. Llevaba solamente dos. ¿No crees que deberías llevar uno tú también?

A Emilia se le había ocurrido también esto, pero no se había atrevido a sugerirlo.

—No sé —dijo.

—Bueno, tienes algunas horas para pensarlo.

Un momento antes de salir hacia el aeropuerto, cuando Emilia bajaba con su equipaje para llevarlo al auto, Nina volvió a preguntárselo:

—¿Lo quieres llevar?

Emilia ladeó la cabeza, como si todavía no hubiera terminado de pensarlo.

—¿Sabes? —dijo—. Creo que no. Supongo que soy supersticiosa.

—¿Y cuál es la superstición acerca de los audífonos?

—No creo que haya ninguna superstición oficial. —Puso la maleta en el suelo al pie de la escalera.— De todas formas…

—Comprendo —dijo Nina—, creo que comprendo.

La primera vez, la palabra *comprendo* sonó como si lo comprendido fuera que Emilia tuviese algún temor irracional acerca del uso de un aparato como aquél; la segunda, como si el usarlo hubiera entrañado una intimidad que Emilia no quería compartir.

—Me gustaría acompañarte —dijo Nina, ya en el automóvil, un momento antes de arrancar, y se quedó pensativa un momento.

Emilia temió que Nina decidiera acompañarla a última hora, pero no fue así. En el aeropuerto, facturado el equipaje y sellado el pasaporte, Nina la acompañó hasta la puerta de embarque.

—Tendrás cuidado —le dijo al despedirse.

Emilia se había enternecido inesperadamente y se esforzaba por contener el llanto. De modo que Nina continuó:

—Y dile por favor a Lucien que ha hecho muy mal en irse así.

Se abrazaron con cierta torpeza y una curiosa frialdad, como si supieran que, sin el vínculo del hombre, no volverían a verse.

VIII

A veces uno vive como dentro de las páginas de un libro (decían los filósofos), y así le había parecido a Emilia en el momento en que bajaba del avión. Todo había comenzado en la vieja casa de cura en Fernchurch, que ya no era nada más que un recuerdo. Y todo esto —en la mente de Emilia— confirmaba el enunciado (que proponen los filósofos) de que el cuerpo físico no es esencial para experimentar la realidad.

El lanchón que la llevó de Punta Gorda a Lívingston, de noche y bajo una luna que proyectaba sombras, le parecía una embarcación proveniente de un siglo pasado; pero ella estaba allí, aunque no estuviera del todo allí.

Un niño negro que la llamaba «prima» jocosamente, con un humor orgulloso y abultado, le ayudó con las maletas y la guió hasta el hotel Izabal.

—Ya sabe. Si soy bueno para algo más —hizo una reverencia cómica y salió de nuevo a la calle bajo una lluvia copiosa de gotas gruesas que de pronto había comenzado a caer.

La lluvia, ordenada en chorritos blancos por los canales de la lámina, producía un ruido ensordecedor. Las paredes de las casas de enfrente, pintadas de rosa y turquesa, brillaban bajo una farola de luz blanquecina, y a Emilia no le causaban ni alegría ni tristeza, aunque parecían que brillaban con una luz interior. Lo que sintió en ese momento, al quedar sola en el vestíbulo, fue miedo.

Luego una vieja negra, gorda y amable, salió de una puerta más allá del mostrador, le hizo dos o tres preguntas y le entregó la llave de su cuarto. Emilia preguntó por Lucien.

—Se fue hace… a ver… una semana. Era el día que comenzó la lluvia. Iba a Puerto Barrios. —Se quedó pensativa.

—¿Qué iba a decir?

—No, nada. —Sacudió la cabeza.— Creo que me estaba haciendo bolas. A ver, le enseño el cuarto. Es el mismo que tenía él.

Esta coincidencia la halagó, inexplicablemente. Era como si la negra hubiera adivinado su deseo, un deseo que ella no quería expresar.

—Ahora que está lloviendo tanto hay que bajar las cortinas de caucho. De todas formas, hay ventilador. —Dio vuelta a la llave del ventilador, las grandes aspas comenzaron a girar con un chirrido eléctrico y cayó una fina llovizna de polvo que la negra parecía no ver.— Estará cómoda —dijo antes de dejarla sola en el cuarto.

El trozo de esponja sobre los tablones que servían de cama olía a humedad y despedía un calor casi animal al contacto de las espaldas desnudas de Emilia, que ahora fantaseaba inordenadamente acerca de su posible reencuentro con Lucien. Ella había opinado varias veces que la manera en que él veía el mundo era libresca, y Nina compartía su opinión. Pero heme aquí —pensó— perdida entre las páginas de un libro que podía haber sido escrito por él.

Recordó fugazmente a los otros personajes, que compartirían con ella un espacio preciso en algún anaquel, seguramente imaginario. La emocionó el recuerdo de Ernesto; el de Óscar la enfureció. ¿Por qué tuvo que matarlo? Quizá no había sufrido. La bala entró cerca del ojo, recordó. ¡Cómo había deseado que no estuviera muerto! Lo había soñado varias veces; en algunos sueños no había muerto, en otros provenía de otro mundo. Recordó a Xiuán, de quien tenía noticias bastante recientes. Estaba en Chajul y trabajaba como asesor para las familias ixiles retornadas que se habían establecido en la montaña de Vichox. Ella no había visto nunca a Pedro Morán en persona, pero ahora también pensó en él. Había visto su fotografía: una cara angulosa con bigotes, que hacía adivinar un cuerpo alto y delgado. Suponía que estaba todavía en Guatemala. De la larga lista de militares y gobernantes que habían sido objeto de escándalo y aun de castigo desde la reciente firma de la paz (ladina, como decía Xiuán), su nombre había sido borrado misteriosamente.

Pensó después en sus padres. «En cuanto esta historia termine —se dijo—, los llamaré».

Cuando dejó de llover se vistió y bajó a cenar al restaurante de enfrente, donde sabía que él había comido pocos días antes. Aquella noche durmió mal: tuvo sueños demasiado reales, que no le permitieron descansar.

Quizá por eso —pensó por la mañana, cuando la propietaria le dio la noticia de la muerte de Lucien—, esto también pudo parecerle un sueño. Su lancha había naufragado cuando se dirigía a Puerto Barrios durante una tormenta una semana atrás. Se llevó las manos a la cara mecánicamente.

—No quise decírselo anoche, para dejarla descansar.

—Claro —dijo Emilia con voz débil.

—Venga, mi linda —le dijo la negra, que había salido con asombrosa rapidez de detrás del mostrador, y la llevó a sentarse en un viejo sillón antillano. Se sentó pesadamente al lado de ella y le dijo—: Hacía mal tiempo. Yo le advertí que no era buen día para salir. Pero él tenía que irse.

Tomó varios periódicos de la mesita de esquina al lado del sofá, comenzó a desplegarlos.

—Aquí está.

La tiburonera —decía la versión oficial— había hecho agua en la bahía de Amatique y había naufragado. El lanchero, de nombre Noé Gody, de origen beliceño, había logrado llegar a nado hasta la playa de Punta de Palma, pero no así —«lamentablemente»— el turista inglés que viajaba con él, un anciano cuyos restos aún no habían sido encontrados. La vieja fue hasta el mostrador y tomó otro periódico. Volvió al lado de Emilia.

—Parece que aquí hay algo más.

Cinco días antes, el equipo de buzos de la policía de Santo Tomás había encontrado el cuerpo de un hombre de unos ochenta años, «aparentemente un extranjero». Ni sus pertenencias ni sus documentos de identificación habían sido localizados hasta el momento, por lo que las autoridades portuarias rogaban a los posibles familiares o conocidos de la víctima que se presentaran en el depósito de cadáveres de Puerto Barrios para efectuar el reconocimiento requerido por la ley.

Seguía una descripción del cadáver del anciano, precisa, fría. En la columna de al lado estaba la noticia de un hombre que se había suicidado en la capital, en el parque zoológico La Aurora en pleno día y a la vista de varias personas, saltando la valla de la jaula de los jaguares, por los que fue inmediatamente destrozado.

Emilia no sintió deseos de llorar, y se dijo a sí misma que la causa debía de ser el excesivo calor y el deslumbrante reflejo del sol en la calle. «Ya lo sabía», pensó. La noticia no había sorprendido.

Sin embargo, su cara, sus labios incluso, estaban blancos, y tenía las manos sudorosas y frías. La propietaria fue a traerle algo de beber en un vaso de plástico azul: Coca-Cola muy fría.

—¿Era su amigo?

Ella asintió con la cabeza. Luego preguntó:

—¿Conocía usted al lanchero, el que lo llevaba?

—Su lanchero era Calixto, pero fue otro el que lo llevó a Puerto Barrios. Un joven nuevo por aquí. Ahí —miró el periódico— dice que es beliceño pero yo oí que era hondureño. Si pregunta en el muelle tal vez alguien se lo puede decir. —Se inclinó hacia Emilia, y su tono cambió.— El señor, ¿no tenía parientes aquí?

Emilia sacudió negativamente la cabeza.

—Ay, Dios —dijo la negra—. Pobrecita. Ahora tendrá que avisarles.

«Todavía no. Tal vez no era él.»

Fuera, el cielo estaba azul y el sol picaba en la piel. En el muelle, después de hacer varias preguntas entre los estibadores, dio con don Calixto, el lanchero. Hablaron de Lucien, y después él se ofreció a llevarla a Barrios a reconocer el cuerpo.

—Sí, señorita —le decía cuando ya la tiburonera planeaba suavemente sobre el agua aceitosa de una bahía de Amatique calma y azul—. No fui yo el que lo llevó. Le voy a contar lo que pasó, que no acabo de comprender. Esa mañana venía yo de mi casa para el muelle, aunque hacía mal tiempo y pensaba convencer al señor de que sería mejor esperar. Pero la palabra es la palabra. La cosa es que llegando al pueblo dos muchachos que yo no conocía me salieron al encuentro. «Calixto —me dijeron—, el señorón ya se fue. Estuvo esperándote y se aburrió de esperar». «Bueno —dije yo—, ni modo». Como aquí nunca han faltado los pícaros pensé que lo que querían era comerme el mandado. Aunque era verdad que yo iba un poco tarde, porque habíamos dicho a las ocho y ya eran casi las y media, yo iba a bajar de todas formas a ver qué había en el muelle. Pero uno de ellos me dijo: «No bajés, vas a meterte en problemas». Me asusté, señorita, para qué le voy a mentir. El muchacho tenía un tatuaje chiquito en la frente en forma de cruz, y por eso pensé que era algún matón.

Así que agarré de regreso para mi casa. Como a la media hora bajé otra vez al muelle. Claro que el hombre ya se había ido. Nadie aquí sabe quién era el muchacho que se lo llevó.

IX

Al entrar en el depósito de cadáveres del hospital general de Puerto Barrios, donde había clima artificial, Emilia se sintió momentáneamente aliviada del aplastante calor, que derretía el chapopote de la calle y hacía brotar el sudor copiosamente. Parecía que los cadáveres estaban dispuestos según la causa de la muerte y el origen étnico del muerto. Aquí estaba la hilera de los asesinados: dos negros, un ladino, un kekchí. Allá los muertos por el cólera: niños blancos, indígenas, mestizos. Más allá los ahogados: otro niño y el anciano inglés. Estos dos, a diferencia de los otros, cubiertos con mantas, estaban completamente desnudos.

Era la primera vez que Emilia veía a un hombre ahogado. Lucien parecía que sonreía, aunque un poco tristemente; era la sonrisa de alguien que ha visto confirmada una sospecha, pero sin sentir ningún dolor. En todo caso, parecía estar en paz consigo mismo, pensó Emilia. Ella estaba un poco confundida, mientras miraba el largo cuerpo muerto. Había, pensó después, algo de triunfal en aquel gesto, una como alegría congelada, la alegría creada por la falta de remordimientos, por el dominio del arte supremo de la ética, y el que estaba allí tendido, se dijo, era una nueva especie de santo.

—Es la persona que buscaba —dijo.

El médico forense le aseguró que la causa de la muerte había sido, sin lugar a dudas, el ahogamiento. El cuerpo no presentaba ninguna señal de violencia y como garantía —añadió— estaba la expresión tranquila en la cara del muerto.

—Gracias —dijo ella—. También a mí me lo pareció.

Sus ojos recorrieron el cuerpo de Lucien por última vez, se detuvieron cariñosamente en la región del vientre, continuaron por las largas y delgadas piernas, hasta llegar a los huesudos pies.

Pero tampoco aquí era posible llorar. Salió deprisa del frío artificial al increíble calor de la calle, y se hizo llevar en taxi al viejo hotel del Norte.

—*Are you sure it's he?* —decía Nina.

—Sí, me temo que sí. Y parece que tampoco cabe duda de que fue una muerte accidental. Su lancha naufragó en el mar. —Emilia le dio la espalda a la recepcionista, que le había clavado los ojos indiscretamente, y se quedó mirando los buques cargueros fondeados en el puerto a través de las altas ventanas de cedazo del vetusto e inestable edificio de madera.

—*And there were no other victims?*

—No, parece que no hubo más víctimas. Su lanchero logró nadar hasta la orilla.

—Todo lo que has tenido que pasar. No sabes cuánto te lo agradezco. Emilia, creo que ya has hecho más que suficiente por nosotros, no debí pedirte que fueras sola. No te preocupes más. Ahora mismo llamaré a la embajada. Ellos arreglarán todo lo necesario…

Era un poco triste —pensaba Emilia— cuán fría y circunspecta podía ser la gente, especialmente en momentos así. «Pero también esto —se dijo— ya lo sabía».

—Si hay cualquier cosa que pueda hacer por ti, Nina…

—Ni pensarlo. Me encargo yo. Y no te olvides, tenemos tres hijos. Ahora, Emilia querida, deja de gastar tu dinero en el teléfono. ¿Esta llamada la estás pagando tú, no es cierto?

Pero Emilia no decía adiós, y Nina continuó:

—No debió irse así, él solo. Yo hubiera podido acompañarlo…

—¿No hay nada nuevo en el Hogar? —preguntó Emilia.

—Poca cosa. El alemán tuvo que irse. Oí una conversación interesante entre la chica francesa y ese personaje que parece que tiene tanto poder. Pero, ya sabes, casi todo se me escapó. Parece que las cosas están bastante bien. Todo esto ha sido tan innecesario…

—Es un alivio. Yo creía que tal vez… —no quiso continuar; ¿a qué sembrar una semilla de duda en la mente de Nina?

—Bueno, querida, de verdad, va a resultarte carísima esta conversación. Te doy un fuerte abrazo.

—Adiós, Nina. Te abrazo yo también —la voz se le cortó.

—*And let's not forget, dear, that he had a very good life.*

Colgaron al mismo tiempo.

X

Era una tarde clara y tranquila. Los alcatraces y las tijeretas se movían en el aire con felicidad, cazando insectos voladores y pescando peces alternativamente.

Además de Emilia, el lanchero Calixto llevaba a una chica adolescente acompañada de su madre a Las Delicias. Esto reconfortaba a Emilia, que quería olvidarse de sí misma durante algún tiempo.

Verdes brillantes, cascadas de verdes oscuros en los planos verticales de las altísimas orillas, donde parecía que los árboles que alzaban sus grandes troncos blancos hacia el cielo, prendidos a las rocas color crema por musculosas raíces, fueran los que tenían a las rocas en su sitio, y no al revés. Aquí y allá, los penachos de las palmas surgían entre las sombras de la profunda garganta del río, que era un untuoso brochazo de agua verdinegra, donde se resolvían en una cambiante armonía los oscuros tonos de los ribazos cubiertos de maraña y los colores del cielo lejano y azul.

Éste era sin duda un paraje hermoso, y sin embargo hasta el grupo de delfines que surgían momentáneamente cerca de la embarcación para volver a perderse en el agua silenciosa le parecieron a Emilia seres siniestros, *por el simple hecho de que vivían allí.*

Ahora los árboles se alzaban desde laderas menos inclinadas; parecían un ejército de fantasmas verdes de una sola pierna, cubiertos como estaban (y la luz oblicua de la tarde hacía esto más patente) con grandes telarañas de vegetación.

La lancha avanzaba con firmeza sobre el agua ondulante. Las bandadas de malaches formaban manchas negras como de aceite que al paso de la embarcación se dispersaban entre ásperos graznidos, agitar de alas y carreras sobre el agua y, poco después, sin prisa, volvían a juntarse. Cerca de las orillas, los pescadores jóvenes y viejos aguardaban de pie en sus pequeños cayucos el momento para lanzar sus atarrayas; algunos de ellos estaban desnudos, sus torsos quietos revestidos con el oro del sol; otros se cubrían con sacos de harina y sombreros de paja, y de pronto lanzaban al aire sus redes de plata bajo el alargado cerro San Gil.

Atracaron en el muelle principal del Hogar, frente al edificio de las oficinas.

—Serán sólo unos minutos —dijo Emilia a Calixto, y trepó al muelle.

Un joven norteamericano la condujo a través de un jardín donde jugaban niños de distintas edades bajo las miradas de tres custodios extranjeros.

—*It's lively here* —dijo Emilia.

—*Busy too* —contestó una de las cuidadoras.

Siguieron hasta las oficinas y continuaron escaleras arriba.

La oficina principal era un cuarto un poco sombrío, con mesas cubiertas de papeles sueltos, cajones de archivos. De los marcos de las ventanas de tela mosquitera colgaban objetos de distintas clases: instrumentos musicales, juguetes hechizos, esculturas infantiles, listas de compras, calendarios, morrales.

La secretaria, Encarnación, le dijo a Emilia que Adelle, la directora, no estaba.

—¿Pero qué puedo hacer por usted?

—Unos amigos me han hablado del lugar.

—¿Buscaba alguna información en particular?

—¿Con quién hay que hablar para inscribirse como voluntario?

—Con Adelle. O con la directora general, en la ciudad.

—¿Y quién es el responsable?

—El Hogar.

—¿Alguna persona en particular?

—Sí, claro. La directora general.

—¿Cómo se llama?

—Celeste.

—Celeste qué.

La secretaria vaciló un momento. Luego dijo:

—Celeste Bustamante.

El sonoro nombre no le dijo nada a Emilia.

—¿Tiene por casualidad algún tipo de folleto?

La secretaria se quedó un momento pensativa, miró a su alrededor.

—Folletos. No. Por el momento, no.

Fue entonces cuando Emilia vio el pequeño objeto esférico que inconscientemente había buscado, que se había dicho que no debía buscar para no despertar sospechas de ninguna especie. Estaba allí sobre la mesa, en un cenicero de cerámica encima de un rimero de papeles.

La secretaria lo miraba ahora también, entre divertida e intrigada.

—¿Sabe lo que es?

—No —dijo Emilia—. ¿Qué es?

—Una chicharra. Parece que un periodista que vino a visitarnos hace algunos días lo sembró. Han venido varios últimamente. Quieren armarnos un escándalo, pero todavía no creo que sepan exactamente por qué. ¿Usted no es periodista?

La luz del atardecer filtrada por la tela mosquitera iluminaba halagadoramente a las dos mujeres rodeadas de objetos oscuros en el pequeño cuarto abarrotado.

—¿Pero por qué? —preguntó Emilia.

—No me diga que usted no sabe nada. Hoy en día a todo el mundo le resulta sospechosa esta clase de beneficencia.

—Supongo que es natural. —Ahora Emilia tenía ganas de marcharse.— Muchas gracias, señorita.

—¿No quiere que le dé algún recado a Adelle?

—No, gracias, no creo que vuelva por aquí, pero iré a ver a la señora Bustamante en la capital. ¿Me podría dar la dirección?

—Claro —dijo la secretaria, y luego añadió—: Pero si quiere hablar con ella, puede aprovechar, porque anda por aquí. Vino a pasar algunos días, lo hace de vez en cuando. Es por eso que Adelle no está. Se toma su tiempo libre cuando Celeste viene. A ella puede encontrarla probablemente del otro lado del río, cerca del puente, en el Aj Tuul. —Reflexionó un momento antes de proseguir—: Allí para. Y allí debe de estar ahora mismo, si no es que alguno de sus amigos la ha invitado a tomar algo en algún yate. Es —miró el sol que se hundía del otro lado del río entre cúmulos de nubes coloradas— la hora del cocktail.

XI

Era la hora grata y placentera, cuando resaltaba el blanco de las garzas y las velas. Habían dejado a la chica adolescente con su madre en Las Delicias, y ahora Calixto conducía la tiburonera lentamente entre los veleros anclados en la ensenada del Aj Tuul, mientras otras lanchas iban y venían más allá entre las dos orillas.

En el restaurante del albergue, que se extendía sobre el agua quieta y oscura, estaban cinco o seis personas sentadas con sus bebidas alrededor de una mesa. Parecía —pensó Emilia— una reunión de amigos íntimos, y pasó silenciosamente al lado de la mesa y siguió hasta la barra. La encargada, que estaba entre el grupo sentado a la mesa, se puso de pie y fue a atenderla.

—Claro que podemos servirle. De comer, de beber, lo que quiera. Y si no quiere sentarse sola, acerque una silla y beba con nosotros. Aquí todos somos como una gran familia —dijo cordialmente—. Yo soy Annie, de Canadá.

Estaba un poco borracha, y a Emilia se le ocurrió que tal vez había sido advertida de su llegada. Había pasado al otro lado de la barra. Abrió una botella de cerveza, le colocó expertamente una servilleta de papel alrededor del cuello y la puso en la barra frente a Emilia.

—Venga, ¿no? —Salió de detrás de la barra.

Emilia la siguió a la mesa. Un poco incómodamente llevaron a cabo el ritual de la presentación. A la usanza del día y el lugar, nadie pronunció más que su nombre y el de su país originario. En el sentido de las manecillas del reloj, fueron diciendo:

—Robert, Australia.

—Celeste, Guatemala.

—Clark, Estados Unidos.

—Ricardo, Israel.

—Y yo soy Annie.

Emilia no sabía por qué el joven llamado Ricardo la miraba fijamente, como si resintiera su inclusión. Y siguió así durante un rato, hasta que a ella su mirada dejó de parecerle hostil. «Tal vez nos hemos visto antes», pensó. Ahora, él se volvió hacia ella, y entablaron conversación, mientras las voces de los otros pasaban a segundo plano.

—Yo estoy aquí con Celeste, sólo de visita —decía—, ¿y tú?

Se parecía a alguien que ella conocía, y el hecho era importante.

—Ah —dijo—, yo acabo de visitar el Hogar.

—¿Sí? ¿Y qué te pareció?

—Es un sitio agradable. Y los niños se ven muy bien.

Él parecía reflexionar.

—Me alegro. Hace un momento precisamente estábamos hablando acerca de eso. Los resultados, quiero decir. Es triste, pero parece que casi todos los muchachos que han salido de allí son bastante problemáticos.

Celeste se volvió entonces hacia ellos. Ésta era la famosa ex madame. Tenía el abundante cabello recogido con palillos a la manera oriental, y su cuerpo rubicundo acompañó graciosamente la expresión de su cara al negar aquella afirmación con un ligero temblor:

—Exageras, Rick. De todo hay. Algunos muchachos excelentes han pasado por ahí. La cosa es que los mejores consiguen empleos generalmente en la capital, y cuando salen rara vez volvemos a verlos. Son los más vagos, o los aventureros, los que terminan quedándose en el área y los que suelen parar en problemas. Es que todo les cuesta un poco más. Y a veces son los más queridos, que conste, y no siempre son malos. —Miró a Emilia, que la escuchaba atentamente.— ¿Tú fuiste a visitarnos? ¿Por algún motivo en particular?

Emilia sacudió la cabeza.

—Unos amigos me habían hablado del lugar. Tenía curiosidad.

—Si te interesa hay muchas formas de ayudarnos. Cualquier clase de donación es aceptada. Ropa, juguetes —se sonrió—, el trabajo también.

—Sí —dijo Emilia—, de alguna manera me gustaría colaborar.

—Pues ya hablaremos más tarde tú y yo —dijo Celeste, y volviéndose a sus amigos, reanudó el hilo de otra conversación.

—Yo —le dijo entonces el hombre a Emilia— soy uno de sus benefactores.

Había oscurecido completamente. Las luces de las chozas del otro lado de la ensenada producían efectos de tinta corrida al filtrarse entre el follaje negro de humo de los árboles. El hombre parecía estar más borracho.

—Créeme, es una labor que me llena de satisfacción —decía.

Sus palabras parecían salir de su boca envueltas en algodón.

Se había quedado callado, como perdido en sus pensamientos. Mientras tanto, la conversación de los demás continuaba caóticamente alrededor de la mesa. Se hablaba de caballos, de vaqueros indígenas, de plantaciones de hule y de serpientes.

—¿Tú no vives aquí, verdad? —dijo más tarde el hombre.

—No. Hace algún tiempo que vivo en París.

—Ah, París. Ésa hubiera sido una ciudad en donde a mí… Aquí las cosas han cambiado mucho últimamente, ya lo sabes. Yo —se tocó el pecho— también he sido soldado, pero todo eso se acabó. Hace tiempo que se acabó. En este país, quiero decir.

«Apenas hace un año», pensó Emilia, y se puso en guardia.

Él le gritó a la canadiense:

—¡Annie, más cervezas! —Se volvió a Emilia.— Te quedas aquí esta noche, ¿no?

—No —respondió Emilia—. Mi hotel está en Lívingston. Allí tengo todas mis cosas. Y me está esperando mi lanchero.

—Tonterías —dijo él. Se volvió hacia Celeste, le puso una mano en el hombro, para que se acercara un poco, y le dijo algo al oído con aire misterioso. Celeste, entonces, miró significativamente a Emilia, y asintió.

—Yo creo que en este caso él tiene toda la razón. No deberías marcharte. De noche el río no es seguro.

Una camarera trajo otra ronda de cervezas. Emilia, que se había quedado pensativa, que no encontraba atractiva la idea de viajar de noche y que estaba cansada por el largo día pasado casi todo en la lancha bajo el sol, tomó la nueva cerveza y bebió.

—Aquí se está muy bien —le dijo Celeste—. ¿Tú no encuentras que la gente es muy ruidosa en Lívingston? No es que yo sea racista, y no es que crea que sean malos, es cosa de carácter, ¿no?, de herencia cultural. Son como los haitianos. Les gusta gritar.

Todos los que estaban alrededor de la mesa parecía que estaban de acuerdo.

—¿Te ha convencido, verdad? —le dijo el hombre a Emilia.

Emilia le dirigió una sonrisa pero no contestó.

Más tarde, él se levantó de la mesa sin decir nada y se fue, tambaleándose un poco, por el muelle donde estaba atada la tiburonera de Calixto. El hombre vestía una tela de algodón alrededor de la cintura, estilo Pacífico Sur, y a Emilia su figura le pareció un poco amujerada. Al llegar al extremo del muelle, se acuclilló e intercambió algunas palabras con el lanchero. Entonces, éste fue junto al motor de la lancha, tiró de la cuerda para encenderlo, mientras el otro soltaba las amarras. La tiburonera giró lentamente, separándose del muelle, y salió río abajo a toda velocidad. «Me dejó —se dijo a sí misma Emilia, sin llegar a creerlo—. Tal vez sólo fue a hacer algún recado». De todas formas, no debió irse sin avisarme nada, pensó. Podía querer marcharse inmediatamente de aquel lugar. «Estoy indignada», dijo en voz baja, pero los otros le oyeron, y asintieron con la cabeza en señal de comprensión. El hombre no se tambaleó al regresar por el muelle, como si su acto inaceptable le hubiera quitado la embriaguez.

Vino a sentarse de nuevo frente a Emilia.

—Calixto va de vuelta a Lívingston —dijo con desembarazo—, y tú te quedas aquí. Es lo mejor.

—Estoy indignada —volvió a decir Emilia.

—Comprendo —dijo él—. Pero no debes preocuparte por tus cosas. Calixto hablará con la dueña del hotel. Yo te aseguro que no vas a arrepentirte de permanecer aquí. —Era una amenaza solapada. Miró al río, la oscuridad.— Esa gente es imprudente, créeme. Navegar de noche *es* peligroso. Estas personas —miró alrededor de la mesa— no me dejarán mentir.

Todos asintieron.

—Cada vez hay más accidentes. Dos lanchas chocan de noche, y siempre hay muertos. Porque como ya habrás visto prefieren navegar sin luces, y tienen razón, pues ven mejor al natural. Las luces sirven para que te vean, y no para ver. Estos muchachos arriesgan el pellejo, y el del cliente también, por unos cuantos dólares. Es antirreglamentario. —Movió negativamente la cabeza.— Has bebido bastante, lo hubieras pasado muy mal. Este albergue es lo mejor que hay en la zona, chica, así que alégrate. Y aquí te quedas entre amigos.

La chica canadiense vino por fin a rescatarla.

—Hiciste mal, Ricardo —le dijo al hombre, y se volvió a Emilia—. Aunque no deja de tener algo de razón, no debió hacerlo. Comprendo que te enfades. De todas formas, nuestros bungalows son muy cómodos. ¿Quieres venir a verlos?

—Supongo que sí —dijo Emilia. Se puso de pie y siguió a la canadiense a través del muelle lateral, y luego doblaron tierra adentro hacia el primero de los bungalows.

El cuarto le pareció agradable.

—Todos son iguales —dijo Annie—. ¿Te quedas?

—No tengo alternativa.

—Es cierto lo que te dijo Ricardo. El Golfete puede ser peligroso. A la hora que tú quieras mañana por la mañana te mando a Lívingston con mi lanchero. No te preocupes. Y para que veas que me has caído bien, no voy a cobrarte el cuarto. ¿Te sientes mejor así?

—Está bien —dijo Emilia, desarmada.

—¿Vuelves al bar? Todavía no nos vamos. Si quieres comer algo…

—Tal vez baje más tarde.

Cuando la canadiense salió, Emilia se tendió en la cama bajo una mosquitera que le devolvía su aliento de cerveza. Al principio había decidido quedarse allí, no volver al restaurante. Pero ahora tenía hambre. De todas formas —se dijo— estar en este cuarto abierto no era necesariamente más seguro que estar abajo con la gente, aunque le parecía que aquella gente no era de fiar.

Se levantó, fue a arreglarse la cabeza ante el espejo y salió de vuelta al restaurante.

Allí, las cosas seguían su curso. Había más botellas de cerveza vacías sobre la mesa, una nueva pareja de extranjeros se había agregado al círculo. Hablaban de yates. La música sonaba más fuerte, y las luces rojas, verdes, blancas se reflejaban en el agua agitada por la brisa con una especie de alegría nerviosa.

El hombre se le acercó, ahora algo tímidamente; se quedó de pie junto a ella, cerca de la barra.

—¿Ve? —le dijo—. Esta brisa aquí quiere decir olas grandes en el Golfete. No es una experiencia agradable navegar así.

—Gracias —dijo ella.

—Vamos, lo hice con la mejor intención. ¿Otra cerveza?

—Ah, no. Necesito comer.

Él se tocó el vientre desnudo, bronceado y musculoso.

—Buena idea —dijo—, yo me estaba olvidando de que hay que comer. Y la verdad es que me estoy muriendo de hambre yo también.

Emilia pensó: «¿Por qué me gusta esta clase de hombre?». No tenía la respuesta, y eso era parte del problema.

—Voy a hacerte una proposición que probablemente vas a rechazar —le dijo él.

—No me la hagas.

—Vamos a cenar en mi yate. Bueno, no es *mi* yate, realmente, pero me estoy quedando en él. El *Kabrakán.* Es del amigo de Celeste. Tal vez te gustaría conocerlo.

¿Hablaba del yate, o del amigo?

—Gracias, pero creo que no.

—Ya lo sabía.

Emilia se volvió a la camarera que había ido a pararse del otro lado de la barra.

—Quisiera ver el menú.

Él tenía un cigarrillo en la mano, entre el índice y el pulgar. Así, el brazo delgado y musculoso tenía un aire incongruentemente delicado, pensaba Emilia.

La camarera dijo:

—Ya sólo servimos sandwiches. Hay de pollo y de roast-beef.

—En el yate —dijo él— hay cucarachitas recién pescadas. Una especie de langosta. Estaríamos muy cómodos allá.

De pronto, la lluvia comenzó a caer con un ruido sordo y reconfortante sobre el alto techo de palma.

—Uno de pollo —dijo Emilia, y la camarera desapareció por la puerta que daba a la cocina.

Una vez más, Annie acudió en su ayuda.

—Tal vez estás insistiendo demasiado, ¿no, Ricardo? —Se volvió a Emilia.— ¿Dónde prefieres comer? ¿Aquí en la barra o en la mesa?

—En la barra está bien —le dijo Emilia.

—Como quieras. —Se volvió a la puerta de la cocina y gritó—: ¡A la barra ese pollo! —Bebió de su cerveza y después le dijo a Emilia—: ¿Quiere llevarte al barco, verdad? —Guiñó un ojo.— Es un barco precioso, pero yo que tú, no iba.

La lluvia cesó tan repentinamente como había comenzado, y la brisa menguó. Quizá podría averiguar algo más acerca de Celeste si iba al barco, pensó Emilia. Llegó el sandwich; Annie volvió a la mesa y el hombre se quedó al lado de Emilia y siguió haciéndole el amor.

—¿Qué sabes acerca de Celeste? —le preguntó Emilia al terminar de comer.

—Celeste —repitió él, y se volvió para mirar a la ex madame, que contaba alguna historia a sus amigos—. Una que otra cosa.

—Es hondureña, ¿no?

—No, no. Su madre era mexicana. Llegó a Lívingston con un circo. Era la payasa.

—¿Era la payasa?

—Sí, la payasa. Se casó con un muchacho de aquí, y pusieron una cantina. Luego se fueron para Tela, y allá abrieron otra cantina. Allí nació Celeste. Pero parece que la segunda cantina degeneró en burdel, y la señora se fue de regreso para Veracruz y se llevó a la niña con ella. Ya mayor, Celeste volvió. Quería conocer a su padre, que se había reinstalado en Lívingston. Pero ya había muerto cuando ella vino, y Celeste se fue a la capital.

—Entonces eso de que era una madame son sólo rumores.

Él asintió con la cabeza.

La historia de Celeste la había suavizado. Era un alivio saber que no había sido dueña de ningún burdel. El pollo estaba seco y duro. Se dijo a sí misma que después de todo quizá iría a conocer el *Kabrakán*.

—Otra cerveza —pidió—, por favor.

Desde la mesa llegaba la voz de Celeste:

—A mí me parece inconcebible que aquí se maten vacas brahma para comer, cuando en la India son sagradas. Además de ser una falta de respeto a la religión y a la cultura hindú, a mí me parece una imprudencia. Tentar al enojo a tanto dios. No, no. Eso de que es una idea progresista es una idiotez.

—Quizá tengas razón —replicó uno de los hombres—. Pero la carne es muy buena.

Alguien se rió. El muchacho australiano, alto y delgadísimo, se levantó a cambiar la música. Ahora gritaba una chica acompañándose con guitarras eléctricas y tambores. Tres personas se levantaron a bailar, y la selva más allá de la plataforma de madera, donde había luciérnagas, vibraba con hostilidad. «Vamos», le dijo él, tomándola del brazo, y ella lo acompañó sin oponer resistencia hasta el final del muelle. Subieron a una lanchita de caucho inflable. Era asombrosamente estable sobre el agua. Él encendió el pequeño motor y salieron rápido hacia el centro de la ensenada, donde estaba anclado el *Kabrakán,* un velero de dos mástiles que ostentaba la bandera nacional de Guatemala.

Treparon por la escalinata de popa a la cubierta principal.

—Por aquí —dijo él, y pasaron al lado del toldo hacia la puerta del castillo. Un muchacho con uniforme de marino que hacía guardia junto a la puerta los dejó pasar. En la cámara, donde un pequeño ventilador hacía bailar las cortinitas traslúcidas que cubrían la escotilla, estaba un muchacho extranjero con la cabeza rapada. Cuando Emilia le oyó dirigir unas palabras, con acento alemán, a una persona que permanecía invisible del otro lado de una puertecita, comprendió que visitar aquel yate había sido un error.

—Los dejo solos —dijo el alemán, pero no era posible saber a quién se dirigía.

Poco después de que Emilia se sentara en un pequeño taburete, que estaba clavado en el suelo, Pedro Morán apareció por la puertecita. Era más robusto de lo que ella imaginaba por sus fotos, y se había quitado el bigote.

—No, Emilia —le dijo—, no se ponga de pie. Bienvenida a bordo. —Se acercó y le extendió la mano.— No nos han presentado. Pero nos conocemos.

«Tiene una voz agradable», se dijo ella a sí misma, absurdamente; era una voz sonora y cadenciosa, similar a la de Ernesto. Habían sido buenos amigos, recordó; ésa podía ser la explicación.

—Le doy cordialmente la mano —dijo—, aunque usted me considere su enemigo.

Se sentó en otro taburete frente a ella.

—Me alegra que haya venido. A decir verdad, no creí que Ricardo lograra convencerla. —Se volvió a Ricardo, que seguía de pie.— ¿Cómo lo lograste? ¿O le dijiste que yo estaba aquí?

Lo dijo con una jactancia galante que la enfureció.

«¡Asesino!», pensó, descontrolada. Se puso de pie.

Ricardo la miró con semblante preocupado.

—Espera, Emilia —le dijo—. Lo estabas haciendo muy bien.

Fuera, se oyó un *flap, flap* de velas, y un momento después el yate cabeceó ligeramente y una corriente de aire atravesó la pequeña habitación. Emilia vio pasar por la escotilla las luces de las chozas en la orilla.

—Oh, no —dijo, y se dejó caer en el taburete, donde se hundió en un remolino de visiones violentas: en todas, el objeto de la violencia era ella.

Pedro le decía a Ricardo, mientras observaba a Emilia con interés:

—Tiene miedo. Estoy seguro de que no sabe que conozco varios detalles acerca de la muerte de nuestro amigo común, Ernesto Solís. —Una pausa. Ahora se dirigía a ella—: La noche que lo mataron, uno de mis hombres lo seguía. Usted es en parte responsable, y es de suponer que yo desee vengar la muerte de mi amigo. Un viejo y querido amigo.

Emilia no reaccionaba, paralizada por una mezcla de emociones que se contradecían, se anulaban entre sí.

—Ricardo —dijo Pedro—, la mujer está en shock.

—Tiene razón de tener miedo —dijo entonces Ricardo; a Emilia su voz le pareció amistosa—, con tu reputación, y todo lo demás.

—Entonces —dijo Pedro—, quizá lo mejor sea que hable ahora, cuando me escucha. —Se estiró una arruga en el pantalón.— Ya mi nombre pasó por el fuego purificador de la opinión pública, como usted sabe. En cierta manera, ya he sido castigado. Tengo derecho a que se me considere como a un hombre nuevo. O regenerado, por lo menos. Yo ahora me dedico a la beneficencia. Yo, que antes hacía el mal, no siempre queriendo, hago ahora el bien.

Por fin un pensamiento se formó en la mente de Emilia y comenzó a sacarla de su estupor: «Este hombre es un político». Este discurso era el principio de una campaña, y ella no quería escuchar más.

—Usted mandó matar a Leigh —le dijo.

—¿El inglés? —Negó la acusación con todo el cuerpo.— Tonterías. —Se rió.— Ahora comprendo. Es por él que está aquí. ¿Por qué iba a mandar matarlo? ¿Por la historia fantástica, que por cierto nadie ha querido creer, acerca de Chajul? Qué imaginación.

«A qué decirme todo esto», pensaba ella. Algo en lo hondo de sí misma le decía que no debía creer en sus palabras, que debía creer todo lo contrario: que Lucien se había dejado engañar por Morán, que su lancha no había naufragado accidentalmente, que se trataba de una complicada venganza: que la matarían a ella también. «Cree que traigo un micrófono, sólo quiere distraerme.»

—Me divierte comparar mi vida con las vidas de otros —Pedro proseguía—, como la de Ernesto, por ejemplo. Mire cómo comenzó su historia, y en lo que terminó.

—Fue un accidente —dijo Emilia.

Él no le hizo caso y continuó:

—Y mire lo que yo hago ahora. O mire su caso. ¿En qué empleamos cada uno nuestro tiempo, nuestras energías?

—¿Qué quiere de mí?

Pedro Morán se transformó; ahora su expresión fue feroz.

—¿Qué se imagina, preciosa?

Ella miró al suelo y permaneció callada. Ricardo miró por la escotilla.

—Ya estamos en el Golfete —dijo—. Voy a decirles que echen el ancla.

Salió de la cámara y Pedro prosiguió:

—Usted se cree moralmente superior a mí, estoy seguro. Me gustaría hacerla dudar acerca de esto. Pero, claro, uno no abandona sus hipótesis básicas si no es a cambio de una ganancia mucho mayor, todo el mundo lo sabe. —También él se había aficionado a la filosofía.— Yo me he visto obligado a cambiar totalmente mi forma de ver las cosas, he tenido que hacer tabla rasa de mi pasado. Pero usted debe de creer que quiero asesinarla.

Hizo una pausa, mientras el velero se desplazaba lentamente a sotavento: habían anclado.

—Sólo quiero que comprenda mi punto de vista. Celeste y Adelle están haciendo todo lo posible por ayudar a esos niños. Si usted, por medio de un escándalo, hace que se disuelva el Hogar, hará más daño que bien. Yo quería pedirle que lo que pudo oír por ese audífono lo trate como un problema familiar, algo que no vale la pena repetir, ¿eh? Lo que le ofrezco es un intercambio, mi silencio por el suyo.

—¿Cómo sabe que guardaré silencio?

—Tendré que fiarme de usted. Ya sé que más tarde podría cambiar de parecer. En realidad no importa. Podría crear para nosotros una situación muy incómoda, pero nada más. Yo a usted, en cambio, creo que podría causarle más molestias. Podría tal vez incluso mandarla a la cárcel. Yo no ganaría nada con eso, por supuesto. Piénselo, tómese su tiempo —dijo amablemente—. Me parece que podríamos cambiar de tema, ¿no? —Se volvió a la puertecita y gritó—: ¡Ricardo! ¿Estás espiando? ¡Ya puedes traer esas langostas!

«Todavía voy a comer», pensó Emilia, un poco escandalizada de sí misma. Tenía hambre, y le estaba perdiendo el miedo a Pedro.

—¿Adónde va después de Lívingston? —preguntó él.

—Supongo que de vuelta a París.

—Yo creía que vivía en Londres.

—No, hace meses que vivo en París.

—Pues usted se vuelve a París tranquilamente y piensa con calma acerca de lo que hemos discutido aquí. Cuando quiera, puede venir a visitarnos, ¿no? Si alguna vez siente la inquietud de hacer buenas obras, éste es el lugar.

«Sí —pensó Emilia para sus adentros—, eso es exactamente lo que quiero hacer, regresar a París y pensar acerca de todo esto».

XII

Oyó la puerta de la cámara que se abría a sus espaldas, y luego la cara de Pedro Morán se desfiguró, fragmentándose en pequeñísimos hexágonos rojos y blancos.

«Yo tenía razón. Qué tonta he sido.»

Todo oscureció a su alrededor. Cayó al suelo sin conocimiento.

El futuro

I

Ricardo le dijo a Pedro:

—Nada. Pudiste ahorrarte los discursos. No traía nada. —Habían desnudado a Emilia, que yacía boca abajo en el suelo de la cámara. Ricardo acababa de examinar el cuerpo; no estaba frío todavía. Con pericia de médico, indagó en los orificios de la mujer donde podría ocultarse algún micrófono.— Absolutamente nada.

Pedro se volvió a la escotilla. Vio el cielo estrellado, las orillas negras, los reflejos en el agua ondulada.

—No comprendo a qué vino. No debió venir.

Le molestaba hacer lo que hacía. Y ahora debían sacarle las vísceras, rellenar el vientre con plomo para que permaneciera en el fondo (usarían pesos de buceo), esperar el momento oportuno para cargar el cuerpo hasta la borda sin ser vistos y echarlo al agua.

Con las nuevas reglas del juego ya no podías confiar en nadie. Pensó en que la necesidad de hacer el trabajo sucio uno mismo podía cambiar la escala de valores de los hombres más que cualquier ideología. Existían peligros inherentes a la facultad y al oficio de dar órdenes.

—Espero —dijo— que ésta sea la última vez.

Ricardo alzó la mirada a los ojos de Pedro y arqueó un poco las cejas.

—Creo que ya es hora de que vuelva a mi país —dijo.

II

—Así que decidió colocarlo en la biblioteca. Me parece muy bien.

«¿ES EL FUTURO PRODUCTO DEL PASADO?»

Pedro, de pie al lado de Adelle en el galpón de lámina y malla de gallinero que era la biblioteca del Hogar, volvió a leer la pregunta que, a petición suya, había sido escrita en un cartel.

—Está muy bien —repitió.

Del otro lado de la cortina de árboles llegaban los gritos alegres de los niños que estaban jugando a la pelota. Pero Adelle parecía preocupada.

—¿Pasa algo?

—Sí.

—¿Hay algo que yo pueda hacer?

—Sí, tal vez.

—Cuenta entonces.

Adelle se retorció una vez las manos antes de proseguir.

—Yo no sé ni pretendo saber de dónde vienen los niños que nos mandan, y supongo que está bien que así sea. La historia del muchacho alemán y Agustín puede haber venido de muy lejos. Imagino que es una historia complicada y la verdad es que no quiero conocerla. No me importa. No debió permitirse que Yuri se estableciera aquí.

Él alzó una mano para interrumpirla.

—Creo que he comprendido, Adelle. No hace falta hablar más. Se escribirá en los nuevos estatutos, Celeste quiere que vuelvan a redactarse. Me parece lo más sano. Tú, o quien estuviere en tu lugar, tendrás plenos poderes para reclutar o despedir voluntarios. Ni yo ni nadie volverá a interferir. ¿Bastaría con eso?

Adelle estaba un poco sorprendida. Ya no tenía el pretexto que necesitaba para marcharse del Hogar.

Anduvieron juntos hacia la lanchita de caucho, atada al final del muelle, donde un numeroso grupo de niños estaban empeñados en un torneo de saltos al agua. Desnudos o vestidos de pies a cabeza, corrían uno tras otro a lo largo del muelle, se detenían un instante al filo del agua antes de saltar, y hacían las más audaces y absurdas piruetas. Los niños serios ya podían dar una vuelta completa y clavarse de cabeza con elegancia en el agua. Otros recurrían a la mueca y la payasada; suspendidos momentáneamente en el aire, sacaban la lengua, se rasgaban los ojos o la boca o se tiraban de las orejas. Algunos lanzaban sus gritos de guerra. Y el agua oscura y oleaginosa de jade u obsidiana se alzaba en pequeñas olas y recibía generosamente una y otra vez los pequeños cuerpos oscuros.

Tánger-Lívingston, 1996

El cojo bueno

Primera parte

I

La Coneja le había visto alejarse en el auto por la ventanita del vestíbulo, riéndose para sus adentros. «No es tan hombrecito», pensaba. Él, en su lugar, no hubiera dudado en darle un balazo, o un golpe en la nuca con aquel bastón. Probablemente tuvo la intención de hacerlo, pero se había rajado.

Después de apartarse de la ventana fue a servirse una copa de whisky al minibar, que estaba en un rincón de la sala, y regresó a sentarse en su sofá. ¿Y si Juan Luis había venido solamente a confirmarse en sus sospechas, para luego mandar asesinarlo?

«Tendré que esconderme otra vez», pensó con cansancio, y por su conciencia comenzaron a correr recuerdos del tiempo del secuestro. Se sentía culpable, pero sólo en parte. No había mentido al afirmar que la idea había sido del Horrible. No le había parecido mala, en principio. Su contribución más importante había sido contactar a Carlomagno y al Sefardí, a los que había conocido por casualidad, a éste en una fiesta de bodas, en una cantina de mala muerte a aquél.

Se había dejado arrastrar a la desastrosa aventura por imprudencia juvenil, y si la historia del golpe en el cerebro era invención suya, era cierto que el tiempo lo había transformado. Después de todo, había tenido un poco de suerte. Su mujer, aunque no era ninguna belleza, era realmente buena, y sus hijos le habían proporcionado muchas alegrías, le habían devuelto el amor a sus padres y a la respetabilidad.

Si Juan Luis se hubiera atrevido a matarle, pensó la Coneja con amargura, por lo menos le habría evitado la zozobra que sentía al pensar que sus padres, o sus hijos, podían enterarse algún día de aquella historia. Si por lo menos se hubiera enriquecido... Pero era todavía más pobre que sus padres, y ésa era su mayor aflicción.

Había estado dispuesto a dejarse asesinar, ahora se daba cuenta. Juan Luis había sido incapaz de hacerlo, y la Coneja comprendió que no había sido por bondad, sino por un profundo desprecio. «Todavía podría mandar matarme —se repitió a sí mismo—. No me debo descuidar». Fue a la cocina a dejar la copa vacía en el lavaplatos y le dijo a la sirvienta:

—*Chi yoo sa li tenamit.*

—*Us* —respondió ella sin alzar los ojos de la tabla de cortar, donde estaba destazando una gallina.

La Coneja salió de su casa y se fue andando hasta el centro del pueblo, para usar uno de los teléfonos públicos del portal de la municipalidad. Marcó el prefijo de Cobán y el número de una cantina que estaba en la salida a Carchá y que pertenecía a Carlomagno.

—¡Vos, hombre! —exclamó la voz de éste—. Qué sorpresa oírte. Algo malo debe de estar pasando para que me llamés —se rió.

—Adiviná quién vino a verme hoy.

—El Sefardí —dijo inmediatamente Carlomagno, y la Coneja percibió el sobresalto en su voz.

—Cerca —dijo la Coneja—. Juan Luis.

—¿Luna?

—Claro que Luna.

—¿Y? ¿Qué quería?

—Pues no sé. Yo quería preguntarte si no ha ido a verte a vos.

—No. Yo ni sabía que andaba por aquí. ¿No que vivía en África?

—Hace tiempo que regresó.

—¿Y cómo dio con vos?

—Por mi vieja.

—¿No la tenías advertida?

—Sí, más o menos. Pero ya no muy le atina, la pobre. Mirá, yo creo que aquél está tramando algo. Se me hace que quiere ajustar cuentas, después de tanto tiempo. Con lo del pie…

—No se le iba a olvidar. ¿Pero qué vamos a hacer?

—Estar avispas. Y comunicados. Yo voy a averiguar con los amigos de la capi si no hay alguna orden de captura a nuestro nombre o algún contrato, ya sabés.

—Pues manteneme al tanto.

—Y vos a mí también. Que no nos agarren dormidos, es lo principal.

—Y aparte de eso, ¿qué tal por Salcajá?

—Bien, gracias. ¿Y por Cobán?

—Pasándola. Mirá, acaba de entrar don Chusito y me está pidiendo una cerveza.

—Te dejo, pues, ingrato.

—Gracias por llamar.

Era curioso, pensaba la Coneja mientras caminaba del portal hacia la cantina a la vuelta de la plaza, que las relaciones con los otros fueran así: una serie de hilos cortados y reanudados en desorden, al azar. Carlomagno. Juan Luis. El maldito Sefardí. A éste sí que le gustaría matarlo, aunque ya no hubiera ningún dinero que recobrar. Pensó fugazmente en sus hijos. Hubiera querido darles una buena educación; haberse mudado a la ciudad de México, por ejemplo, o a Buenos Aires, como lo había soñado, en lugar de Salcajá.

Entró en la cantina, fue al mostrador y pidió una cerveza fría. Se la bebió de pie allí mismo, pagó y fue de regreso hasta el portal para hacer otra llamada, esta vez al despacho de un abogado, en la zona cuatro de la capital.

—Pedro, ¿cómo te va?

—Ah, Coneja. ¿Qué, otra vez en problemas?

—Pues sí, fijate vos.

—Qué es ahora.

—¿Te acordás del cliente aquel, para qué nombrar el nombre, de hace como once años?

—¡No! ¿Qué con él?

—Vino a verme, aquí a Salcajá.

—Y qué quería.

—Hablar.

—De qué.

—De todo aquello que pasó.

—Y vos lo complaciste.

—Pues sí.

—Pero qué mula sos, hombre. ¿De dónde me estás llamando?

—De Salcajá.

—No de tu casa, espero.

—No. Del portal.

El abogado colgó, o se cortó la comunicación, la Coneja no estaba seguro. Llamó de nuevo.

—No estoy para bromas, señor. —El abogado volvió a colgar.

Aquel lunes la Coneja, con el pretexto de visitar a su madre, viajó a la capital. Telefoneó al abogado desde la terminal de los transportes Galgos, y se dieron cita en un bar del pasaje Rubio, cerca del Palacio Nacional.

El abogado lo aguardaba sentado a una mesita para dos al lado de la puerta, bajo una varilla de luz neón. Su piel era grasienta y pálida, tenía ojos de pescado y unos bigotes ralos le daban un aire de pícaro que parecía calculado.

—Hola, genio —dijo.

La Coneja dejó su maletín de viaje en el suelo y se sentó, con una sonrisa de culpable.

—¿Qué?

El abogado habló en voz baja:

—Cuántas veces te habré dicho que don Luna no se iba a dormir nunca, Conejita. Hasta la fecha, hay constantemente viajes de agentes especiales a Salcajá y a Cobán. Vos y Carlomagno están más controlados que yo. El viejo no se cansa de pagar aunque sea sólo por el gusto de comprobar que la gente cambia muy poco sus hábitos. Te apuesto a que sabe cuáles putas te has cogido en Las Flores. El día que decida quitarse las ganas, puede hacerlo. Supongo que le han faltado pruebas concluyentes para hacer lo que quisiera. Pero si vos le contaste al hijo que...

—Sí —reconoció la Coneja—, fui una mula. Pero él ya lo sabía.

—Podés estar seguro de que todos los teléfonos públicos de Salcajá están picados. Te has dado por la boca, Conejita hueco.

—No, en serio, vos cerote. Y ahora, ¿qué voy a hacer?

El abogado se rió.

—Defenderte, amigo, defenderte.

Bebieron de sus cervezas.

—Escondete algún tiempo —le aconsejó después el abogado—. Pero desde ya.

La Coneja miró su maletín, en el que no tenía más que dos mudadas, y se sintió deprimido al pensar que no podría volver a casa por algún tiempo. No se dejaría agarrar, a estas alturas. Las leyes habían cambiado. Hoy podían fusilarlo por lo que había hecho más de diez años atrás. Esto le parecía injusto. Tendría que alertar a Carlomagno; no le convenía que cayera. Iba a llamarlo al salir del bar, pensó.

—¿Tenés dinero para funcionar? —le preguntó el abogado.

—No.

—Pues sí que estás jodido.

—Prestame unos lenes, tigre.

—Unos lenes es justo —dijo el tigre—. Pero ya sabés, con interés.

—Gracias.

—Pasá más tardecito por mi oficina. Y ojo al águila. —Dejó un billete de cinco quetzales al lado de su cerveza vacía, se puso de pie y se despidió.

La Coneja salió del pasaje Rubio a la Novena Calle con su maletín al hombro y una mano en el bolsillo, donde tenía dos monedas de veinticinco centavos. Cruzó la calle y fue hasta un teléfono público que estaba a la puerta de una panadería.

—¿Carlomagno? Mirá, parece que hay peligro. La tía está enferma y es contagioso. Hay que llevarla al doctor. ¿Okey?

—Okey.

—Unas vacaciones, entonces, desde ya.

—¿Vacaciones?

—Sí. Va-ca-cio-nes.

Después llamó a su casa en Salcajá.

—Hola, cuchi. Te tengo malas noticias.

—¿Qué pasó?

—Mamá no está bien. Voy a quedarme aquí unos días para ayudarla en lo que pueda. El teléfono está descompuesto, para más fastidiar. Y es posible que antes de ir para allá tenga que hacer un viajecito a Cobán. Hay unas tierras en venta y hoy hablé con un posible comprador. Quisiera llevarme la comisión.

—Ojalá, mi amor.

—Yo te llamo, entonces. Besos a los niños.

El abogado exageraba, pensaba la Coneja, sentado en primera fila en el *pullman* Monjablanca que avanzaba ruidosamente por la noche hacia El Rancho, donde se desviaría para seguir por la sierra a Salamá y a Cobán. Le hubiera dado tiempo de volver a Salcajá por sus cosas para hacer este viaje como la gente, se decía a sí mismo, con frío, mientras miraba fijamente el área de luz que la Monjablanca arrojaba sobre el camino.

Cuando se apeó en la plaza central de Cobán era casi medianoche. Se fue directamente por la calle Empinada que bajaba hacia el hostal de los Acuña, donde los sirvientes lo conocían del tiempo en que, todavía convaleciente de la explosión que les había costado la vida al Horrible y al Tapir, había venido a visitar a Carlomagno. Éste, que por una rara lealtad había enviado un emisario a la Coneja cuando supo que se encontraba con vida en el hospital, le había dado un quinto de su parte del rescate. «Después de todo —se había dicho a sí mismo la Coneja, que tampoco comprendía por qué el Sefardí le había dado su parte a Carlomagno— yo lo conecté». Había pasado un mes en Cobán, y llegó a pensar en quedarse a vivir allí, en parte porque la cicatriz que le cruzaba la sien le causaba vergüenza. Pero había conocido a su esposa, que era propietaria de dos casas y un depósito de granos en Salcajá, y eso había cambiado su suerte.

Efraín —un joven kekchí que un año era evangélico y al siguiente volvía a ser católico— le instaló en el cuarto número uno, donde había una cama doble en lugar de literas.

—No hay turismo, no hay turismo —decía—. Hace un año hoy exactamente que lincharon a aquella gringa en San Cristóbal, y lo están festejando —se rió.

—¿Todavía sirven desayunos?

—Claro que sí.

—Mandame uno a las ocho, por favor.

—Se lo va a traer la Luvia.

—¿Todavía está aquí?

—Todavía. —Se puso serio, luego se sonrió.

—Me alegro —dijo la Coneja, y se sentó en la cama.

—Buenas noches, señor. —Efraín retrocedió un paso al corredor para cerrar la puerta.

La Coneja se acostó vestido en la cama, y por un momento se sintió mucho más joven de lo que era. Le había sentado bien alejarse de la familia, aunque fuera sólo unos días. El enjambre de recuerdos que la visita de Juan Luis había alborotado le había devuelto a su estado mental de hacía once años. Se incorporó en la cama para alcanzar el maletín que estaba en el suelo y sacar una bolsita de plástico, donde guardaba mariguana, y luego tomó de su billetera un papel de enrollar. Separó con paciencia las ramitas y las semillas, como un conocedor, y fabricó un cigarrillo. Se puso de pie y entreabrió la ventana para tirar las semillas y las ramas y expulsar el humo a la parte trasera del jardín.

Defenderse, había dicho el abogado; era lo único que podía hacer. Una amargura de talento frustrado le destilaba por la garganta, mientras la mariguana fumada le hacía soñar despierto con proyectos que no había llevado a cabo. «¡Bah!», exclamó al apagar la colilla que empezaba a quemarle los dedos. La desmenuzó y la tiró por la ventana. La vida era así.

Qué suerte la de Luna. Había estado muerto, prácticamente, pero ahora vivía, y no sólo tenía dinero para tirar y una hermosa mujer, sino que era escritor y podía darse los aires que quisiera de superioridad. ¡Cuánto desprecio había emanado de él durante los pocos minutos que duró su visita! Pero lo que más hería ahora el amor propio de la Coneja era recordar la admiración que había sentido por Juan Luis cuando le preguntaba acerca de los detalles del secuestro con tanta serenidad; era recordar que le había parecido una persona verdaderamente sabia.

«No mandará asesinarnos —y en su cara se formó una sonrisa retorcida—, ahora basta con que mande arrestarnos».

En la capital, después de llamar a Salcajá, la Coneja había ido en taxi a la casa de su madre, que quedaba en Ciudad Vieja. Tenía llave de la puerta del jardín, de modo que entró sin llamar. Como era mediodía, no estaba el jardinero, y la Coneja aprovechó el momento para hacer lo que había venido a hacer. Entró en el garaje, donde estaba la cajita del teléfono, levantó la tapa de hierro y metió la mano para desconectar uno de los cables. Luego dio la vuelta a la casa y entró por la puerta principal, llamando:

—¡Hola, mamá! ¿Dónde estás?

La anciana salió de la cocina con una sonrisa radiante y los anteojos empañados con vapor.

—Mijo, qué sorpresa.

La Coneja le puso las manos en los hombros y le besó la frente.

—¿Cómo estás? ¿Y papá?

—Ya sabes, más o menos. Está en cama, otra vez. La depresión.

—Oh.

—¿Qué te trae por aquí?

—Negocios. Voy a tener que ir a Cobán. Están vendiendo una finquita y tengo un cliente interesado en comprar tierra por allá. Me han ofrecido comisión.

—Qué me alegro, mijo. Cómo están las cosas, verdad. Todo carísimo. ¿Hasta dónde se puede aguantar? Me preocupo mucho por ustedes. Por los niños, sobre todo.

—No te preocupes, mamá. Iremos saliendo poco a poco. Podríamos estar peor.

—Lástima que no me trajiste a los patojos. Yo hubiera podido cuidarlos mientras tú ibas a Cobán. Ya no van a acordarse de mí. Deben de haber crecido tanto que quién sabe si los reconozco.

—Claro que se acuerdan de ti. Pero es cierto, crecen a toda velocidad. La próxima vez te los traigo.

La anciana miró su reloj de pulsera y comenzó a caminar hacia la cocina.

—Ya están listos los fideos —dijo—. ¿Comes conmigo?

La cama doble del hostal de los Acuña estaba vencida, así que él tuvo que cambiar de posición varias veces antes de encontrarse cómodo y finalmente quedarse dormido. A las ocho, cuando Luvia llamó a la puerta con el desayuno, ya estaba bañado y vestido, pero sin hambre, por los nervios, y listo para salir.

—Buenos días, don Armando —le dijo Luvia, tan sonriente como siempre. Tenía muy pocas canas y su piel era aún la de una joven—. Hasta cuándo otra vez por aquí.

—Qué tal, Luvia. Me alegra verte.

—¿Va a quedarse unos días?

—No, me temo que no. Vamos a hacer un viajecito con Carlomagno, para ver unas tierras por Yalpemech.

—Usted siempre de arriba para abajo, ¿verdad? Aquí le dejo esto.

La Coneja bebió deprisa el jugo de naranja, se comió medio mollete remojado en café.

De la recepción llegó la voz de la señora Acuña, que acababa de llegar al hostal. La Coneja, que no quería perder tiempo saludándola, aguardó un momento a que pasara a la cocina, como era su costumbre, para salir de su cuarto al corredor. Le dio el dinero de la noche a Julián, el hermano menor de Luvia, que estaba de turno en la recepción, y salió a la calle con su maletín. Se fue a paso rápido por la parte baja de la ciudad hacia la salida de Carchá, donde Carlomagno tenía su cantina.

Cuando la Coneja llegó a la cantina, un niño de unos diez años que estaba detrás del mostrador desapareció corriendo por la puerta del patio, llamando: «¡Papá, papá!». La mujer de Carlomagno, que era prima de Luvia, salió de uno de los cuartos del otro lado del patio y fue hasta la cantina.

—Pásele, don Armando.

La Coneja siguió a la mujer a un cuartito oscuro, donde estaba Carlomagno sentado al filo de un catre, con un costal de viaje lleno a sus pies. La Coneja fue a estrecharle la mano y puso su maletín en el suelo al lado del costal. Carlomagno dijo:

—Uno de mis patojos acaba de venir con la noticia de que los judiciales… —Describió con un dedo una circunferencia.— A ver si todavía nos logramos escapar.

—¿Es seguro?

Pero Carlomagno ya se había puesto de pie y recogía el costal.

—Monós —dijo.

A qué preguntar adónde, se dijo a sí mismo la Coneja, y recogió su maletín para seguir al indio Carlomagno. Dos niños más, que al parecer lo estaban esperando en el vestíbulo para salir a la calle, corrieron para ponerse delante de su padre.

Parecían más alegres que atemorizados.

En fila india, los niños primero, luego Carlomagno y la Coneja, se fueron por la acera. Los niños salieron corriendo y en la esquina se detuvieron, para mirar a derecha e izquierda, y se volvieron para hacer señas de seguir adelante a los mayores. Así se fueron calle por calle hasta el puentecito de Chamelco, donde los estaba aguardando un viejo Land-Rover conducido por Sean Acuña, el hijo de los dueños del hostal.

—Píquenle, muchá —les dijo Sean—. Hay polacos por todas partes.

Carlomagno y la Coneja se subieron al jeep. Los niños se quedaron saludando con la mano al padre y desaparecieron cuando Sean dobló para cruzar el puente.

—Cabroncitos tus patojos —dijo la Coneja.

Sean se rió.

—Es verdad, son muy cabrones.

Carlomagno iba serio, con los ojos fijos en el camino. Sean le explicó a la Coneja que había reñido con sus padres algunos meses atrás y que ya no trabajaba en el hostal. Ahora se mantenía llevando turistas a sitios remotos en sus jeeps. Tenía otro Land-Rover con su chofer y dos ayudantes.

—No me puedo quejar. Me gustan estos caminos, y aunque los turistas al final son un dolor de huevos, la gente de las aldeas a las que los llevo suele ser buena y, como les doy negocio, no me malquieren. No pido más.

Un poco después, la Coneja le dijo a Sean:

—Y a todo esto, tigre, ¿adónde nos llevás?

—A Sebol, por de pronto.

—Qué bien. Es bonito Sebol.

La Coneja se relajó. Su cuerpo, entre los otros dos, iba en total abandono, y su espíritu se vio libre de inquietud, mientras sus ojos percibían el paisaje de montes redondos, como de acuarela china, cubiertos de musgo y niebla, y el Land-Rover daba botes por el angosto camino. De cuando en cuando, tenían que detenerse y hacerse a un lado, contra el paredón o al borde de un precipicio, para dejar pasar otro vehículo.

Segunda parte

II

Juan Luis Luna había sido secuestrado una fresca mañana de noviembre, cuando el cielo guatemalteco, barrido por el viento norte, parece más puro y azul. Fue secuestrado por dinero, mas no por el suyo, pues aunque nada le faltaba no era un hombre rico. Su padre, en cambio, lo era.

Los secuestradores eran cinco, pero sólo a tres reconocía: el Tapir Barrios, la Coneja Brera y el Horrible Guzmán, con quienes de niño había hecho y luego roto la amistad. Los otros dos, que debían de ser un poco mayores y al parecer se limitaban a cumplir órdenes, respondían a los apodos de Carlomagno y el Sefardí. Aquél era fornido, de facciones mayas; éste, alto y seco, de nariz aguileña y cabello rizado.

Con una cuerda sintética lo descolgaron por un hoyo profundo y oscuro revestido de metal oxidado donde había un fuerte olor a gasolina. Allí lo dejaron, con una linterna Rayovac, un ejemplar de la *Commedia* traducida al castellano por el conde de Cheste, y una bacinica de plástico. Juan Luis presentía que todo iría mal. Las historias de secuestros le eran familiares, y sabía que si el Tapir, la Coneja y el Horrible no se habían molestado en ocultar sus rostros era porque no pensaban dejarle salir de allí con vida.

Recordaba al Tapir y a la Coneja de tiempos del colegio, a la puerta de una lujosa casa de la Cañada, donde se celebraba una fiesta de cumpleaños a la que ninguno de los dos había sido invitado. Los recordaba con tanta claridad que por un instante olvidó en qué se habían convertido. Estaban a la luz de un potente reflector en el portón de entrada con trajes de poliéster mal ajustados y pelo largo, todavía mojado, el Tapir con un grano enorme en la frente, la Coneja con su mirada de adolescente precoz, y discutían con el portero que no les dejaba pasar.

Cuando don Carlos Luna recibió noticias de los secuestradores, no hizo caso de ellas. No puso ningún anuncio en los diarios, como se lo pidieron, ni dio muestras de querer negociar.

A Juan Luis no le dieron de comer durante dos días, y al tercero Carlomagno abrió la compuerta y el hoyo se llenó de luz y calor. Deslumbrado, Juan Luis alzó la mirada y vio la silueta del Tapir, que estaba de pie al borde del hoyo con los brazos cruzados, mirando hacia abajo.

—Tu viejo no quiere soltar prenda, fijate —le dijo—, así que vas a tener que ayudarnos, si no querés que nos pongamos drásticos.

La silueta del Horrible apareció junto a la del Tapir.

—Vas a escribirle una cartita de hijo pródigo, ¿sí?

Juan Luis bajó la mirada. El Horrible prosiguió:

—Vas a decirle que estás arrepentido de ser como sos, que al salir de aquí vas a lamerle lo que quiera, ¿me agarrás la onda? ¿Qué quisieras comer? ¿Un sandwich? ¿Un cafecito? Te vamos a dar pluma y papel y después de comer te pones a trabajar. A ver si te convertís en escritor.

A los pocos minutos le bajaron un canasto con tortillas y frijoles negros y un termo de plástico con café instantáneo. Más tarde la Coneja dejó caer al hoyo dos o tres hojas de papel blanco, un bolígrafo y dos pilas eléctricas, para la linterna, envueltas en un calcetín.

—¡A ver si te inspirás! —le gritó desde arriba, y desapareció.

Juan Luis le puso las pilas nuevas a la linterna. Luego abrió la *Divina comedia* por la mitad, para usarla como apoyo, leyó dos o tres versos al azar y escribió a su padre una carta muy breve e impersonal. Sentía que el viejo tenía la culpa de que él se encontrara allí.

Siguió con los ojos los movimientos del papel con su escritura que ascendía prendido por un gancho de ropa que Carlomagno tiraba desde lo alto con un cordel de pescar.

De noche, en un momento de optimismo, hecho un ovillo como estaba preparándose para dormir, pensó: «Lo que pasa es que están locos. Se creen invulnerables. Les pagarán y me dejarán salir, y después van a quebrárselos».

Pasaron dos días más, y como al tercero otra vez no le dieron desayuno, supo que algo andaba mal. Estaba perdiendo la noción del tiempo. Cuando volvieron a abrir la compuerta, el cielo estaba azul.

—¡Ya te llevó la chingada! —tronó la voz del Tapir—. Esa tu carta para nada sirvió y ahora vamos a tener que operarte. —El Tapir se apartó del brocal y su voz se hizo casi inaudible; pero Juan Luis oyó más de una vez la palabra *apuestas*.

—¡Qué pasa! —gritó, y su voz subió rebotando por las paredes del tanque hacia la luz—. No entiendo nada.

La cabeza del Horrible se dibujó en lo alto.

—Qué parte querés que te quitemos para acompañar tu próxima carta —le preguntó.

—¿Cómo así? —gritó Juan Luis.

—Así —dijo el Horrible, haciendo como quien corta algo con una sierra.

La voz de Juan Luis fue débil cuando dijo:

—Denme otra oportunidad.

Más tarde, la Coneja llegó para arrojarle de nuevo el bolígrafo y una hoja de papel. Le dijo en tono casi amistoso:

—Esmerate un poco más. Ahora va a ser sólo un dedo o una oreja, ya hemos hecho apuestas. Pero si tu viejo no afloja la próxima podría ser más seria. Una pata o una mano. Así que ya sabés.

En su segunda carta, escrita en letra pequeñísima para ahorrar espacio, Juan Luis intentó conmover a su padre, y le prometió que si salía con vida trabajaría lo necesario para pagar su propio rescate.

Una vez más, Carlomagno arrojó el cordel de pesca con el ganchito para izar la carta. Aquella noche, poco antes del amanecer, dos figuras descendieron al tanque descolgándose rápidamente por una cuerda. Llevaban linternas de caza en la frente. Eran el Tapir y el Sefardí.

Se pararon frente a Juan Luis y lo encandilaron con sus luces. El Tapir sacó de su morral tres pastillas de distintos colores y una botellita de aguardiente y Juan Luis ingirió las pastillas y las regó con el licor sin protestar. Sintió enseguida un mareo agradable. Le hicieron quitarse los zapatos y sentarse.

—Va a ser el dedito del pie izquierdo —le dijo el Tapir al Sefardí. Luego se dirigió a Juan Luis—: A ver, danos aquí ese pie.

—Pero no es necesario —protestó—. Tal vez con la carta lo convenza.

—¡A ver ese pie! —gritó el Tapir.

Juan Luis estiró la pierna y el Sefardí le sujetó el pie por el talón.

—Durará sólo un instante —dijo en tono tranquilizador.

—¡Por favor!

El Sefardí le estaba haciendo un torniquete.

—Hay que prevenir la hemorragia. —Se había sacado del bolsillo del pantalón una navajita curva. Le sujetó con dos dedos el meñique, mientras el Tapir decía: «Ni hace falta anestesia». Con un movimiento rápido, el Sefardí separó el dedo del pie.

—Eso es todo. ¿Ves? —dijo el Tapir.

—No puedo creerlo —gimió Juan Luis, sujetándose el pie cubierto de sangre.

El Sefardí alzó las cejas y luego dejó caer el dedo amputado en una bolsita plástica que sostenía el Tapir.

Más que dolor, Juan Luis sentía rabia. Dos lágrimas bajaron por sus mejillas mientras miraba las dos figuras que ascendían por la cuerda con sus luces hacia la luz rojiza del amanecer. Se pasó el dorso de la mano por la cara para secarse las lágrimas, y luego se dio cuenta de que se la había manchado de sangre. Después de quitarse el torniquete, se cubrió con su manta de lana, y enseguida se durmió. Tuvo una serie de sueños cortos y extrañamente felices.

Carlomagno —a quien llamaban así porque, si bien lo intentó varias veces, tal como aquel rey de Francia, no había aprendido a escribir— fue elegido para llevar el dedo amputado al padre de Juan Luis. Lo habían puesto entre algodones esterilizados en una bolsita higiénica con cierre de presión, y ésta la habían metido en un sobre de DHL, con la segunda carta de Juan Luis.

Después de recibir instrucciones del Tapir, Carlomagno salió de la gasolinera abandonada en su vieja motocicleta de ochenta caballos, se dirigió a la capital por la calzada de San Juan. Era una mañana fresca, poco antes de las diez. Carlomagno iba contento, tarareando una canción, y la luz desgarrada que caía por entre los cipreses le acariciaba la cara. Al llegar a la avenida Roosevelt se encontró con el embotellamiento habitual, que no se descongestionaría hasta la noche, pero en la motocicleta Carlomagno logró ponerse en los Helados Pops de las Américas en menos de un cuarto de hora. Pensaba en el dinero. Le parecía increíble que todo hubiera ocurrido tan rápidamente. Todo saldría bien. Darían un golpe más y luego él se haría perdidizo. No confiaba enteramente en el Tapir. Estaba medio loco. Corría demasiados riesgos. No tenía disciplina. No había estado nunca en el ejército como él.

Detuvo la motocicleta bajo el edificio Vistalago, donde había un teléfono público. Comprobó que funcionaba. Entró en la farmacia Hincapié para comprar aspirinas y obtener moneda suelta. Volvió al teléfono y llamó a casa de don Carlos. Colgó cuando contestaron. Atravesó la avenida hacia la plaza de la Cruz, que estaba vacía. Fue hasta el monumento y con un esparadrapo pegó el sobre de DHL en la parte trasera de la cruz de hormigón. Andando despacio regresó hasta la motocicleta y se quedó observando. Una señora en pantalón corto y sudadero atravesó la plaza al trote, prosiguió hacia el parque de Berlín. Carlomagno fue de nuevo al teléfono público y esta vez no colgó cuando don Carlos levantó el aparato. Se puso una moneda de veinticinco centavos en la boca para hablar.

Después fue a Pops y se comió un *sundae* con chocolate derretido. Miró varias veces su reloj hasta que dieron las once, como le había dicho el Tapir, y fue a dar otra vuelta por la Cruz. Pasó despacio con su motocicleta alrededor del monumento y alcanzó a ver el sobre azul y naranja que nadie había ido a recoger.

Por la tarde los cinco se reunieron en el viejo despacho de la gasolinera abandonada para deliberar.

—Instrumentos puedo conseguir yo —dijo el Horrible—. ¿Qué hace falta?

El Sefardí contestó de mala gana:

—Una sierra de Vanghetti, por lo menos, y morfina.

—Ningún problema —dijo el Horrible, moviendo la cabeza con satisfacción.

—Okey —dijo el Tapir, y puso las manos sobre el viejo escritorio para concluir—: Que sea un pie.

No puedes saber el efecto que ha tenido en mí el enterarme de que ninguna de mis cartas ha llegado a tus manos —decía la tercera de Juan Luis—. *¿Es verdad que te informaron que la última contenía un dedo mío y aun así no mandaste recogerla? Yo me niego a creerlo, por supuesto; pero si me equivoco, quisiera intentar de nuevo ablandarte el corazón.*

Ésta la escribo a sabiendas de que a primera hora mañana me amputarán el pie izquierdo, lo que espero sea suficientemente elocuente. Quizá la promesa de enmendarme sea demasiado vaga y abstracta para ser convincente, pero te prometo que si fuera necesario empeñaré el resto de mi vida en pagarte la deuda que por ésta contraigo contigo, si decides pagar. En la anterior te prometía hacer todo lo posible por vivir el resto de mis días sin avergonzarte como en el pasado. Hoy sólo te pido piedad. Mi vida está en tus manos. Me han dicho que el rescate que te piden es razonable. Y por último te pido, como en la anterior, que cuando mi pie llegue a tus manos lo congeles sin demora, por si fuera posible remendarme.

Cuando terminó la carta, Carlomagno le arrojó el cordel de pescar con el ganchito, para subirla. Un poco más tarde bajó el canasto con la cena, que Juan Luis comió con avidez.

La comida estaba adulterada —el amargo de la droga quedó en su paladar— y con el último bocado comenzó a sentir un sueño demasiado repentino para ser natural, un sueño que le causaba vértigo. Cerró los ojos con la angustiosa certeza de que al despertar le faltaría un miembro.

Los dados eligieron a la Coneja para portador del miembro en esta ocasión. De madrugada, el Tapir y el Sefardí bajaron al hoyo para ejecutar la amputación. El Horrible y Carlomagno se habían marchado, y la Coneja pensaba que irían a putear con el dinero ganado jugando al cuchumbo. Se sentía desdichado, les tenía envidia. Se sacó del bolsillo un sobrecito con mariguana; la limpió con cuidado y preparó un cigarrillo. El humo lo relajó. Improvisó un filtro de cartón con la carterita de fósforos para fumar la colilla, y después se quedó un rato mirando el cable anaranjado de electricidad que salía culebreando por la puerta entreabierta hacia el patio y bajaba al pozo del prisionero, desde donde llegaba débilmente el zumbido de la sierra para amputar.

Cuando, media hora más tarde, el Tapir y el Sefardí volvieron para entregarle el pesado paquete envuelto en plástico negro, la Coneja no sabía aún cómo hacerlo llegar a manos del viejo Luna.

—Que no te agarren, culerazo, que te sentás en todo —fue lo único que le dijo el Tapir.

El Sefardí, que parecía enfadado con el Tapir, acompañó a la Coneja al jeep, que estaba en el viejo garaje. La Coneja encendió el motor y mientras se calentaba escondió el paquete debajo de su asiento.

—¿Por qué no se lo llevás a la novia? —le preguntó el Sefardí—. Es lo menos peligroso.

—En eso estaba pensando —replicó la Coneja—. Gracias. —Saludó con una mano y arrancó.

«Vaya broma —pensaba—. Los cabrones dados siempre me la hacen. No vuelvo a jugar». Visitar a la novia de Juan Luis no sería mala idea. No era tonto el Sefardí.

Ana Lucía, la novia de Juan Luis, había pasado una mala noche más. Al despertarse recordó con culpa que en la oscuridad, mientras daba vueltas para un lado y para otro entre las sábanas, había pensado con enojo —un enojo muy leve, era cierto— en Juan Luis. Era un enojo complicado. No podía ayudarlo, no sólo porque los secuestradores no se habían comunicado con ella, sino también porque no estaba en posición de hacer nada. Si él hubiese accedido a casarse con ella hacía un año... Pero era un individuo muy testarudo, y además un poco egoísta. Sin embargo, estaba segura de que la quería. Se oponía al matrimonio, pero la había llevado a vivir en su casa y la había convertido prácticamente en su mujer.

Hubo un tiempo en que el padre de Juan Luis la había visto con buenos ojos, quizá como una posible aliada. Porque en el fondo don Carlos no se había dado por vencido y creía que no era demasiado tarde todavía para hacer de su hijo un hombre honorable. Pero ella no pensaba así —cuando honorable era sinónimo de hombre casado y negociante— y había cometido la imprudencia de afirmar ante el viejo que dejaría a Juan Luis el día que decidiera jugar ese juego. A partir de aquel día don Carlos, sin volverse del todo descortés, dejó de invitarla a almorzar en su casa, como solía hacerlo a menudo, y cuando se encontraban parecía estar siempre demasiado ocupado o inventaba alguna excusa para evitar hablar con ella.

A lo largo de su convivencia con Juan Luis, padre e hijo habían reñido varias veces, y ella sabía que entre ellos persistía una antigua hostilidad.

Cuando supo que Juan Luis había sido secuestrado —el portero presenció la captura, efectuada cuando él salía en su automóvil del edificio de apartamentos donde vivían—, Ana Lucía había telefoneado inmediatamente a casa del padre.

—Bueno —dijo el viejo—, algún día tenía que pasar. ¿No recuerdas lo que me dijo hace más o menos un año una vez que hablábamos precisamente de la posibilidad de que algo así ocurriera? Que no esperaba que pagara ningún rescate por él.

—Eso lo dijo por decir, don Carlos, por Dios.

—Por decir se dice todo, amiga mía.

Y el viejo había dicho adiós y había colgado. Ana Lucía no logró hablar con él otra vez. En una ocasión la sirvienta contestó el teléfono y le dijo que don Carlos había tenido un accidente y estaba en el hospital, y unos días más tarde marcó el número varias veces pero nadie contestó.

Todo aquel tiempo se había sentido impotente para hacer nada, y a menudo se sorprendía a sí misma en el acto de estrecharse las manos con angustia, inmovilizando la una con la otra, ejerciendo una fuerza inútil que terminaba por agotarla y aliviar en cierta manera la opresión causada por un miedo no del todo irracional. Intentaba respirar profundamente, pero era como si el aire no bastara para llenar sus pulmones.

Hacía una semana que lo habían secuestrado. Era una mañana fría, de modo que al salir de la cama se puso un suéter debajo del batín y unos pantalones de franela que pertenecían a Juan Luis. Fue del dormitorio a la cocina y puso agua a calentar para el café. Mientras hervía fue a la sala, se sentó en un puf de lana. Quizá lo más difícil de sobrellevar aquellos días no había sido ni el miedo ni la angustia, sino la soledad. Se preguntaba si don Carlos desconfiaba de ella. Era un viejo paranoico, ciertamente, y era posible que sospechara del propio Juan Luis. Con resignación volvió a la cocina, donde ya estaba hirviendo el agua para el café. Alguien llamaba a la puerta. Ana Lucía dejó caer las últimas gotas de agua hirviendo al filtro de papel, se pasó mecánicamente las manos por la cabeza y, al atravesar la sala hacia la puerta, se ajustó el cinturón del batín. La puerta no tenía mirilla, así que, no sin aprensión, la entreabrió.

Allí estaba un joven alto y delgado, de tez clara, bien parecido y con una sonrisa amable, un joven nervioso que no era otro que la Coneja.

—Disculpe —dijo—, tengo un recado urgente.

Ana Lucía adivinó de qué se trataba y le dio una tembladera en las piernas.

—¿Sí? —logró articular con la voz empañada.

La Coneja alargó el brazo para darle el paquete, sorprendentemente pesado. Por un instante ella imaginó que estaba en un error, que esto no tenía nada que ver con el secuestro de Juan Luis. Pero la Coneja le dijo:

—Es para don Carlos. Lléveselo cuanto antes. Y disculpe de nuevo la molestia. —Y giró rápidamente sobre sus talones y dio dos zancadas para entrar en el ascensor, cuya puerta había dejado atrancada, y desaparecer.

Con náuseas, Ana Lucía palpó el envoltorio. Cerró la puerta y se puso de espaldas contra ella y fue deslizándose, hundiéndose, hasta quedar sentada, casi desvaída en el frío suelo de baldosas. Miraba el cielo raso de repello granuloso, y pensó en un paisaje de arena, invertido. Mientras tanto adivinaba con los dedos a través del plástico negro la forma de un pie cortado por el tobillo. Se dobló hacia delante, su frente estuvo a punto de tocar el suelo y quiso vomitar. Pero no tenía nada en el estómago. Perdió el deseo de beber café.

Poco después se levantó, fue a la cocina y dejó el sobre en el mostrador. Bebió un vaso de agua del grifo. Se sentó en uno de los taburetes, exhausta. Se sorprendió a sí misma observando a uno de los albañiles de la obra de enfrente, que estaba limpiando los cristales de una ventana, y respiró profundamente antes de obligarse a bajar la vista y mirar de nuevo el envoltorio con el pie de Juan Luis.

Fue como si hubiese recibido una descarga eléctrica. Se puso en pie de un salto y fue al teléfono.

—¿Don Carlos?

Silencio.

—Creo que me han traído un pie de Juan Luis. No estoy segura porque está dentro de una bolsa de plástico negro. Me han pedido que se lo lleve. Hay también una carta dirigida a usted. ¿Don Carlos?

—Aquí estoy. —Su voz y el silencio que siguió sonaron cavernosos.— ¿Un pie?

—Se lo llevo ahora mismo.

Otro silencio.

—Sí, ven.

Don Carlos Luna era inusitadamente vital y sanguíneo para sus casi setenta años. Era aun lujurioso, y en cada uno de sus actos podía adivinarse la vena sensual. De un pasado en claroscuro, había emergido a las áreas más luminosas de la vida social a fuerza de buen humor y de dinero, y sólo cuando enviudó y comenzó a abandonar el proyecto de hacer de su hijo un digno heredero, se apoderó de él esa falta de curiosidad, esa clase de apatía que engendra la creencia en la inmortalidad.

Fue de su dormitorio, donde había estado ordenando papeles —cuentas de teléfono debidamente pagadas pero que era bueno conservar por algún tiempo, recetas del veterinario que había tratado a una de sus yeguas, anuncios de periódico: terrenos, tornos de cerámica, devanadoras, que su secretaria le había recortado—, a la sala principal a esperar a Ana Lucía, pensando en dos aspectos distintos de la palabra *tiempo.* Se sentía como sobre la cresta de una ola, con un poco de vértigo.

Habrá que negociar, se dijo a sí mismo. Pensó con desgana en que tendría que redactar una carta, pedir una rebaja. Pero aún no sabía cuánto exigían. ¿No sería justo que pagara menos cuando habían lisiado al rehén?

—Cojo —dijo en voz baja, como quien con la última palabra se asegura la mejor parte. Se había quedado mirando fijamente un trozo de cielo más allá de las pitangas del jardín, pero Ana Lucía hizo sonar en ese momento el timbre del portón, y la Caya la dejó entrar.

Conducía el viejo BMW que Juan Luis había heredado de su madre; lo estacionó debajo del balcón.

Ana Lucía subió deprisa las escaleras y entró en la sala por la puerta vidriera del balcón con el envoltorio negro que había anunciado.

—Aquí está —dijo, extendiendo el brazo.

Sin precipitarse, él puso el paquete sobre una mesita de mosaico, tomó el sobre y lo abrió.

—Discúlpeme —dijo, mientras comenzaba a leer cuidadosamente la carta. Luego tomó el paquete y trató de desatarlo, pero tenía un nudo ciego y tuvo que forcejear para romperlo. Dentro encontró lo previsto: el pie amputado de su hijo envuelto en una gasa con sangre dentro de una bolsa plástica con cierre de presión. Lo miró con fijeza un instante, se volvió a mirarla a ella. Se echó atrás en el sillón. Se sentía ligeramente mareado.

Ana Lucía dejó escapar un gemido inhumano, casi animal.

Mientras la observaba, él se repuso un poco.

—¿Estamos seguros de que es de él?

Ella asintió con la cabeza, con los ojos clavados en el pie.

Tenía el poder de repeler las miradas; sin embargo, en cuanto dejaban de observarlo, comenzaba a actuar como un poderoso imán, convertía sus miradas en agujas de hierro. Aunque no lo miraban directamente, pesaba en el margen de sus campos visuales. Y viéndolo así, de reojo, se percibía su contorno debajo de la gasa.

El viejo escuchaba su propia respiración. Veía la vena oscura que saltaba en el cuello de la mujer.

—Es necesario cerciorarse —dijo, pero no se movió—. Pero en su carta pide que congelemos el pie, por si cuando salga pudieran remendárselo.

Parecía que ella iba a sonreír, un instante más tarde se cubrió la cara con las manos y empezó a llorar.

—Vamos —dijo él—, valor, mujer.

Se le estaba enfriando la sangre. Estiró las manos y con aplomo se inclinó sobre la mesita y le quitó la gasa al pie para reconocerlo. Lo tocó con un gesto de ciego y luego se echó hacia atrás, pero siguió mirándolo.

El contacto entre su mirada y la parte donde el pie había sido cortado, donde podía verse un círculo de carne roja, en los bordes ya un poco negruzca, con el círculo concéntrico del hueso blanco, vidrioso y lechoso al mismo tiempo, no era comparable al contacto de sus pupilas con otros objetos ordinarios ni con ningún objeto de arte.

La médula del hueso atrajo su conciencia de hombre de negocios italoguatemalteco, la que fue estrujada, como lo sería cualquier objeto engullido por un agujero negro en el espacio sideral, fue reducida a la no existencia, y lo que quedó fue oscuridad. Un zumbido en los oídos que parecía tan lejano que hubiese podido provenir del sol.

Un mareo, que le devolvió la conciencia, le permitió hacerse la ilusión de que había efectuado un viaje en el tiempo. Cuando volvió a ser él mismo, ya no era el mismo. Estaba deprimido, porque sabía que acababa de sufrir un cambio regresivo. Era como si le hubiesen presentado una antigua cuenta, benévolamente olvidada durante mucho tiempo, que ahora le convertía, de millonario, en pobre. Tuvo la sensación de haber recorrido un camino muy largo. Volvió a envolver el pie en la gasa y lo metió en su bolsa. Se levantó y explicó que iba a meterlo en el congelador.

La Caya sacó varios trozos de res y una bandeja de cubitos de hielo de la nevera para hacer sitio al pie y después se quedó mirando la compuerta como si pudiese ver a través de ella. Don Carlos la dejó allí, clavada frente a la nevera como frente a un televisor.

Al volver a la sala, se sentía existir como no lo había hecho en muchísimo tiempo. Sólo había colores y luces, formas y sombras.

Se sentó frente a Ana Lucía sin decir nada. Ella estaba leyendo la carta de Juan Luis, y no alzó la mirada, como si no se hubiese dado cuenta de que él había vuelto. Un poco más tarde, sin quitar los ojos del papel, ella dijo:

—¿Qué piensa hacer?

—No sé —suspiró él—. Tratar de sacarlo, desde luego. —Alargó la mano para tomar la carta.

—Creo que iré a rezar —dijo Ana Lucía.

—Buena idea.

La acompañó hasta el auto, se inclinó sobre la portezuela para decirle adiós.

—Me mantendrá informada, ¿verdad?

Él asintió con la cabeza.

Al entrar en el apartamento y cerrar la puerta, Ana Lucía se desplomó; quedó de rodillas a un paso de la alfombra y luego se tumbó, con la mitad del cuerpo sobre las baldosas frías. Rompió a llorar, pero no sentía ni dolor ni rabia, sólo un malestar general causado por la falta de compasión del padre y su frialdad natural, por el desamparo del hijo y por su propia impotencia de mujer.

Con una expresión desilusionada en la cara y las manos en los bolsillos del pantalón, en uno de los cuales tenía un manojo de llaves, don Carlos fue al cuarto húmedo y oscuro que le servía de oficina, donde con el tiempo había ido acumulando toda clase de objetos, desde libros de contabilidad de hacía más de una década y agendas caducadas hasta muestras de tela típica y alfombras turcas y cerámica italiana, varios trofeos ecuestres y una virgen de Guadalupe del tamaño de una niña de cinco años que había pertenecido a su abuela. De uno de los cajones con llave del escritorio sacó una chequera de un banco extranjero. Leyó el saldo: dos millones y medio de dólares. Dejó la chequera sobre el escritorio y vio cómo se cerraba sola, poco a poco, como con pereza más que como por acto de magia. Sacó de otro cajón su agenda actual y buscó un número bajo la B de banco.

—Hola, Amílcar —dijo—. Es acerca de Juan Luis.

—He estado esperando que me llamaras. ¿Qué puedo hacer por ti?

—Medio millón.

—Lo tienes, desde luego.

—Te giraría un cheque y…

Amílcar lo interrumpió:

—Ya. ¿Dónde y cuándo lo vas a querer?

—¿Listos, pizarrines? —preguntó el Tapir, antes de subirse al Montero como copiloto de la Coneja.

La Coneja estaba sonriente, con un sombrero de calá metido hasta las cejas y un cigarrillo de mariguana que le colgaba de los labios. Se lo pasó al Horrible, que estaba subiéndose al asiento de atrás.

—Listos —dijo el Horrible. Dio una fumada y le ofreció el cigarrillo al Sefardí, que ya estaba dentro del jeep y dijo no con la cabeza.

—Tirá esa mierda o dáselo a Carlomagno —dijo el Tapir.

El Horrible bajó su ventanilla y le dio el cigarrillo a Carlomagno, que acababa de abrir la puerta de hierro del garaje.

—Llamás al viejo dentro de media hora —le recordó el Tapir—. Y si no hemos vuelto a las doce, te la pelás.

—Y le doy aguas, ¿o no?

—No, lo dejás vivo —dijo el Tapir—. Sólo te largás.

La Coneja arrancó.

Cuando bajaban por el camino sin pavimentar, dijo con tono afectado, casi afeminado:

—Miren, pues, qué día tan bonito, mirá las florecitas y los gorriones.

—Yo creo que éste es maricón —dijo el Tapir.

—A mí también me late —dijo desde atrás el Horrible—. ¿Sos o no, Coneja?

La Coneja miró al Horrible por el retrovisor.

—Comé mierda, cerote.

Rodaron unos minutos en silencio.

Ya en la Panamericana, el Horrible le dijo al Sefardí:

—¿Estás en forma?

El Sefardí se sonrió sólo con los ojos. No contestó. Pero se sentía muy en forma, y recordaba una mañana que había combatido en Playa Grande. Había sido jefe de kaibiles, y los israelíes le habían dado una beca para ir a estudiar estrategia en El Arish. Más tarde había trabajado en Marruecos y Senegal.

—Ojalá no tengás que quebrarle el cucurucho a nadie —dijo la Coneja. Se volvió al Tapir—: Cuando se le suben los sulfatos se convierte en anormal.

Entraron por Ciudad San Cristóbal para evitar el tráfico de la Roosevelt, y siguieron por la Aguilar Batres y la Petapa hacia el aeropuerto La Aurora.

El derrotero de la entrega comenzaba en una callecita sin nombre entre el Museo de Historia Natural y el

Hipódromo del Sur. Cerca del arriate de ciprés, la Coneja detuvo el jeep y el Sefardí se apeó para dejar un sobre con instrucciones en la acera debajo de una piedra pintada de verde y blanco. El jeep continuó sin el Sefardí y desapareció al doblar la esquina. El Sefardí anduvo calle abajo hacia el zoológico La Aurora y cruzó la calle para ir hasta un puesto de *hot-dogs.* Tuvo tiempo para comerse dos y pagar, y entonces vio el Alfa Romeo de don Carlos que doblaba la esquina del hipódromo y se acercaba, para detenerse a la altura de la piedra con el sobre. El viejo se bajó del automóvil, dio la vuelta para ir a recoger el sobre. Volvió a subirse al auto, echó el seguro a la portezuela, miró de un lado a otro antes de leer sus instrucciones.

Un minuto o así más tarde arrancó y viró en U, como se le indicaba. El Sefardí se quedó allí un rato más, para asegurarse de que el viejo no era seguido por nadie.

Camino del centro comercial Montúfar, iba imaginando las derrotas de los dos autos, el jeep Montero por un lado y el Alfa Romeo por el otro, que darían rodeos tan complicados que rayaban en lo absurdo por toda la ciudad para finalmente convergir. Entró en American Doughnuts, subió al segundo piso y se sentó a una mesa desde donde podía verse la calle. Dentro de media hora pasaría el jeep.

Pidió una *doughnut glacée* y una Coca-Cola. La mesera se las llevó y bajó al piso principal y bromeó acerca de una clienta con sus compañeras. El Sefardí estaba solo en el piso de arriba. Se sintió, debajo de la chaqueta, la pistola automática, las tolvas de reserva, la granada de fragmentación. Todo iba a salir bien, se aseguró a sí mismo, y dio un bocado de su *doughnut* y un trago de Coca-Cola.

Dos moscardones fueron a posarse a menos de una pulgada del platillo de la *doughnut* comida a medias, el uno frente al otro. Parecía que se miraran entre sí y, mediante gestos casi microscópicos, conversaran como los sordos. El Sefardí los espantó y volvió a mirar a la calle.

Del otro lado de la isla de estacionamiento del centro comercial, estaba el guardia de seguridad de la compañía El Roble, un joven de uniforme marrón, de pie con las piernas separadas y los brazos cruzados. El Sefardí lo conocía de vista, lo tenía controlado. Sabía su horario de trabajo y podía reconocer a las sirvientas que enamoraba. El policía se recostó cerca de la esquina, levantando un pie para apoyarlo en la pared detrás de él. Era un huevón, pensó el Sefardí. Dio otro trago de Coca-Cola y volvió a mirar la calle Montúfar, donde los automóviles iban y venían cada vez en mayor número por los cuatro carriles.

Dos hombres en traje de negocios, uno de ellos con cara de oriental, entraron en la cafetería y subieron al segundo piso. Podían ser orejas. El Sefardí vio un bulto bajo la chaqueta del de cara de oriental y se puso tenso. El bulto podía ser solamente un telescucha, pero también podía ser una automática. Bien vistos, tenían cara de burócratas. Lo miraron al Sefardí, se cortaron, miraron para otro lado y prefirieron una de las mesas de abajo.

El Sefardí se quedó tranquilo, pero, por si acaso, se metió de nuevo la mano debajo de la chaqueta, puso el dedo en el seguro de su pistola. Podían regresar. Los moscardones volvieron a detenerse cerca del platillo del Sefardí. La camarera servía a los clientes de abajo. El Sefardí miró al guardia de enfrente. Sabía que una muchacha cobanera que iba a recoger a una niña del autobús de la escuela no tardaría en pasar saludándolo. El Sefardí se sacó la mano de la chaqueta y bebió el último trago de su Coca-Cola. En ese momento vio el jeep que subía por la Montúfar. La Coneja bocinó tres veces seguidas, o sea que todo andaba bien. El Sefardí se levantó y bajó a pagar a la caja.

—Lo esperamos pronto, joven —le dijo la cajera.

Dejó la propina en el contador y salió. Probablemente no volvería a verla, pensó. Caminando despacio, salió del centro comercial, siguió por la Montúfar hacia el este y dos calles más abajo se detuvo en la parada de autobús frente al restaurante coreano Sam Won a esperar el momento crucial.

Del otro lado de la calle apareció el Alfa Romeo, seguido por una camioneta número 14 destartalada que le bocinaba y por fin lo rebasó, dejando una nube azul de diesel quemado. Media manzana más abajo estacionó el Alfa Romeo, como estaba previsto, frente a una venta de pinturas El Volcán. El viejo se bajó con la bolsa de basura negra donde debía estar el medio millón. El Sefardí lo vio mirar de un lado a otro antes de cruzar la corriente variopinta de automóviles. A su debido tiempo, el viejo vadeó la calle hasta el refugio, donde hizo alto para dejar pasar los vehículos recién vomitados por el semáforo calle arriba. Mientras los autos pasaban, el viejo miró a su alrededor y el Sefardí apartó la mirada.

El viejo logró cruzar la otra mitad de la calle. En la esquina, donde estaba la farmacia Fátima, había un basurero municipal. El viejo fue hasta el tonel con naturalidad y dejó caer la bolsa dentro. Luego volvió a mirar a su alrededor, giró sobre sus talones y se dispuso a vadear de nuevo la calle de cuatro carriles.

El Sefardí anduvo despacio hasta el basurero, miró dentro de reojo y siguió de largo hasta la otra esquina. Cuando se volvió, el Alfa Romeo ya había arrancado y desaparecía entre el tráfico hacia la plazuela España. Volvió sobre sus pasos hasta el basurero y se detuvo allí cerca, haciendo como que esperaba a alguien, con un hombro apoyado en la pared.

Según el plan, el Sefardí aguardaría vigilando el tonel hasta que el jeep pasara a recogerlo. Era miércoles, y sabían que el camión de la basura pasaba sólo los lunes y los viernes. Aunque es raro que los guatemaltecos echen la basura en los basureros, una dependienta de la farmacia salió con tres bolsas de plástico llenas de desechos y fue a tirarlas al tonel. El Sefardí dudaba qué hacer, pero la muchacha se sonrió al mirarlo y entró otra vez en la farmacia. Él no hizo nada, siguió recostado en la pared simulando que esperaba a alguien.

Según el plan, cuando el jeep apareciera calle abajo, él sacaría la bolsa del basurero y el Horrible le abriría la portezuela trasera del jeep para dejarle subir.

Y, según el plan, el Sefardí subiría y el jeep seguiría hacia el bulevar Liberación y la avenida Roosevelt para desviarse a la calzada de San Juan.

Un jet 747 de la KLM pasó volando en ese momento por encima de la Montúfar y el Sefardí alzó la mirada. El estruendo hizo temblar sus ropas y sus tímpanos. La panza del jet no hacía pensar en ningún pájaro y en vez de volar parecía que caía. Era difícil creer que iba a aterrizar en La Aurora, pero cuando se perdió de vista más allá del Moll no se oyó ninguna explosión y poco después el ruido se apagó.

Dicen que para que un chimpancé atine a alcanzar una fruta con un palo o una rama debe tener a un tiempo ambos objetos a la vista. Y algo así ocurrió en esta ocasión con el Sefardí, pues al ver el avión que descendía y —aunque sólo de reojo— el basurero que contenía el medio millón, el plan que él mismo había trazado se convirtió en otro, que le convenía más. Tuvo una visión fugaz y absurda: estaba tendido en bañador tomando el sol junto a la piscina del hotel Minzah, en Tánger. Era un sitio que soñaba visitar hacía tiempo. Pero era noviembre y en Tánger haría frío, reflexionó.

La idea del Tapir era que, una vez cobrado el rescate, asesinarían al rehén. El Sefardí no había estado de acuerdo y había protestado, pero el Tapir le recordó que esa operación había sido costeada por él y que, como Juan Luis conocía a todos los del grupo, menos a Carlomagno, que era sólo un factótum, y al Sefardí, que era el técnico, no podían permitirse el lujo de ser reconocidos, y la discusión había terminado allí.

El Sefardí volvió a pensar en Tánger, pero esta vez se situó en un interior, y veía una datilera recortada sobre un cielo bajo y nublado de invierno a través de una ventana morisca muy alta con un marco oscuro de celosía marroquí.

Como cambia el dibujo en un calidoscopio, así había cambiado el plan en la mente del Sefardí, que decidió de repente que por su trabajo —él trazó el plan, preparó los materiales y llevó a cabo prácticamente solo la captura— merecía más de lo que el Tapir pensaba darle.

Apareció el jeep. Dobló la esquina muy despacio y se vino rodando sin separarse de la acera. El Sefardí se apartó de la pared para cuadrarse.

La Coneja detuvo el jeep a la altura del Sefardí; el Horrible abrió la portezuela trasera.

—Qué pasó —dijo. Parecía que estaba nervioso, o enfadado.

—Pasó de largo —dijo el Sefardí—. Tal vez fue a dar la vuelta. Hay mucho tráfico y se le debe de haber dificultado estacionar.

El Tapir bajó su ventanilla.

—Quedate allí —ordenó—, vamos a dar otro colazo. El tráfico pudo haberlo prensado en la Liberación.

La Coneja dijo: «Viejo pendejo» y arrancó.

El Sefardí siguió el jeep con los ojos y alcanzó a ver que el Horrible volvía la cabeza para mirarlo con una expresión que parecía de desconfianza.

«Te voy a dar», dijo para sus adentros el Sefardí.

El jeep dobló al centro comercial y el Sefardí volvió a recostarse en la pared. El tráfico aumentaba de minuto en minuto. Ahora la corriente era tan densa que los autos apenas se movían y los peatones podían cruzar de una acera a la otra por entre los parachoques con el solo riesgo de que algún piloto distraído les triturara las rodillas.

El jeep salió del centro comercial a la Once Avenida y siguió una calle más al norte para dar la vuelta. El Horrible se había puesto nervioso.

—Oigan —dijo—, ¿qué tal si ese cabrón quiere darnos atole con el dedo?

—¿Quién? —le preguntó el Tapir.

—El Sefardí.

—Dejá de imaginarte babosadas —dijo la Coneja.

—No hay que olvidar que es medio judío —insistió el Horrible—. Si lo dejamos nos jode.

El jeep se detuvo en una esquina.

—¿Y si me bajo aquí y lo controlo por detrás? —dijo el Horrible.

—No jodás, Horrible —le dijo el Tapir—. No te pongás paranoico.

La Coneja dobló la esquina y aceleró por la avenida secundaria y despejada hasta el semáforo, que estaba verde, y volvió a doblar, lentamente, para infiltrarse en el tráfico casi inmóvil de la Montúfar.

El Horrible divisó al Sefardí, que seguía recostado en la pared.

—Algo me huele mal.

—La boca y el sereguete —replicó la Coneja—. Dejá de ponerme nervioso, ¿querés?

—Abran bien los ojos —dijo el Tapir.

El Sefardí miraba el jeep aproximarse. Se apartó de la pared, sonriendo apenas; con la mano dentro del bolsillo, le quitó el seguro a la granada de fragmentación y comenzó a contar.

El jeep rodaba despacio, con los neumáticos derechos casi rozando el filo de la acera.

Todo era relativo, pensaba el Sefardí. El tiempo, que para él podía ser algo discreto, divisible en fracciones por una gota de agua o granos de arena o una voz, estaba a punto de convertirse en otra cosa para los tres hombres que se aproximaban a diez kilómetros por hora, o quizá más despacio, en el jeep.

El Sefardí alzó un instante los ojos y su mirada se perdió en el cielo azul y luego bajó para fijarse en un punto preciso: el centro del parabrisas del jeep, a la altura del retrovisor. Dio un paso a un lado, se sacó la mano del bolsillo y, echando el cuerpo ligeramente atrás, alzó el brazo como un pitcher de béisbol y al contar veinte arrojó la granada.

La Coneja, que fue quizás el único que descifró sus movimientos, frenó bruscamente en ese instante; vio el objeto oscuro, la granada que el Sefardí les había lanzado; la vio con detalles, con una sensación de irrealidad, y bajó rápidamente la cabeza.

La granada entró en la cabina rompiendo el cristal, que de ser un medio transparente se convirtió en algo opaco casi como la leche, y una fracción de segundo más tarde se produjo la explosión.

El Sefardí examinó la situación. Al parecer, nadie había visto la conexión entre su movimiento de lanzador y la explosión ocurrida treinta metros calle abajo. Pasado el momento del susto, la gente comenzó a aglomerarse alrededor del jeep.

Entonces el Sefardí fue tranquilamente hasta el basurero, hizo a un lado las bolsas con desechos de la farmacia y sacó la bolsa negra del dinero. Aún no había andado media calle hacia la Liberación, cuando oyó la sirena de una ambulancia del IGSS.

Fue a tomar la camioneta frente al zoológico. En el Trébol se bajó para transbordar al autobús para Mixco, donde estaba la gasolinera abandonada.

Ahora era necesario decidir qué hacer con Carlomagno. Pero por alguna razón el Sefardí, sentado en la última fila de una Veloz Antigüeña, no lograba concentrarse. No era que estuviese nervioso. Había sacado de la bolsa de basura el maletín deportivo que contenía el dinero, y en cuanto tuvo ocasión, cuando nadie pudo verle, abrió la cremallera para tantear uno de los paquetes de billetes de cien dólares. Llevaba el maletín entre las piernas y miraba fuera por la ventanilla abierta.

Se bajó en la garita de Mixco y tomó el camino sin pavimentar hacia la gasolinera, que estaba en las afueras del pueblo. Cuando el viejo cartel naranja y azul de la gasolinera Gulf abandonada apareció más allá de unos cipreses en el fondo del camino, el Sefardí se cambió de hombro el maletín para dejar libre el brazo derecho y siguió andando.

Carlomagno estaba en la oficina, con las piernas sobre el viejo escritorio, escuchando las noticias del radioperiódico La Mosca. Eran las doce menos tres minutos cuando el Sefardí entró por la puerta.

Carlomagno bajó los pies del escritorio.

—Ya me estaba preocupando —dijo—. ¿Pasó algo?

El Sefardí se sacó la pistola del cinto, señaló el aparato de radio y le dijo a Carlomagno que se callara porque quería escuchar las noticias.

Carlomagno obedeció, se echó para atrás en su silla, miró la pistola, que no estaba apuntándole, y después clavó los ojos en el maletín deportivo que colgaba del hombro izquierdo del Sefardí.

Un locutor con voz de clarín dio la noticia del siniestro de la calle Montúfar. Dos de los tripulantes del jeep Montero habían muerto antes de llegar al hospital Roosevelt y el tercero fue ingresado con heridas graves y en estado inconsciente.

Carlomagno se puso de pie.

—¿Qué les pasó?

—Tranquilo —le dijo el Sefardí, apuntándole al pecho con la automática.

—Estoy tranquilo, pero contame qué pasó.

En efecto, Carlomagno parecía tranquilo, incluso aburrido, como un actor que ya se ha hartado de ensayar una escena fácil para el teatro.

—Ya lo oíste —dijo el Sefardí—. Yo no sé qué pasó. Pero vamos a pirárnoslas.

—Pues apuntá esa cuestión para otro lado.

—Estate tranquilo. Si quisiera partirte las nalgas no estaríamos hablando. Pero nunca he comprendido cómo te funciona el coco, así que mejor me hacés caso, y cuidado con los brincos.

El Sefardí puso el maletín sobre el escritorio, con una sola mano lo abrió y despacio fue sacando cinco fajos de billetes de cien dólares. Luego cerró el maletín.

—Qué de a huevo —dijo Carlomagno—. Si aquéllos petatearon, ahora hay que dividirlo por la mitad.

—Nn, nn —el Sefardí movió negativamente la cabeza—. Ésa es tu parte.

—No seás así, vos.

—Estoy haciendo un esfuerzo por ser justo. ¿Ya? Vos no vas a tener que salir del país y aquí la vida es barata. Yo no puedo vivir aquí, y a donde voy la vida cuesta el doble, si no el triple.

—De verdad que sos de a huevo —dijo con un tono resignado Carlomagno. Tomó los fajos del escritorio y los metió en los bolsillos de su chaqueta de aviación.

Las noticias terminaron y comenzó a sonar la canción *Muévelo,* del General, el éxito punta-rock del momento. El Sefardí se guardó la pistola.

—Arreglás tus chivas y te vas a Xela en la próxima camándula. Hospedate dos noches en la Bonifaz, por si tengo que contactarte, y después vos mismo decidí para dónde te vas.

Cuando Carlomagno estuvo listo con su maletín de turista, donde llevaba dos mudadas, el dinero, su automática y cuatro tolvas con cartuchos de reserva, el Sefardí lo acompañó hasta las bombas extractoras y allí se despidieron.

—¿Y qué vas a hacer con el rehén? —quiso saber Carlomagno.

—Soltarlo —respondió el Sefardí.

—Buena idea —dijo Carlomagno.

El Sefardí fue al galpón donde habían instalado los catres y comenzó a prepararse para partir. Tomó una Samsonite que tenía debajo de su catre, levantó el forro que disimulaba el doble fondo para colocar cuidadosamente los billetes. Luego llenó la maleta con ropa y otros efectos personales y dos o tres novelas baratas. De un cajón de la cómoda que había compartido con los otros miembros del grupo, sacó sus papeles. Revisó su pasaporte hoja por hoja, innecesariamente, pues nada había en él de irregular. Pensar que dentro de pocas horas estaría en otro país, que se movería en otro círculo, le parecía increíble. Era un pasaporte guatemalteco expedido por el consulado de Nueva York hacía dos años, con visados vigentes para Estados Unidos, Francia y España, con sellos de entrada y salida de varios países, como El Salvador y Belice, Marruecos y Senegal. Era un objeto cargado de recuerdos, que bastaban para causarle un ligero revoloteo en el estómago, relacionado con la palabra «viaje». Y a este sentimiento ayudaba, como ayuda una especia al sabor de una comida, el no saber nada más que el punto de partida de su próximo viaje, pues su destino inmediato dependía sólo del horario de vuelos de aquel día. Observó por último su fotografía, nada favorable; cerró el documento para guardarlo en un bolsillo interior de su chaqueta y abrochó el botón, por temor a perderlo.

III

Inmediatamente después del secuestro, Juan Luis se había casado con Ana Lucía. Con la venia del padre —que se sentía tan culpable que no quiso tomarle la palabra acerca de reembolsar el dinero del rescate—, había salido del país para estudiar; no sabía qué, ni exactamente dónde. Acabó tomando un curso de cinematografía en la ciudad de Nueva York, pero al cabo de dos años comprendió que jamás le sería posible realizar una película como le hubiera gustado, y abandonó la carrera para dedicarse a escribir cuentos. Gozaban de una renta de un poco más de mil dólares mensuales, y como esta cantidad apenas les alcanzaba para vivir en Nueva York sin necesidad de trabajar, la pareja decidió mudarse a España, donde en aquel tiempo —a comienzos de los años ochenta— aún se podía vivir bien con poco dinero. Se establecieron en Madrid, donde Ana Lucía tenía conocidos, en un piso bastante pequeño de la calle Mayor.

En el otoño fueron a Andalucía, y se entusiasmaron tanto con lo que vieron allí del mundo musulmán que decidieron tomar el transbordador de Algeciras a Tánger. Aunque la ciudad en sí los decepcionó, a partir de ese viaje Juan Luis no dejó de pensar en volver, para pasar más tiempo. Entre otras cosas, decía, la vida era mucho más barata en Tánger que en Madrid, y podrían alquilar un piso menos apretado. Además, en Marruecos le sería mucho más fácil conseguir el cáñamo que se había acostumbrado a consumir a diario después de la amputación. Por otra parte, la semana que habían pasado allí escribió un cuento del que se sentía bastante orgulloso. Lo envió a la revista *Bitzoc,* de Mallorca, y el cuento fue publicado.

De modo que para el invierno, en vísperas de las navidades, regresaron a Tánger con la intención de establecerse allí algún tiempo. Tomaron en alquiler una casita con una pequeña huerta en Achakar, que está cerca del cabo Espartel, a unos doce kilómetros de Tánger.

Él sabía que Paul Bowles vivía en Tánger. En más de una ocasión lo acechó por los alrededores de la oficina de correos del Zoco de Fuera, y cuando lo vio por primera vez, dentro, cerca del departamento de apartados, lo reconoció enseguida; pero no se atrevió a abordarle sino que simplemente pasó a su lado casi rozándose con él; y fue como si una fuerza extraña le impidiese detenerse para hablarle y le hiciera seguir de largo para, una vez en la calle, alejarse de allí rápidamente, muy excitado, como si hubiese escapado por muy poco de un grave peligro.

Cuando tuviera algo sustancial, se armaría de valor para abordarle, se decía a sí mismo para justificar su timidez. Aunque la hospitalidad del maestro era proverbial, y a pesar de que Ana Lucía se había ofrecido varias veces a ir con él de visita al apartamento de Bowles, Juan Luis ni siquiera se había atrevido a enviarle una nota o una carta.

Así pasaron casi tres años, durante los cuales el costo de la vida en Tánger había ascendido tanto que los Luna —que todavía vivían plácida y holgadamente— comenzaban a pensar en regresar a Guatemala, y durante los cuales Juan Luis no llegó a escribir nada que le pareciese de suficiente valor para vencer el miedo y mostrárselo al gran escritor.

Habían hecho varios viajes largos al sur, habían conocido pueblos y ciudades desde Tizint hasta Figuig, desde Taza hasta Foum-el-Hassan. A él le parecía difícil creer que en tres años de vivir casi exclusivamente el uno para el otro no se hubiesen aburrido nunca, y en secreto atribuía este afortunado fenómeno al aire del país, que en él tenía el efecto de una droga, más que a sus propias virtudes o a las de su cónyuge.

—Este año ha llovido muchísimo más que el pasado —dijo Ana Lucía.

Juan Luis había dicho lo mismo hacía una semana, cuando su pie de plástico había comenzado a molestarle, por la humedad, tanto que había temido que el dolor en el tobillo llegase a impedirle andar.

—Espero que tu pie no vuelva a molestarnos —dijo ella con aire ausente—. El techo está en un estado deplorable, cariño. ¿Sabes?, estoy comenzando a cansarme de Tánger.

—Esto es Achakar. De todas formas, la gente necesita la lluvia.

—Me estoy cansando de Marruecos. ¿No tienes ganas de volver a viajar?

—No sé. Tal vez.

—Pensémoslo, ¿no?

Más tarde, mientras cenaban junto al fuego de la pequeña chimenea, ella dijo:

—Sería una lástima que nos marcháramos sin haber conocido a Bowles.

Él siguió comiendo después de asentir con la cabeza.

Toda aquella semana llovió prácticamente sin cesar. Los caminos se llenaron de baches y el campo de Achakar estaba empantanado, pero los marroquíes parecían muy contentos.

Juan Luis se pasaba los días leyendo al lado del fuego, con las piernas envueltas en una manta de lana, y Ana Lucía no cesaba de afirmar que si el sol no salía pronto iba a enfermarse; y por el tono era evidente que se refería al aspecto mental.

Por fin, un sábado dejó de llover y fue un día esplendoroso. Bastaron unas horas de sol para que salieran las flores, y su olor iba y venía en el aire. La tierra estaba casi seca poco después de mediodía y en la luz de la tarde las hojas oscuras de las palmas tenían un brillo de metal.

Los Luna salieron a pasear. Atravesaron la carretera para bajar a la playa y seguir andando por la arena y las rocas hacia el restaurante Sol. Una línea dura separaba el mar del cielo. La espuma —encima de un mar mucho más azul que el cielo— era blanca como la leche, pero tenía aquí y allá matices violeta y rosa. En el Sol comieron tapas de pescadilla y bebieron cerveza.

Más tarde fueron en automóvil a la cima de Mediuna, desde donde podía verse, del otro lado del mar, el litoral español; aparecía el pezón de Trafalgar por el oeste, muy a lo lejos, y todavía más allá un resplandor blanco que debía de ser Cádiz. Al atardecer bebieron té marroquí en el café de la aldea. Él sintió hambre de nuevo y la invitó a cenar en la ciudad.

—¿A algún sitio en especial? —preguntó ella.

Él lo pensó un momento.

—Hay un lugar nuevo llamado el Montecarlo. He oído que a Bowles a veces le gusta ir allí.

—Pues vamos —contestó entusiasmada.

De modo que, más tarde, no les sorprendió ver entrar a Bowles en el restaurante, acompañado de su chofer y seguido de una pareja de jóvenes, probablemente alemanes, y una mujer de mediana edad y aspecto semita, pero no marroquí. Un camarero los acomodó en una mesa reservada y la señora, que resultó ser parisiense, derribó una copa vacía al sentarse y hubo risas. El maître d'hôtel fue hasta la mesa de Bowles a saludarlo. Juan Luis, que no podía apartar los ojos de aquella mesa por períodos demasiado largos, observaba con admiración el contraste entre esos dos hombres que se estrechaban la mano. Juan Luis no se creía racista ni clasista ni elitista, pero no pudo evitar la reflexión de que estos dos seres pertenecían a mundos muy distintos, y aunque en aquel instante estuviesen tocándose las manos, los separaba una distancia imposible de salvar en el transcurso de una vida humana. El marroquí regresó a la cocina y poco después volvió a la mesa de Bowles, seguido por un hombre cuya aparición tuvo en la espalda de Juan Luis el efecto de un cubo de agua fría. El maître d'hôtel lo presentó a Bowles y su comitiva como monsieur Pérez, el propietario.

—¿Qué te pasa? —le preguntó Ana Lucía a Juan Luis.

—Nada, nada. —Quiso reírse.— Creo que estoy viendo visiones.

—Está bien. Deja ya de mirar para allá, es mala educación.

Él bajó los ojos a un platillo de china con olivas negras. Se quedó mirándolas fijamente, como si así quisiera detener el torbellino que giraba en su cabeza.

—¡Pero qué te pasa, Juan Luis!

La miró.

—Nada.

La voz del propietario llegó a los oídos de Juan Luis como si viniese desde muy lejos.

«Admiro mucho su trabajo —decía—. He leído todas sus novelas».

Y la voz de Bowles, un poco cortante:

«¿De verdad? —se rió incrédulamente—. ¿De dónde es usted?».

«Lo dice por mi acento, ¿cierto? Tiene oído. —Miró a su alrededor, y los acompañantes de Bowles movieron la cabeza en señal de asentimiento.— He vivido en varios sitios. En México y en Venezuela, y también en Guatemala. Algo de esos lugares se me pegó».

—Disculpa —le dijo Juan Luis a Ana Lucía. Sin tomar su bastón, se levantó de la mesa y se fue cojeando hacia el rótulo que decía *Toilettes.*

Se miró en el espejo: estaba pálido. Se arqueó sobre el inodoro y vomitó. Monsieur Pérez tenía no sólo el aspecto sino también la voz del hombre que lo había mutilado, y la observación de Bowles acerca de su acento hispanoamericano había convertido el estupor de Juan Luis en una certidumbre, una certidumbre inaceptable, pero no por eso menos real. O como le dijo él a Ana Lucía: había sufrido una alucinación —pensó que quizás el kif que había fumado por la tarde cuando paseaban por el bosque de Mediuna le estaba jugando una mala pasada. Se mojó la cara, se secó cuidadosamente con una toalla de papel y fue de regreso a su mesa. Un camarero estaba recogiendo los platos de sopa de la otra mesa. El propietario ya se había retirado, y Juan Luis bebió un poco de agua y respiró con alivio.

—¿Te sientes mejor? —quiso saber Ana Lucía.

Él se sonrió.

—Tuve que devolver. Ya estoy bien.

Ella puso cara de asco.

—Pobrecito. ¿Quieres que nos vayamos? ¿Qué pudo ser?

—Olvídalo —se sonrió—. Te lo cuento después.

Camino de vuelta a Achakar, Juan Luis puso una cinta de flamenco y apenas hablaron. Ya en la casa, ella dijo que era una lástima que él se hubiera sentido mal porque, si no, tal vez habrían podido hablarle a Bowles.

—Pero quizá no era el momento —agregó después.

En la cama, se le acercó debajo de las sábanas.

—¿No me vas a explicar qué te pasó?

—Umm. Me estoy durmiendo. No sé si podría explicarlo. —Se quedó pensando, pero no dijo nada más, y unos minutos más tarde se durmió.

Se oía en la huerta una algarabía de gorriones y el zumbido sordo de los abejorros. Ana Lucía ya estaba en la cocina, desde donde llegaba el olor del café. Juan Luis se levantó de la cama con el recuerdo de un sueño que le había disgustado pero que no lograba recordar. Apoyado en su bastón, se quedó un rato mirando las monedas que había dejado la noche anterior sobre la mesita de luz, y decidió no explicar nada a Ana Lucía acerca del extraño encuentro en el Montecarlo.

Fue al baño a lavarse los dientes, regresó al dormitorio. Descorrió las cortinas y ejecutó su breve calistenia matutina. Después fue al comedor y besó a su esposa en los labios y, con un leve sentimiento de culpa, se sentó frente a ella para desayunar. Pero, por delicadeza o por despecho, ella no hizo alusión a la escena de la noche anterior. Sin embargo, volvió a expresar su deseo de marcharse de Tánger. No le importaba a dónde se mudaran, a Nueva York, a España o a Guatemala; estaba harta —dijo— de la mentalidad marroquí.

—¿Pero qué nos está pasando? —le preguntó él, y se dio cuenta de que su intención era un poco cruel.

—No lo sé. Pero sí sé cuándo un lugar me sienta mal. He pasado aquí unos de los años más felices de mi vida, pero hay algo que me dice, que ha estado diciéndome hace días, que es hora de partir. ¿Tú no sientes nada de eso? Dime la verdad.

—No, sinceramente —respondió. Estaba poniéndose un abrigo, porque iban a salir a pasear. Ella le alcanzó el bastón—. Pero tal vez un cambio de aires nos sentaría bien.

Algunos días más tarde, decidió ir a Tánger con la intención de averiguar dos o tres cosas acerca de monsieur Pérez. Sabiendo que Ana Lucía no podría acompañarlo porque era el día en que Aicha llegaba a hacer la limpieza y no podían dejarla sola porque lo hacía todo al revés, usó el pretexto de que iría al mercado y al zapatero. Ana Lucía sintió que la privara del paseo, deliberadamente o por descuido, pero no protestó.

—Ya no tenemos naranjas, ¿eh? —dijo él antes de partir.

—No. También el azúcar está por terminarse. En el bacalito de las grutas tienen de todo, si quieres ahorrarte el viaje. También nos faltan cebollas. Y si puedes no estaría mal que trajeras butagás. La bombona del baño está casi vacía. Y Aicha necesita una escoba. De verdad, es mejor que vayas, pero regresa pronto, ¿sí? ¿A almorzar?

Juan Luis estacionó el R-4 a unos treinta metros de la puerta principal del Montecarlo y se quedó un rato al volante, recibiendo el sol de la mañana en el regazo y escuchando una cinta de piezas cortas de Stravinski, vigilando la puerta del restaurante, por la que entraban y salían de tiempo en tiempo camareros y pinches, proveedores y uno que otro mendigo. Muchas cosas cruzaban por la mente de Juan Luis: preguntas vagas acerca del azar, el destino, o lo que los musulmanes entendían por la palabra *mektoub.* Mirando hacia atrás en el tiempo, todo parecía tener algún sentido; o por lo menos uno podía atribuirle un sentido a casi todo. Pero creer que lo que estaba por suceder ya estaba escrito era un engaño, pensaba. Estaba allí esperando a que el propietario apareciera, en la actitud de un hombre que desea dejarse caer de un sitio elevado sólo para experimentar una sensación desconocida. Pero había otra cosa. Y era que oía una voz que parecía venir de otra parte de su cerebro y que le decía que estaba allí porque su deber era estar allí. Y tardó un poco en darse cuenta, con un enojo familiar, de que aquella voz era la de su padre.

Cuando por fin vio al propietario salir del restaurante, apretó el volante y sintió que su corazón comenzaba a latir más rápido y con más fuerza. Lo vio atravesar la calle, subir en un Citroën gris de modelo reciente y arrancar. Era él.

«Tengo que ir al zapatero», se dijo Juan Luis a sí mismo maquinalmente. Ya debían de estar listas las suelas nuevas de sus botas españolas.

Se quedó quieto hasta que la cinta de Stravinski llegó a su final. Entonces, se bajó del R-4 y, sin su bastón, anduvo disimulando la cojera, con una punzada de dolor a cada paso, calle abajo hacia el restaurante. La puerta estaba entreabierta, atrancada con un cubo lleno de agua sucia. El interior estaba en penumbra, y un olor a humo de cigarrillos mezclado con el de la grasa y el pescado flotaba perezosamente en el aire del salón, donde no se veía a nadie.

Juan Luis volvió a salir a la calle para tocar el timbre. Inmediatamente, un hombre en chándal azul celeste salió de la cocina y se dirigió a Juan Luis. Era el maître d'hôtel.

—*Shni bghiti?* —preguntó en dialecto marroquí, con cara de pocos amigos.

—Oh. *Pardon. Je ne parle pas l'arabe. Espagnol ou français?*

—*Mais oui.* —Algo brilló en los ojos negros bajo las cejas pobladísimas del maître.— Usted estuvo anoche, ¿no? Con monsieur Bowles.

—Eso es —se oyó decir a sí mismo Juan Luis—. Tiene buena memoria.

—Recuerdo caras —dijo el otro—. ¿En qué puedo servirle?

—Es que...

Una motocicleta pasó zumbando por la calle. Un ruido de platos llegó de la cocina. Una mosca se posó en la frente lustrosa del maître.

—Quería preguntarle algo al propietario.

—Él acaba de salir.

—No es nada muy urgente. ¿Tiene teléfono? Quería ver si es posible que nos arreglen un banquete.

—Por supuesto. —El maître se sacó la billetera de la bolsa de su chándal y extrajo una tarjeta de presentación. Se la dio a Juan Luis con una sonrisa, mostrándole sus dientes enormes y manchados.— Aquí lo tiene.

Juan Luis tomó la tarjeta, que era de color malva con letras azules y rojas. MONTECARLO —se leía—, *especialidad en platos del Mediterráneo.*

—Muchas gracias —dijo—. Lo llamaré. Pero, disculpe, ¿es éste el nombre?

—Sí, Martín Pérez.

—Gracias. ¿Y el suyo?

—Abdelghani —dijo, y le mostró de nuevo sus enormes dientes amarillos.

—Muchas gracias —dijo otra vez Juan Luis, y giró sobre su pie sano para dirigirse a la puerta casi sin cojear, aguantando el dolor.

—¡De nada, hombre! —exclamó el marroquí a sus espaldas.

Juan Luis condujo por el bulevar Mohammed V y dobló en la calle Velázquez para estacionar frente a la *Fax-Téléboutique* El Faro, en donde entró. El muchacho le dio a revisar la carpeta de faxes recibidos; no había nada para Ana Lucía ni para él.

—Pourriez-vous me donner une feuille de papier, s'il vous plaît? J'en ai besoin pour envoyer un fax.

—Oh oui, monsieur —el muchacho abrió un cajón, sacó una hoja de papel y se la dio a Juan Luis.

Juan Luis se metió en una de las cabinas telefónicas, se sentó en el banquito y puso el papel en la mesita del teléfono para escribir.

Solía enviar a su padre cada dos meses o así mensajes triviales, a los que el viejo respondía con notas telegráficas, triviales también. Pero el fax de hoy sería diferente. Necesitaba averiguar algo que no había querido saber años atrás. De modo que, sin más preámbulo que el saludo acostumbrado, escribió:

¿Averiguaste alguna vez los nombres de los miembros de la banda que me secuestró que no murieron en el accidente del jeep? Me gustaría saberlos. No es que tema encontrarme por azar con uno de ellos, pero es una posibilidad, sobre todo ahora que el mundo parece que se ha hecho tan pequeño. Y tampoco es que sueñe con que a estas alturas pudiéramos recuperar el dinero perdido hace tantos años…

Y terminó diciéndole que por favor no le enviase aquella información por fax sino por carta, pues no era raro que los musulmanes de Tánger conocieran el español, y los empleados de la *téléboutique* fisgoneaban y permitían a cualquiera ojear tus faxes.

Salió de la cabina, llevó el papel al empleado y se quedó supervisándolo mientras marcaba el número para transmitir el fax. Lucecitas rojas y amarillas se encendieron y apagaron; el papel entró y salió por el rodillo del aparato; se oyó tres veces un *bip,* y el muchacho le devolvió el papel.

Juan Luis salió a la calle, subió a la plaza Faro y se hizo lustrar los botines, recostado en uno de los viejos cañones portugueses que apuntaban al otro lado del estrecho. Le dio una propina al lustrabotas y después fue de compras al mercado de la calle Fez y pasó a ver al zapatero, que le dijo que sus botas no estaban listas todavía.

Condujo más despacio que nunca de regreso a casa por el camino alto y con muchas vueltas del cabo Espartel. Pensaba que no tendría otro remedio que matar, o mandar matar, al Sefardí.

Por la noche, después de tener trato con Ana Lucía y un momento antes de dormirse, volvió a pensar en que tenía que matarlo, y vio con los ojos cerrados la imagen del Sefardí muerto, degollado.

Dos semanas más tarde recibió una carta con sello de urgente de su padre, que la había hecho enviar desde Estados Unidos en lugar de Guatemala, donde el correo se había declarado en huelga hacía un mes. En ella le decía los nombres de los sobrevivientes del grupo que lo había secuestrado, entre los que no estaba el de Martín Pérez. Desde luego, era posible que hubiese cambiado de nombre, se decía a sí mismo Juan Luis, pero se sentía ya un poco cobarde porque la noticia levantaba de sus hombros toda responsabilidad. Ya no tendría que pensar en matar a nadie.

Pero, aunque esta decisión aliviaba su conciencia, no se le pasaba por alto que corría algún peligro si en efecto el propietario del Montecarlo era el Sefardí. Durante aquellos días tuvo varias pesadillas, cuyo tema principal era el asesinato del Sefardí. Varias veces lo asesinó a traición, sin sentir ninguna culpa; o lo asesinaba sin darle ninguna oportunidad de defenderse, y sin sentir tampoco que era injusto.

Estaba ya pactado entre los dos que aquel día visitarían a Paul Bowles. Era un domingo de febrero por la tarde.

Todo fue de maravilla desde el principio. El chofer de Bowles no estaba —tenía libres los domingos—, y el escritor les dejó entrar con su conocida gentileza y les sirvió el té, que estaba delicioso. Hablaron de lugares que los tres habían visitado —en México, en Guatemala y en Marruecos— y «de las cosas que estaban allí todavía y de las que ya se habían ido».

Se hizo tarde de pronto, y Bowles dijo que tendrían que pensar en comer algo. Fue entonces cuando Ana Lucía sugirió que salieran a algún restaurante —ellos dos invitaban—, y no fue necesario insistir mucho para que Bowles aceptara. Mientras Ana Lucía y el maestro aguardaban el ascensor, Juan Luis bajó tan rápidamente como pudo por las escaleras, ayudándose con su bastón, y fue a traer el R-4, que había dejado estacionado a la vuelta del inmueble.

Cuando pasaban por la plaza de Kuwait, Bowles dijo que por ser domingo era probable que varios restaurantes estuvieran cerrados, pero Ana Lucía sabía que el Montecarlo estaba abierto, porque había hecho reservaciones.

Juan Luis fue el primero en entrar en el restaurante, con su bastón. El maître vino a su encuentro y le tendió la mano, con su sonrisa y sus dientes enormes. Los camareros, formados en semicírculo cual soldados, recibieron a Bowles, que entró del brazo de Ana Lucía, y el maître los condujo a una mesa redonda junto a una ventana de cristales empañados en un rincón apartado del salón.

Durante la cena, Juan Luis conversó con Bowles acerca de sus narraciones.

—En un cuento suyo titulado «Allal» ocurre un intercambio de conciencias —le dijo.

—Todo en mis cuentos son suposiciones. Si algo así como un intercambio de conciencias fuera posible, sin que intervengan los signos o las palabras, sucedería de esa manera. Pero sabemos que no es posible.

—Pero ¿cree en la telepatía?

—Sí. Creo que la comunicación telepática es posible. Pero eso no implica un intercambio de conciencias como el que ocurre en «Allal».

De pronto, el Sefardí estaba de pie al lado de Juan Luis y saludaba a Bowles, que le extendió la mano por encima de la mesa.

—¿Cómo estamos? —dijo.

Bowles respondió que todo estaba bien.

—Los señores son de Guatemala —dijo después, y miró con interés al Sefardí.

—Pues bienvenidos a Tánger —dijo éste, haciendo una leve reverencia, y miró fijamente a Ana Lucía—. ¿Hace cuánto que llegaron?

—Bastante —dijo ella—. Vamos ya para tres años.

A Juan Luis le temblaban ligeramente las manos y las piernas. Era él.

—Pero dentro de poco nos vamos —agregó Ana Lucía.

—¿Vuelven a su país?

—Usted ha estado en Guatemala —le dijo Bowles al propietario—, ¿no?

—Sí, hace muchos años.

—¿Cuántos años? —le preguntó Juan Luis.

—Ocho o nueve. A ver. Bueno, casi diez. —La cara pálida y brillosa del propietario sufrió una leve transformación, quizás a causa de los recuerdos.— Hermoso país —dijo después—. Pero demasiado violento. —Sus ojos pequeños miraron más allá de la mesa, al rincón de terciopelo rojo donde estaba apoyado el bastón de Juan Luis. Una arruga vertical y muy profunda se dibujó en medio de sus cejas.

—¿Por qué lo dice? —le preguntó Juan Luis.

—¿Que por qué? —Se rió apenas el propietario.— Hombre, por todo. —Miró a Bowles.— Bonito bastón ese. ¿Es suyo, monsieur Bowles?

—Es mío —interrumpió Juan Luis con un temblor apenas perceptible en la voz.

—Muy bonito —repitió el propietario, y siguió admirándolo un instante. Después de un momento de silencio, dijo—: Les dejo comer. *À plus tard.*

«Tal vez no es él —reflexionó Juan Luis mientras lo veía alejarse y desaparecer tras la puerta batiente de la cocina—; espero que no sea él». Se concentró en serrar los últimos pedazos de su entrecot.

Al terminar de comer, Bowles se puso taciturno, y Ana Lucía se dio cuenta de que hacía un gran esfuerzo por mantenerse despierto.

—¿Pedimos la cuenta? —dijo.

—*Oui* —contestó Bowles—, o voy a quedarme dormido.

IV

Ana Lucía y Juan Luis volvieron a Guatemala llenos de entusiasmo, cada uno con un sueño distinto. Ella quería cursar estudios de antropología en la Universidad Francisco Marroquín y tomar clases particulares de una de las lenguas mayas, posiblemente mam o kekchí. Él, hacerse cargo de un pequeño cine-teatro que pertenecía a su padre y que acababa de caer en desuso porque el antiguo arrendatario, un empresario de espectáculos, se había declarado en quiebra.

Se establecieron en un apartamento de la zona diez, y una vez más empezaron una vida nueva. El cambio de país les sentó bien; todo les era al mismo tiempo nuevo y familiar.

Experimentaron una especie de renacimiento de su vida sexual, en parte porque él no volvía a casa hasta después de cerrar caja en el teatro a eso de medianoche, cuando ella, agotada por los estudios, dormía profundamente, de modo que hacían el amor solamente a la hora de la siesta.

Pero Juan Luis cambió por algún tiempo el hábito del kif por el del alcohol —conseguir mariguana aquí era a veces una actividad arriesgada— y enseguida los resultados se hicieron notar. A menudo, antes de volver a casa, visitaba cantinas de mala muerte, o alguna de las casas de prostitución que proliferaban en la capital a pesar del supuesto temor al sida. Al principio, no iba más que a tomar una copa y a observar; después, con la vaga idea de usar ese marco tan característico de Guatemala para ambientar algún relato. Lo cierto es que, una noche que bebió demasiado, terminó acostándose con una hermosa prostituta beliceña; y la experiencia no le disgustó del todo.

A partir de aquella noche, cada vez que bebía unas copas de más, le costaba resistirse a visitar una de aquellas casas. No siempre que iba consumaba el acto, pero si encontraba una mujer especialmente atractiva... Además, experimentó un ensanchamiento de sus gustos, y llegó a ser capaz de encontrar aun en mujeres claramente feas algún rasgo, algún aspecto atractivo. No era que quisiera menos a su mujer. Cuando se acostaba con ella, invariablemente se decía que esto era lo auténtico, la única clase de sexo que le gustaba, y sabía que lo otro era algo momentáneo, un mal hábito que tendría que abandonar.

Una noche muy lluviosa del mes de septiembre, después de cerrar una caja vacía al final de la última función, subió en su auto y, al poner las manos en el volante, supo que no iría a casa directamente —Ana Lucía tendría que madrugar al día siguiente para ir a hacer una encuesta en el barrio del Mezquital— sino a la Casa de las Flores, que quedaba cerca del Trébol.

Estacionó detrás de una hilera insignificante de autos y taxis. Decidió no llevar su bastón, y se fue cojeando bajo la lluvia hacia el techito de lámina junto al portón de hierro, donde un guardia lo registró para asegurarse de que no iba armado.

En el salón había unas veinte señoritas sentadas en sillones y sofás, y cuatro o cinco clientes al fondo, junto a la barra. Fue a recostarse en una columna a mitad del salón.

Tres chicas lo miraban. Una de ellas, la más delgada, con el pelo pintado de rubio y los labios plateados, vino contoneándose hacia él.

—Hola, mi amor—le dijo—. ¿Por qué tan solo, pues?

—Más vale solo… —dijo él, y sonrió.

—Pero conmigo no vas a estar mal acompañado —replicó la falsa rubia, y pegó una de sus piernas desnudas hasta el calzoncito a una de las de él. Olía a Chanel N.º 5 de imitación y tenía colgantes y collar de perlas de fantasía. Su mano con uñas plateadas le tocó las costillas.

—Qué rico estás, amorcito. ¿Qué deporte hacés?

Él se rió por lo bajo.

—Ninguno.

—Pues no te hace falta si así de bien te mantenés. —Siguió tocándolo un rato.— Mirá cómo se te puso la vaina esa —le dijo al oído, y le puso una mano en el sexo.

Poco después, comenzaron a discutir el precio. Juan Luis obtuvo una pequeña rebaja, y la mujer lo condujo escaleras arriba a uno de los cuartos. Se desvistieron, mirándose por encima de la cama. Ella apagó la luz antes de quitarse el sostén, con un curioso pudor, pues sus pechos eran en realidad hermosos, erectos, con los pezones bien dibujados. Se acostó con el calzoncito puesto y él se tumbó a su lado.

—¿Qué te pasó en el pie, mi amor?

—Tuve un accidente, hace muchos años.

Practicaron el sexo sin más preámbulos, a petición de ella. Debió de tener otro cliente aquella noche, pensó él, porque ya estaba muy mojada y olía a jabón.

Al terminar, ella se levantó de la cama y salió al corredor para ir al cuarto de baño. Volvió un momento después, para decirle a Juan Luis que se levantara. Juan Luis obedeció, se puso el pantalón y las botas y se echó a la espalda la toalla que ella le dio antes de pasar al corredor.

Otro hombre salía en ese momento de uno de los cuartos de enfrente. Se adelantó a Juan Luis por el tramo de alfombra del corredor que llevaba al baño, abrió la puerta, mostrando el perfil, encendió la luz, entró y cerró la puerta. Tenía en la sien una cicatriz profunda y su nariz trajo un recuerdo violento a la mente de Juan Luis, quien dio media vuelta y regresó a la habitación. Se sentó en el borde de la cama. Los ojos lo habían engañado, pensaba. Probablemente también en Tánger lo habían engañado. Si así era, el hombre que en ese momento se duchaba en el baño no era su ex compañero, el secuestrador a quien apodaban la Coneja.

«No me vio. No pudo verme. Gracias a Dios.»

—¿Qué pasa? —quiso saber la prostituta, que estaba terminando de vestirse.

—Nada. Otro se me adelantó.

—Yo voy a bajar. ¿Me pagás?

Juan Luis la dejó salir, cerró la puerta y pegó el oído para escuchar, con la sangre que se le agolpaba en la cabeza. Se oía débilmente la música de abajo, y la voz de una muchacha que llamaba a la mujer de la limpieza: «¡Pascuaaala! ¡Hace falta papel en el seis!».

Juan Luis entreabrió la puerta y vio a Pascuala aparecer al fondo del corredor con un rollo de papel higiénico, que le entregó a la muchacha que asomaba la cabeza por la puerta del cuarto de enfrente.

Aguardó en su cuarto hasta que oyó salir del baño al otro cliente. Le oyó bajar las escaleras, y entonces salió al corredor y se metió en el baño. Dejó correr el agua mientras se desvestía, pero en vano: en Las Flores no había agua caliente. Con frío, y no sin compunción, se enjabonó el sexo, que se le había puesto muy pequeño.

Un sábado por la tarde, don Carlos llamó al apartamento para invitar a Juan Luis y a Ana Lucía a almorzar en su casa de campo, que quedaba en San José Pinula a pocos kilómetros de la capital. Iba él solo con la Caya, quien seguía sirviéndole, aunque ya estaba quedándose sorda y ciega. Cocinaría un cerdo adobado, uno de los platos favoritos de Juan Luis. Ana Lucía dijo que no podría ir, porque estaba preparándose para los exámenes de fin de curso de la universidad.

—Si no vuelves muy tarde, tal vez podríamos ir al cine. Me caería bien despejarme un poco la cabeza antes de acostarme, ¿sabes? —le dijo a Juan Luis.

—Acabo de ver que hoy ponen *The Killing* de Kubrick, en el Tikal.

—Entonces te espero alrededor de las seis.

Almorzaron don Carlos y Juan Luis en el mirador de la casa, que dominaba el potrero donde pastaban dos yeguas andaluzas y, más allá, una colina cubierta de pinos jóvenes. Era un domingo quieto y caluroso, y en el cielo azul oscuro había sólo una que otra nube casi inmóvil y casi inmaterial.

—Sabes, me alegra que vinieras solo —dijo el viejo—. Quería comentarte algo que me contaron hace unos días. Sí. Que te vieron en una casa de citas llamada Las Flores. ¿Has estado allí?

Juan Luis alzó las cejas, miró a su padre a los ojos.

—Sí. ¿Quién te lo dijo?

—Se cuenta el pecado…

Juan Luis bebió de su botellín de cerveza Dorada.

—Está bien —dijo—. A propósito, ¿a que no adivinas a quién vi allí?

Don Carlos aguardaba.

—A la Coneja, aquel ex compañero del Javier, uno de mis secuestradores. Yo creía que había muerto en el accidente del jeep. ¿No era eso lo que se suponía?

Don Carlos miraba a su hijo con una expresión de incredulidad, y sin embargo asintió con la cabeza.

—No, ése se salvó, aunque resultó herido. Murieron otros dos. Barrios y…, le decían el Horrible. —Miró a su alrededor, para asegurarse de que estaban solos.— Yo le puse un cuije a ese individuo durante algún tiempo después de que te soltaran. Parece que no cobró ni un céntimo. Según el investigador, lo del jeep no fue un accidente, fue otro miembro de la banda. Tuvieron algún problema interno.

—¿Qué más averiguaste acerca de la Coneja?

—Según los últimos informes que recibí, hace ya más de cinco años, estaba en Quezaltenango. Es posible que él mismo anduviera detrás de otro colega, uno de los que se quedaron con la plata.

—¿Entonces a la Coneja lo jodieron?

—Sí.

Bebieron de sus cervezas.

—¿Quién te dijo que me vio en Las Flores?

Don Carlos se sonrió con aire de superioridad.

—No voy a decírtelo.

Un poco más tarde, agregó:

—No te enojes. Pero ¿vas a hacerme el favor de no seguir frecuentando esos lugares? No tienes por qué exponerte de esa manera. Ya sabes la clase de gente que puedes encontrarte en sitios así. ¿O es que tienes algún problema con tu mujer?

—No, no. Ninguno.

—¿Por qué vas de putas, entonces?

—Por curiosidad.

—Curiosidad. Curiosidad de la moronga —dijo el padre con sarcasmo.

A la mañana siguiente Juan Luis llamó por teléfono a la madre de la Coneja, doña Amanda Brera, cuyo número obtuvo de la operadora sin dificultad. La señora tendría ochenta y tantos años y su voz era suave y dulce. Juan Luis le contó que había sido compañero de su hijo en el Liceo Javier, que había vivido muchos años en el extranjero, pero que ahora había vuelto a establecerse en Guatemala y quería ponerse en contacto con los viejos amigos. Ella le contó que su hijo vivía desde hacía años en Salcajá, cerca de Quezaltenango, y le dio su número de teléfono y su dirección.

Por la tarde, Juan Luis telefoneó a Salcajá.

—Aquí te habla Luna —le dijo a la Coneja.

Un momento de silencio.

—Ah, sí. —Otro silencio.— Juan Luis Luna, ¿no? ¿Cómo me encontraste?

Juan Luis vaciló un momento antes de decir:

—Me gustaría hablar con vos. Creo que sabés de qué.

—¿De qué?

Juan Luis sintió la sangre en la cabeza, la rabia, un temblor en la voz al decir:

—No tratés de hacerte la bestia. No tengo nada en particular contra vos —se calló, con temor de que el otro cortara la comunicación—. Te lo aseguro. Pero quisiera que me explicaras un par de cosas, ¿me entendés?

La Coneja respondió por fin:

—Fue una locura, sinceramente. Disculpá.

—Sí. Una locura.

—Fue idea del Horrible. Pero aquél petateó, ya lo sabés.

—¿Quién los mató al Horrible y al Tapir?

—El Sefardí.

—¿Por qué?

—Por la paga.

—¿Sólo por la paga?

—Sí. El muy cabrón se quedó con todo.

—¿Y qué pasó con el que le decían Carlomagno?

La Coneja se sonrió audiblemente.

—Desapareció. ¿Sabés que ése debió darte aguas? Pero seguramente se cagó, o te tuvo lástima. Gracias a Dios.

—Gracias por ser tan sincero, hijo de mil putas.

—Sí, vos. ¿Y qué pensás hacer, ahora que me encontraste?

—No sé.

—¿No sé? —se burló la Coneja con el humor de siempre—. ¡Hueco! ¿No te dan ganas de rompérmelo?

—Sí, la verdad. Pero no creo que valga la pena.

—¿No tenías nada más de que hablarme?

—No, por ahora no.

Colgaron.

Juan Luis se levantó despacio de la mesita del teléfono.

Sentía en los oídos el ritmo de su sangre. Dos ideas gemelas pero contradictorias aparecían alternativamente en puntos opuestos de su horizonte mental: Debo matarlo... No debo matarlo... Sacudió la cabeza, como si quisiera apartarlas de sí. La Coneja era un hombre acabado. No merecía la pena mancharse con la sangre de alguien así. Pero esta resolución le hacía sentirse cobarde. Se preguntaba qué debía hacer, más allá de cualquier clase de prejuicio. Lleno de dudas, se puso un cárdigan beige, recogió sus llaves del mostrador de la cocina y salió del apartamento para dirigirse al teatro.

Juan Luis conducía por el carril rápido del bulevar Los Próceres, y durante algunos momentos se sintió como el Juan Luis de hacía muchos años, con una sensación de extrañeza en la que se mezclaban en partes iguales la alegría y el recelo. Hizo alto en un semáforo y se quedó mirando las columnas de nubes con varios tonos de rojo sobre los volcanes plomizos en el cielo del atardecer. Éste era un paisaje que hacía pensar en la muerte violenta, que podía provenir de los hombres armados que iban en el auto que se detenía a su lado, o de una grieta que podría abrirse súbitamente con un temblor de tierra bajo sus pies.

Aquella noche ponían en el cine-teatro un docudrama salvadoreño realizado al final de los años ochenta. Don Carlos había leído el programa del mes, y había protestado acerca de esta película, cuyo título, *Quién es quién en la guerra y en la paz,* le parecía demasiado provocador. «Alguien va a ponerles una bomba a media función —decía con semblante preocupado—. Yo sé cómo son las cosas en este país». Pero Juan Luis había decidido no discutir, y seguir adelante con el programa.

Solamente cinco personas acudieron esa noche a la sesión de las siete.

—Seis a la de las cuatro, y te aseguro que a la de las nueve no vendrá nadie —decía Blanca Nieto, una amiga española recién llegada a Guatemala, quien se había convertido en colaboradora de Juan Luis. Además de ser publicista y operadora del teatro, hacía a veces de taquillera—. Chico, qué duro es este país. He mandado anuncios a todos los periódicos. Sólo *La Nación* lo publicó, y eso porque me he hecho íntima del director.

Blanca había apagado los proyectores. Juan Luis le ayudó a bajar de la cabina por los altos escalones, porque era muy pequeñita.

—Mira —siguió diciéndole a Juan Luis mientras descendían hacia el escenario—, yo creo que si la cosa sigue así cerramos el teatro y ponemos un puticlub. —Subió a la escena, que era muy amplia, y puso los brazos en jarra para decir—: Si aquí hasta se podría bailar, ¿eh?

—Aguantemos hasta el fin de año, y si esto no da bola, hacemos lo que sea. Un cabaret, un puticlub, cualquier cosa.

—Sí, chico. También eso es cultura.

Juan Luis tenía ganas de conversar. La historia de la Coneja estaba prohibida para Ana Lucía, porque él no se atrevía a contarle sus visitas furtivas a los burdeles. Con Blanca, pensó en ese momento, todo sería más fácil y natural.

—¿Qué planes tienes? —le dijo—. Acompáñame al Establo a comer algo.

—No tengo hambre. Te acompaño a beber.

Como era martes, había poca gente en el bar. Se sentaron a la barra y Juan Luis pidió un *goulash.* Blanca tamborileaba con sus dedos de niña en la barra con forro de cobre, jugaba con las sombras de sus manos y la luz reflejada. La música rock de hacía dos décadas ahogaba las conversaciones de la gente que estaba en las mesas, y si querías escuchar a quien te hablaba tenías que inclinarte y poner tus oídos cerca de su boca.

—Necesito platicar —dijo Juan Luis.

—¿Y Ana Lucía? —Blanca lo miró; parecía sorprendida y halagada, pero en sus ojos también había interés genuino, compasión.

—Es bastante complicado. Pero supongo que algún día se lo contaré.

—¿Y de qué se trata, me lo puedes decir?

Blanca conocía parte de la historia del secuestro. Ahora Juan Luis le contó que hacía más o menos un mes se había encontrado en un burdel con uno de sus secuestradores.

—¿Y vas a menudo a esos lugares? —Blanca parecía decepcionada.

—No. Pero los bares como éste me parecen tan aburridos. Esta gente… —Miró a su alrededor.— A veces resulta más divertido.

—Sí, tal vez. Creo que también debe de darte morbo. ¿No te da miedo pillar alguna enfermedad?

—Estás imaginando demasiado. ¡Si sólo voy a beber y a mirar!

—Por los ojos entra el hambre, amigo.

—De todas formas, me encontré con ese tipo. Le dicen la Coneja. Tiene una cicatriz aquí —se pasó el dedo por la sien—, para identificarlo, así que no fueron visiones, como podrías pensar. Además, yo lo conocí de niño. El otro día llamé a su madre para que me diera su teléfono. No le dije quién era, desde luego. Me lo dio, y lo llamé.

—Joder.

—Sí. No vas a creerme, pero me preguntó si no tenía ganas de romperle el culo, como se dice aquí.

—¿Y qué le contestaste?

—Que no.

—Eso fue muy noble —dijo sin sarcasmo; bajó un instante los ojos al pie falso de Juan Luis, y agregó—: O tal vez te acobardaste.

—No sé. He pensado en todo. No sé qué deba hacer.

—Vaya historia —dijo Blanca—. Que ahora tú te sientas perseguido en vez de ellos.

—Quién sabe qué sienten ellos. No pueden saber que los he encontrado sin querer.

—¿Y la policía?

—No, gracias. No necesito crearme más problemas.

—Tienes razón.

Juan Luis empezó a tomar su *goulash.*

Algunas semanas más tarde, tuvo un pretexto para visitar Quezaltenango. Había llegado de Cuba a Guatemala, a través del cine-teatro, una muestra de cine del Caribe, y Blanca había hecho tratos con el director del teatro Colón de Xela para intercambiar esta muestra por una de cine chiapaneco que estaba por llegar de San Cristóbal de las Casas al teatro Colón. El único problema era que las películas tenían que volver de Guatemala a Cuba en valija diplomática tres días después de ser exhibidas en la capital, y por el contrato era imposible confiar el transporte de los rollos al correo ordinario o las encomiendas de autobuses. De modo que Juan Luis se ofreció para llevarlas.

Pasaría un fin de semana largo en Quezaltenango. Ana Lucía no iría con él, porque un amigo de Nueva York estaba de visita en Guatemala y ella había prometido acompañarlo a Tikal aquel fin de semana.

De modo que ese viernes se despertaron los dos de madrugada, cuando todavía estaba oscuro y se oían los ladridos de los perros y el canto de los gallos. Juan Luis puso las maletas en el auto, y pasaron por el hotel Conquistador a recoger a Gregory Hill, el amigo de Nueva York, para seguir al aeropuerto. Se despidieron frente al contador de

Tikaljets, después de acordar que Juan Luis iría a recogerlos a su regreso de Quezaltenango el lunes a mediodía.

Gregory —con quien Ana Lucía había hecho amistad hacía ya casi diez años en Nueva York— era homosexual, así que Juan Luis no estaba preocupado. Pero sabía que Ana Lucía lo estaba por él; ella imaginaba que Juan Luis iría a ver a alguien en Quezaltenango, y suponía que se trataba de una amante. Sin embargo, no le había hecho preguntas al respecto. Cuando se despidieron, se limitó a decirle mientras lo abrazaba:

—Pórtate bien, ¿sí?

—Sí, sí. Tú también.

Hubiera sido más satisfactorio conducir un auto mecánico por el altiplano camino de Xelajú, pero hacía más de un año que el pie falso de Juan Luis sufría demasiado con los cambios de velocidades, de modo que ahora conducía un automático. Conducía rápido, como si en realidad una amante estuviera esperándolo en la ciudad provincial. Sentía una curiosa felicidad, una felicidad física, a pesar de la lentitud del automático para rebasar otros vehículos en las cuestas. Era la hora buena para conducir, cuando había poco tránsito en la carretera. Los camiones llevaban todavía los huevitos encendidos y del asfalto negro se levantaba un vaho lechoso que te hacía sentir que ibas sobre algodones. Con la ventanilla baja y el aire que le alborotaba el cabello, Juan Luis se sentía entusiasmado, y era presa de una alegría un poco demente. Sabía que más que a dejar unas cintas de acetato que contenían innumerables imágenes —los famosos danzones, el rostro de Fidel, enfermos consumiéndose en los sidatorios, negros que consumaban sacrificios a dioses africanos— iba a Quezaltenango para encontrarse con la Coneja Brera.

Los volcanes —el Agua, el Fuego, el Acatenango, el Atitlán— podían abarcarse con la mirada desde una vuelta del camino donde Juan Luis detuvo el auto un momento para bajarse a orinar. A esta hora, el cielo era azul pálido y las nubes parecían gigantescas escamas de pescado y tenían todavía un débil tinte rosado.

Una compañía israelí había rehabilitado este tramo de la Panamericana, la que conducía a Juan Luis a ciento veinte kilómetros por hora hacia una amante que existía sólo en la mente de Ana Lucía. Habían hecho un trabajo excelente los israelíes; el camino transcurría suavemente bajo los neumáticos del automóvil, los peraltes te permitían tomar las curvas a gran velocidad, y la sensación de seguridad que esto te causaba era verdaderamente como la de viajar en el interior de un túnel. Una bandada de zopilotes alzó el vuelo cuando el auto viró en una curva cerrada, y Juan Luis vio de reojo el cadáver destrozado de un caballo. En el asfalto había una mancha de sangre, que las huellas de los autos habían ido convirtiendo en un trazo alargado como una pincelada.

Se acercaba a otro ser humano. Un espejo sería colocado frente a otro espejo. Se iniciaría una repetición ritual, a la vez superficial y profunda, de reflejos cada vez más lejanos, que se hundirían en la distancia hasta la invisibilidad.

Como ocurre a veces cuando uno se da cuenta de estas cosas, Juan Luis creía ser el protagonista de una historia única, original, que solamente a él podía sucederle, y este sentimiento le aliviaba de una vaga ansiedad; era como si la trama en sí justificara su insignificante existencia.

Pasado Katok —«el lugar quemado»—, donde el viento agitaba las ramas de los pinos y levantaba del suelo bolsas de plástico, encendió un cigarrillo de mariguana y puso a sonar una cinta de rap. La luz había cambiado; el sol comenzaba a calentar, teñía de amarillo las puntas de los montes y le hería los ojos a Juan Luis, que se puso anteojos oscuros.

Iba pensando desordenadamente en varias cosas: el olor animal de la tapicería del auto, la heroína en las historias de Anna Kavan, la manera en que sus ojos percibían las líneas blancas y amarillas del camino a aquella velocidad...

En una cumbre desierta, el viento fresco hacía silbar los hilos telegráficos. Un indio con una mesa de pino a cuestas en su mecapal trotaba al lado del camino, seguido por un niño y un perro negro, y las hojas de zacate brillaban como pequeños sables bajo el sol.

Por fin se divisó el valle de Xelajú, azul y vasto, casi convexo, donde los volcanes no se erguían contra el cielo sino que se dibujaban discretamente en la lejanía; el Santa María con su corona blanca de humedad y el Santiaguito, pequeño y deforme.

La ciudad de Quezaltenango se había extendido, pero el casco antiguo era el mismo de hacía treinta años, cuando Juan Luis lo conoció. En la pensión Bonifaz era también como si no importara el tiempo. Una sirvienta indígena llevó a Juan Luis a su habitación, que daba a uno de los patios secundarios. Le enseñó el cuarto de baño, el armario con las toallas, y Juan Luis le dio una propina.

Puso la maleta con las películas sobre el escritorio más allá de la cama. Fue al baño a lavarse las manos y la cara. Se miró en el espejo, imaginando la cara de la Coneja. Luego fue a sentarse en el borde de la cama, se sacó del bolsillo de pecho una libreta y levantó el teléfono para llamar a Salcajá.

—¿Coneja? Aquí habla Juan Luis.

—Ah, vos. ¿Cómo estás?

Su voz era la de un hombre cansado, deprimido, y Juan Luis sintió, inesperadamente, algo parecido a la lástima.

—Bien, ¿y vos?

—Más o menos —se rió—. ¿En qué puedo servirte?

—Estoy en Xela. Me gustaría verte.

La Coneja tosió.

—¿Verme? ¿Para qué?

Él respondió inmediatamente:

—Quiero hablar, nada más. Hay cosas que he estado preguntándome todos estos años y creo que vos podrías tener las respuestas para algunas de mis preguntas.

—Te hiciste escritor, ¿verdad? ¿Estás haciendo un libro?

Juan Luis se rió.

—No —dijo—. Estoy en la Bonifaz. ¿Podés venir a verme?

—Ay, vos. No tengo carro y, la verdad, me da hueva agarrar la camioneta. Vení vos aquí, si querés. Así te conoce mi mujer.

—¿Estás casado?

—Sí. Ya tengo dos varoncitos. De cinco y tres.

—No lo sabía. ¿Cuál es tu dirección? —Juan Luis se miraba el pie falso.

—¿Conocés la salida a Cantel? Mi casa es la última antes del cruce. Es una casa colonial de pared verde y puerta negra. No hay pierde, vos. ¿Qué decís? ¿Mañana por la tarde?

Había sido demasiado fácil, se decía a sí mismo Juan Luis mientras caminaba con la pesada maleta de las películas plaza abajo hacia el teatro Colón. Su hablar con la Coneja había sido como el de dos viejos conocidos que se han encontrado casualmente en una ciudad extraña. No sentía más que curiosidad y una natural desconfianza. Era posible que la Coneja lo hubiese invitado a su casa para asesinarlo; pero, aun así, iría.

El director del teatro Colón no estaba, así que Juan Luis tuvo que entregar las películas al operador, a quien hizo firmar un recibo.

—Pasaré a recogerlas el domingo después de la función de la tarde.

El operador dijo que él no estaría allí el domingo, pero que su colega de turno se las entregaría.

—Ahí le encargo —le dijo Juan Luis al despedirse—. Las copias están prácticamente nuevas.

—Pierda cuidado.

Por la tarde, después de almorzar, Juan Luis fue a su cuarto a leer. Cerró las cortinas para evitar que el sol le diera en la cara, encendió la lámpara de la mesita de noche, colocó en la cabecera de la cama dos almohadas a modo de respaldo, y se metió debajo de las mantas.

Leyó una docena de páginas de poesía, se adormeció.

Soñó que estaba en la propiedad que su padre había poseído años atrás en el Petén, con un arroyo infestado de caimanes; soñó con una ciudad que era una mezcla de Nueva York y Guatemala; con un cuartucho sórdido en el que él y Ana Lucía copulaban en presencia de su padre y una mujer bella y extraña. Se despertó con una erección, se levantó y fue al cuarto de baño. Tenía húmeda la frente. Se lavó la cara de nuevo, se sentó en el inodoro y se ajustó el pie postizo al muñón. Con un clic metálico, apagado por el calcetín, se puso de pie, se metió los pantalones. Se levantó el ruedo izquierdo para mirarse una vez más el pie postizo, que aun después de tantos años no se le hacía completamente familiar.

Eran las cuatro cuando salió a pasear por el parque. Era extraño observar cómo el bastón, a diferencia del pie, sí se había convertido en parte de él mismo. Poseía tres bastones, pero eso no importaba. Los tres eran *su* bastón.

Se sentía cómodo con su cojera discreta; sabía que le daba cierto aire de dignidad. Más de una muchacha de las que paseaban por el parque se volvió al verle pasar, y él volvió la cabeza también más de una vez, para sonreír con semblante amable y casi paternal. Se sentía como algunos enfermos mentales, alejado de todo, pero eso no le impedía observar los rostros de los otros paseantes con interés. El viento levantaba de tiempo en tiempo las hojas muertas y los papeles, que giraban en el aire y volvían a caer.

Con la punta de su bastón, Juan Luis puyó con violencia una hoja de papel periódico que se arrastraba como una mantarraya por la acera. Poniéndole el pie bueno encima, extrajo el papel del bastón, y el viento se lo llevó calle abajo, jugando con él. Juan Luis cruzó la calle y dobló de vuelta hacia la pensión.

No entró en el vestíbulo sino que bajó por el pasadizo lateral que llevaba al estacionamiento, que se encontraba en la parte posterior de la pensión. Fue hasta su auto, abrió la portezuela, colocó el bastón en el suelo, al pie del asiento, y se puso al volante. Se fue conduciendo despacio calle abajo, rodeó la plaza y salió del centro.

Iba despacio por el camino de Salcajá. Las últimas casas de Quezaltenango recibían los últimos rayos de sol. Un viejo yacía boca arriba en la orilla del camino y unos niños corrían más adelante detrás de una vaquilla.

En Salcajá se detuvo en una esquina a preguntarle a un hombre por la salida de Cantel, pero el hombre se volvió hacia él y Juan Luis vio que estaba muy borracho. Unas calles más abajo, vio una señal rústica con una flecha negra que apuntaba a la derecha con la palabra CARTEL. Detuvo el auto frente a la casa verde, de aspecto respetable, que le había dicho la Coneja y apagó el motor.

Bajó la ventanilla y se quedó escuchando. Nada se oía. Juan Luis no sentía miedo, pero estaba nervioso. Como un empleado a punto de entrevistarse con su nuevo jefe, pensó. Era absurdo. Tocó tres veces la bocina.

La Coneja apareció a la puerta y atravesó el jardincito para abrir el portón.

—¿Metés el carro? —preguntó. Miraba a Juan Luis fijamente, con una expresión de sinceridad poco natural. La cicatriz era profunda, pero el rostro de la Coneja no estaba deformado, realmente; la marca, una línea incolora, se confundía con las demás arrugas de su cara.

Juan Luis tuvo que maniobrar, dando marcha atrás, para introducir el auto; lo estacionó frente a la casa y se bajó. La Coneja volvió a cerrar el portón, y después se le acercó con la mano extendida y una sonrisa conciliatoria. Juan Luis se cambió de mano el bastón, inclinó levemente la cabeza a modo de saludo.

—Antes hablemos —dijo con seriedad.

La Coneja se vio insultado por ese gesto y no lo ocultó. Su labio superior, fino y rosado, tembló muy ligeramente. Pero su voz fue suave cuando dijo:

—¿Pasás adelante, o hablamos aquí?

—Entremos —respondió Juan Luis.

La Coneja lo condujo hacia la puerta. Al verse detrás de él, Juan Luis sintió un calambre minúsculo en el brazo y reprimió el deseo de golpearle la nuca con el bastón.

Pasaron por un pequeño vestíbulo lleno de tiestos con flores y plantas con hojas bien enceradas, que daban a la vivienda —Juan Luis volvió a observar— un aire de respetabilidad. En la sala, se sentaron el uno frente al otro en dos sillones que hacían juego, con una mesita baja de por medio. De la cocina llegaba el ruido del agua, alguien lavaba platos en una pila.

—Es la sirvienta —dijo la Coneja—. Entiende apenas el español.

—¿No está tu mujer?

—No. Fue con los patojos a ver a los abuelos, que vinieron a pasar el fin de semana al hospedaje de las Aguas Georginas. Una visita inesperada —se sonrió.

Juan Luis había atravesado el bastón sobre los brazos de su sillón, forrado de cuero.

—Quiero que me digás cómo pasó todo —dijo—. ¿A quién se le ocurrió la idea? ¿Por qué me eligieron a mí?

La Coneja lo miró con ojos comprensivos, compasivos casi. Sacudió ligeramente la cabeza, dijo:

—Fue una locura.

—Sí. Pero ¿de quién?

—¡De todos!

—Alguien debe de haber dicho mi nombre.

—Se mencionaron varios nombres. Ya casi no recuerdo cuáles.

—¿Quién dijo el mío?

—No estoy seguro. Pero ¿qué importa, a estas alturas? No fui yo.

—¿Y pensaban soltarme si les daban el dinero?

La Coneja juntó las manos, como alguien que se dispone para orar, y mirando fijamente a Juan Luis dijo no con la cabeza.

—Hijos de puta —dijo Juan Luis.

La Coneja, que permanecía inmóvil, parecía estar decidido a dejarse matar. Era como si nada le importara, como si estuviese más allá de todo, aun de la vida, y esto enfureció a Juan Luis.

—¿A quién se le ocurrió mutilarme? —preguntó.

—Al Horrible.

—¿Quién me cortó el pie?

—El Sefardí. —Juan Luis se acomodó en el sillón. La Coneja continuó—: Voy a decir en favor de ese recabrón que no estaba de acuerdo en casi nada, ni en que te secuestráramos a vos, que nos conocías, ni en que te cortáramos nada, ni en que no cumpliéramos el trato. La cosa es que eras el más fácil, y como nosotros no éramos muy profesionales… excepto el Sefardí, claro. Y además, ya sabés que el Tapir te llevaba muchas ganas, desde aquella vez que le diste verga en el colegio —se sonrió—. Estaba loco, lo que se dice loco, de verdad, el hijo de cien mil. Bueno, qué más querés saber. El Sefardí lo hizo prácticamente todo. Tal vez yo en su lugar hubiera hecho algo parecido a lo que nos hizo él.

Juan Luis pensó en el Montecarlo. Su pie, dos vidas; no valía la pena.

—¿No has sabido nada de él? —preguntó.

—Nada. —La Coneja sacudió la cabeza.

—¿Cómo fue que te salvaste?

—Suerte, y un poco de ojo tal vez. Aquellos dos ni al hospital llegaron. Al Tapir, que iba de copiloto, la cabeza le quedó colgando por un lado. El Horrible duró un poco más, y sufrió más también. Le entraron esquirlas hasta en los sesos.

—¿Tus viejos saben algo?

La cara de la Coneja se deformó; era evidente que la sola idea de tal cosa le causaba horror.

—No. No se enteraron de nada, gracias a Dios. Creen que tuve un accidente, nada más. Salí del hospital a los tres meses. Te lo juro, vos, salí regenerado. No sé qué me pasó. Como si el morongazo me hubiera tocado un punto del cerebro donde yo pensaba mal. ¿No es increíble? Por Dios, pero así fue. Me convertí en el hombre más tranquilo del mundo.

Era un cobarde y un hipócrita, como decía la canción, pensaba Juan Luis.

—¿Y el otro, al que le decían Carlomagno?

La Coneja entrecerró los ojos un momento.

—Le perdí la pista. Me alegro de que no te haya dado aguas. Tal vez estaba confabulado con el Sefardí. Pero lo dudo. Ya no pienso nunca en eso. Desde que conocí a mi mujer, poco a poco fui olvidándome de todo.

—Antes de cambiar de tema, ¿quién organizó la operación?

La Coneja tragó saliva y confesó:

—Tu servidor.

Se quedaron un rato en silencio.

Juan Luis hizo rodar su bastón bajo las palmas de sus manos por los brazos del sofá. Con el Sefardí no había podido asegurarse, pero esto era distinto.

—¿No querés tomar nada? —le preguntó la Coneja.

—No. —Apoyó el bastón en el suelo, se levantó y miró a su alrededor. Bordeó la mesita, pasó al lado del otro, pero no levantó el bastón para golpearlo.

Le oyó ponerse en pie detrás de él. En un anaquel de madera oscura, vio una fotografía en un marco dorado, barroco, que le llamó la atención: un bebé desnudo, sentado en la arena negra de una playa del Pacífico; era flaco y orejudo, sin duda hijo de la Coneja. Curiosamente, Juan Luis estuvo seguro en ese momento de no querer descendencia, y le pareció que eso tenía algo que ver con el hecho de que ahora, cuando pudo tomarla, no había sentido más que un deseo demasiado débil de venganza.

Siguió andando hasta la puerta sin volverse, salió y la cerró.

El domingo amaneció nublado.

Juan Luis usó el teléfono para pedir que le llevaran el desayuno al cuarto, y luego mandó al camarero por cigarrillos. Se quedó en la cama un par de horas, pensando en Ana Lucía y leyendo ensayos ingleses. Después de ducharse volvió a meterse en la cama, porque hacía frío, y leyó algunas líneas de poesía. De pronto sintió deseos de escribir. Fue al escritorio por un cuaderno y regresó a la cama. No sabía qué iba a escribir, pero su cabeza no estaba vacía. Ya no se sentía cobarde.

Escribió dos oraciones, que tachó inmediatamente.

Comenzó a escribir de nuevo:

Bajaba despacio por el camino. En el suelo yacía un enfermo, los ojos en blanco, sin color en la piel, vendiendo agonía con la mano abierta. Antes de llegar a la casa tuvo que pasar junto a dos perros que parecían perdidos y una rata muerta…

Después salió a la plaza gris de Quezaltenango, donde una llovizna fría y muy fina había comenzado a caer. Dio media vuelta y entró de nuevo en la pensión por la puerta del restaurante.

Por la tarde el cielo se despejó, y Juan Luis anduvo sin rumbo determinado por las callecitas del centro. A las seis estaba llamando a la puerta de servicio del teatro Colón. Vio las últimas escenas de un film rodado en La Habana, se fumó un cigarrillo con el operador de turno mientras rebobinaba la película, y después salió a la calle con la maleta y anduvo de vuelta a la pensión.

Todo estaba bien.

Bajó al restaurante a cenar a eso de las siete y media.

¿Cuántas horas hacía que había visitado a la Coneja? Las contó, pero era como si ese momento estuviera situado realmente a muchos años de distancia en su memoria. Nada importaba; por eso, todo estaba bien. De vuelta en su cuarto, se desvistió para meterse en la cama, fumó otro cigarrillo y se durmió.

A las once y media de la mañana siguiente, el avioncito de Tikaljets aterrizaba en el aeropuerto La Aurora sin percance, y cinco minutos más tarde Juan Luis y Ana Lucía se abrazaban en el hangar.

Greg había decidido a última hora no volar a la ciudad de Guatemala sino continuar su viaje a México por Mérida antes de regresar a Nueva York. Había tomado un avión a Cozumel temprano por la mañana.

—*He's so weird*—dijo Ana Lucía en voz baja cuando ya estaban en el auto.

—¿Por qué lo dices?

Ella lo miró de reojo con una expresión de picardía.

—No dejó de echarme los chuchos desde que nos subimos al avión. ¿Lo puedes creer?

Juan Luis sufrió un ataque de celos tardíos.

—Sí. Eres demasiado atractiva.

Ana Lucía se rió con alegría.

—Me sentí halagada, no lo puedo negar.

—¿Y?

—No, no pasó nada.

En el Obelisco el tráfico no circulaba porque un semáforo se había descompuesto.

—Me gustaría volver a Tánger —dijo él.

Ana Lucía lo miró con una sonrisa radiante.

—¿De verdad? Yo he estado pensando en lo mismo.

Una niña pordiosera tocó la ventanilla de Juan Luis con una manita mugrienta para ofrecerles un botón de rosa roja.

—Para la seño, cómpreme una rosita, por favor.

Juan Luis le dio un billete de un quetzal, pero no tomó la rosa.

En el apartamento, sirvió dos vasos de cerveza junto a la nevera, y los dos bebieron de pie en el comedor. Él vació su vaso de un trago largo, se limpió los labios con el dorso de la mano y ella lo besó.

Siguieron besándose otro rato, hasta que las manos comenzaron a desabrochar botones, buscando la piel.

—Mira cómo te has puesto —le dijo ella—. Ven.

Lo condujo por el corredor al cuarto alfombrado, donde un dosel marroquí de colores vivos adornaba las paredes y no había otros muebles que un colchón y algunos almohadones.

—Me hiciste mucha falta estos dos días —dijo ella.

—Fueron tres.

—Pues tres.

Él tuvo un pensamiento turbio, pero ella no quiso saber nada. Desnudos, de pie y luego yacentes, siguieron acariciándose casi sin hablar.

En el momento supremo para los amantes, él se salió para derramar su semen sobre un vientre suave con vellos finísimos, porque era un día peligroso y no quería tener hijos —de eso estaba seguro. Untó la sustancia blanca, viscosa y opaca en forma circular lentamente alrededor del ombligo de ella.

Tánger-Ciudad de Guatemala, 1995

Piedras encantadas

Guatemala, Centroamérica.

El país más hermoso, la gente más fea.

Guatemala. La pequeña república donde la pena de muerte no fue abolida nunca, donde el linchamiento ha sido la única manifestación perdurable de organización social.

Ciudad de Guatemala. Doscientos kilómetros cuadrados de asfalto y hormigón (producido y monopolizado por una sola familia durante el último siglo). Prototipo de la ciudad dura, donde la gente rica va en blindados y los hombres de negocios más exitosos llevan chalecos antibalas. La metrópoli precolombina que financió la construcción de grandes ciudades como Tikal o Uaxactún —y sobre la que fue construida la actual— había alcanzado su auge económico a través del monopolio de la piedra de obsidiana, símbolo de la dureza en un mundo que despreciaba el uso del metal.

Ciudad plana, levantada en una meseta orillada por montañas y hendida por barrancos o cañadas. Hacia el sureste, en las laderas de las montañas azules, están las fortalezas de los muy ricos —una de las clases adineradas más ostentosas y burdas del planeta. Hacia el norte y el oeste están los barrancos; y en sus vertientes oscuras, los arrabales llamados limonadas, los botaderos y rellenos de basura, que zopilotes hediondos sobrevuelan en parvadas «igual que enormes cenizas levantadas por el viento» —como escribió un viajero inglés— mientras la sangre que fluye de los mataderos se mezcla con el agua de arroyos o albañales que corren hacia el fondo de las cañadas, y las chozas de miles de pobres (cinco mil por kilómetro cuadrado) se deslizan hacia el fondo año tras año con los torrentes de lluvia o los temblores de tierra.

No digas automóvil, tampoco coche (coche, aquí, dícese del puerco), sino carro; tu teléfono no es un móvil sino un celular; en las paredes aparecen pintas, en lugar de graffiti; *una copa es un trago; la resaca, la cruda o el guayabo se llaman, en Guatemala, goma. Para subir al décimo piso de una «torre» —estás en el sector privilegiado— tomas el elevador. (Pero hoy no funciona.)*

Aquí (casi) nada es como piensas. Mira a ese setentón adinerado. Su orgullo mayor es que vive solo y nunca llama por teléfono a nadie. Tiene —él mismo lo dice— corazón de piedra.

En las paredes de algunas casas de lujo, coronadas con rollos de alambre de púas, se lee: Buda hueco *(homosexual);* Piedras encantadas *(el nombre de una temerosa pandilla infantil);* Satán vive, Gerardi *—mártir local de la memoria histórica—* ha muerto.

En las dos casetas de comida directamente debajo de la torre de apartamentos Bella Vista, donde vives (una pintada de Coca, y la otra de Pepsi-Cola), hay música de mariachis y norteñas. Ya has protestado por el ruido, pero ahora sabes que la música no sale de las casetas sino de los carros de los clientes que se han estacionado allí cerca y…

No olvides que estás en Guatemala. Un carro se llama Raptor; otro, Liquid. Dicen que en una de las casetas venden polvo de coca y piedras de crack. Más vale no protestar.

Las ventanas de tu sala miran a la plaza de Berlín, al final de la avenida las Américas. En un mural de hormigón, en bajorrelieve, están todavía los planos de Alemania dividida. Al lado del mural hay dos estelas mayas (de fantasía) sin labrar. En una, un niño dibujó con pintura negra otro niño —nótese la forma rectangular de la cabeza, que sugiere el corte de cabello militar, y el trapezoide inferior que sugiere la sotana. En la otra estela, alguien menos imaginativo escribió hace tiempo, con caracteres enormes: FAR. Los amantes se besan y acarician aquí y allá —al borde de la pila, al pie de los guayabos y los pinos, en los carros aparcados en la curva que circunda la parte alta del parque. Una banda de jóvenes vestidos con jeans de pata ancha, camisetas holgadas, zapatones negros reforzados con acero y gorras de béisbol, pasan corriendo al lado de las parejas, que interrumpen momentáneamente sus arrullos y caricias. (La gramilla, más abajo, está atravesada de senderos que se entrecruzan como en el campo. Allí has visto huellas de caballos, excrementos secos de caballo, envoltorios de caramelos, y preservativos usados.) Los jóvenes bajan corriendo por los senderos.

Telarañas de iluminación comienzan a brillar sobre la planicie que se extiende desde la parte baja de la ciudad hacia la fila de montañas y volcanes que impiden que se vea el mar. Podrías estar en otra ciudad —los autos son Toyotas, VW, Datsuns, Chevrolets, BMW, Fords— pero ¡mira las construcciones de nubes sobre aquel volcán!

(Una falsa intuición del infinito.)

Estás en la ciudad de Guatemala. No lo olvides.

Mira a occidente (desde la ventana de tu dormitorio en lo alto de la torre). Allí, a la orilla de un barranco habitado, termina la pista de aterrizaje del aeropuerto La Aurora. Al principio los rugidos de los reactores, que hacen temblar los cristales cada vez que se levanta un avión, el ruido de los autobuses que suben pujando por la cuesta de Hincapié, los ladridos del perro policía que cuida la milpa en el solar al otro lado de la calle («Esta propiedad NO se vende»), todas estas cosas (y las ansias de estar en otro sitio) creíste que iban a enloquecerte. Pero te has acostumbrado.

Te llamas Joaquín Casasola, y no te disgusta el sonido de tu nombre. Has vivido varios años en España, pero te tocó volver. Aquí tienes parientes ricos y amigos de la infancia, y eso —piensas, pero te equivocas— te facilitará las cosas.

Te has enamorado de tu prima Elena, aunque la acabas de conocer. Todavía te resulta un poco extraño tratarla de vos.

1.

De un sueño profundo y confuso —estuvo extraviado en una ciudad desconocida— lo sacó el sonido del teléfono inalámbrico que había dejado sobre un rimero de libros al lado de su cama. Se oía, a lo lejos, un revuelo de helicópteros y aviones. Recordó que era un día de fiesta marcial.

—Hola, mi amor —dijo en falsete una voz masculina—. ¿Estás sola, puedo verte?

—Payaso —dijo Joaquín—. Qué me jodés. Qué horas son.

La voz se normalizó.

—Son las nueve pasadas. ¿Te desperté? Tengo aquello para vos. ¿Te llamo más tarde?

—No, no. Ya me estoy despertando. ¿Dónde estás?

—Llegando de Cobán. ¿Ya está listo el café?

Saltó de la cama y fue a la cocina a sacar jugo de naranja, tostar pan, rebanar una papaya y preparar el café.

Armando Fuentes era de Cobán (dicen que los de Cobán sólo comen y se van), donde ejercía como agente en el tráfico de cardamomo para los compradores árabes o, en los años de vacas flacas como aquél, en el comercio de frijol y maíz. Vivía con su mujer y dos hijos en las afueras de la cabecera provincial «en una calma monástica» —aparte de las aventuras que corría con sus amigos de la capital. Solía hacer el viaje de doscientos kilómetros un mes sí, un mes no. Se volvía a Cobán por la noche, después de hacer sus recados (y comer). Pero cuando estaba demasiado cansado o tenía especiales deseos de consumir alguna sustancia controlada o más alcohol de lo corriente, se quedaba en casa de Joaquín o en la de algún amigo medio calavera como él.

Por el intercomunicador, el guardia del estacionamiento anunció la llegada de «un señor de Cobán». (Era un guardia nuevo, que aún no conocía a Armando por su nombre.)

—Sí, déjelo subir.

Armando le dio la punta de los dedos de una mano muy fría a modo de saludo y pasó a su lado con una mochila negra al hombro hacia la sala. Dando pasos rápidos y nerviosos, se dirigió al aparato de música. Dejó en el suelo la mochila y encendió la radio.

—¿Qué te pica? —le dijo Joaquín.

—No sabés lo que acaba de pasarme.

Sintonizó con una emisora de noticias.

—¿Qué? —le dijo Joaquín, y corrió el pasador de la puerta.

Armando se volvió para mirarlo, se pasó una mano por la cara pálida, con expresión angustiada.

—No lo puedo creer —dijo.

La voz del locutor era atiplada y nasal. Hablaba del derrumbamiento de un puente en las afueras de la ciudad. Joaquín dijo:

—Vamos a tomar ese café, que se enfría. —Se sentó a la mesa y sirvió el café.

Armando se quedó de pie, absorto, mirando a lo lejos por una ventana. Cuando comenzaron los anuncios publicitarios, se apartó de la ventana, bajó el volumen de la radio y fue a sentarse frente a Joaquín.

—Creo —dijo— que acabo de matar a un niño.

—¿A un niño?

—En las Américas. —Levantó el vaso de jugo pero volvió a dejarlo en la mesa sin beber.— Qué mala suerte, por Dios. Patojo estúpido.

Las noticias recomenzaron: la lista de condenados a morir en el nuevo módulo de inyección letal.

—¿Cómo? ¿Qué pasó? —quiso saber Joaquín. Entrelazó las manos sobre la mesa, sorprendido porque de pronto comenzaba a sentir un curioso desprecio por su viejo amigo.

El accidente había ocurrido a la altura de un restaurante chino, el Tesoro Imperial.

—Llegando a los Helados Pops —explicó Armando—. Un caballito de alquiler. Se me atravesó, a galope, simple y sencillamente así. No tuve ni siquiera tiempo de tocar los frenos.

Conducía una camioneta Discovery que, Joaquín lo sabía, estaba provista con un parachoques especial —de los llamados mataburros— en uso entre los finqueros guatemaltecos, diseñados para proteger sus autos en los caminos rurales, donde el ganado circulaba más o menos libremente; tenía, además, los vidrios velados —lo que estaba de moda también entre la clase automovilista desde hacía muchos años. (Detrás del vidrio negro podía haber un hombre armado.)

Según Armando, la posibilidad de que el niño se hubiera salvado era casi nula. Había golpeado de lleno al caballito, a una velocidad —dijo— de sesenta o setenta kilómetros por hora, y había visto al niño dar vueltas por el aire. Negó sombríamente con la cabeza cuando Joaquín le preguntó si no se le había ocurrido parar. Joaquín hizo una mueca —ésa era la reacción típica, el reflejo de los automovilistas guatemaltecos: no detenerse nunca, para evitar complicaciones.

—Pero Armando, mucha gente lo habrá visto, la Discovery es notoria, deben de tener tu número de placas. Yo creo que debiste parar.

Armando negó con la cabeza. Se puso de pie y fue a traer la mochila que había dejado junto al aparato de música. Sacó un envoltorio de papel periódico, lo dejó sobre la mesa.

Joaquín abrió el envoltorio: media libra de mariguana cobanera.

—Es para vos —dijo Armando—. Con eso encima, ¿habrías parado, ah? Y de nada —agregó.

—Gracias. Sentate. Vamos a desayunar. Hay que pensar con calma. La Discovery ¿tiene alguna señal?

—No. Creo que no.

Bebieron el café, y se quedaron un rato escuchando la radio, la emisión de las diez. No fue transmitida ninguna noticia del accidente.

Joaquín se puso a fabricar un cigarrillo. Después de dar dos o tres chupadas declaró que la hierba cobanera era excelente.

—No, no. —Armando se echó para atrás en su silla cuando Joaquín le ofreció el cigarrillo.— No sé cómo podés fumar.

Él no había matado ningún niño, pensó Joaquín. Expulsó el humo y dio una fumada más.

—Pase lo que pase —dijo un momento más tarde—, vos no me has contado nada, ¿okey?

—Por supuesto que no. Mano, qué voy a hacer. —Se agarró la cabeza con ambas manos y se quedó un momento con los ojos clavados en la superficie de la mesa.

—Vamos a dar una vuelta —dijo Joaquín—. A reconocer la escena, ¿te parece? Sólo me visto.

Se levantó y entró en el cuarto de baño. Mientras se duchaba, alcanzó a oír la voz de Armando: hablaba por su celular. Supuso que hablaría con su esposa. Luego le pareció que hablaba con uno de sus empleados. Joaquín apagó la ducha, para escuchar. Armando daba órdenes a su hombre de confianza: debía dar parte del robo (ilusorio) de la camioneta, que había desaparecido la noche anterior en Cobán.

«Vos les decís eso no más —decía Armando—. No nos dimos cuenta del robo hasta ahora. Eso es».

Cuando Joaquín salió del baño, Armando escuchaba otra emisión de radio.

—¿Nada? Pues tanto mejor —dijo Joaquín, a medio vestirse; se secaba las orejas. Recogió los platos para ponerlos en el lavadero—. Yo tal vez pensaría en entregarme —dijo. Luego metió la mariguana en una bolsa de plástico y fue a guardarla en un cajón de su escritorio.

Mientras Joaquín terminaba de vestirse, Armando lavó los platos con rapidez.

Tomaron el ascensor hasta el sótano, donde aguardaba la Discovery.

El guardia del estacionamiento no estaba a la vista. Joaquín fue a revisar el parachoques de la camioneta. No había señales de ningún golpe en las defensas de hierro, ningún arañazo en la resplandeciente pintura de las aletas ni en la cubierta del motor. Se agachó para mirar por debajo del chasis, y tampoco allí descubrió indicio alguno del accidente.

Limpiándose las manos, volvió a enderezarse.

—¿No me estás pajeando, vos? No se ve nada. —Montaron en el Cavalier de Joaquín.— Son pajas, ¿verdad, pisado? Me estás baboseando.

Armando soltó una carcajada —no le quedaba otra cosa que hacer.

2.

Doblaron a las Américas y enfilaron hacia el norte.

—Tal vez sobrevivió. Lo mejor sería entregarte, ¿no creés? —dijo Joaquín.

Dieron media vuelta en la plaza Costa Rica. En la vía del sur, donde tuvo lugar el accidente, había varios automóviles estacionados a ambos lados de la avenida, dos patrullas de policía y una ambulancia de bomberos con las luces de emergencia encendidas. En el arriate central, la gente se había reunido en varios grupos, que comenzaban a desintegrarse. Armando indicó con la cabeza un trío de hombres de trajes oscuros y camisas blancas, con aspecto de agentes secretos o guardaespaldas.

—A ver —dijo Joaquín— si no era hijo de algún cabezón.

Doblaron a una calle lateral y estacionaron cerca de la heladería.

—¿Un helado? —sugirió Joaquín al apearse, y Armando dijo que no, gracias.

Una escuadrilla de aviones militares rayaba el cielo por encima de las columnas de cúmulos grises que eran arrastradas por el viento húmedo del sur, y que proyectaban sombras sobre los jardines atestados de familias con niños que gritaban y corrían.

Lamiendo su cornucopia de limón, Joaquín anduvo con Armando avenida arriba por la acera, hacia donde estaban las patrullas. Policías con silbatos y chalecos fluorescentes procuraban despejar el tráfico. Joaquín y Armando cruzaron la avenida por entre los autos casi estacionarios para seguir andando por el jardín central.

Cerca de la pista compartida por caballos, minimotos y carruajes tirados por cabras, rodeado de un grupo de niños y niñas, yacía un caballito pinto, flaco, todavía con sus riendas y su pequeña montura tejana. Enjambres de moscas se agitaban en la cuenca de su ojo expuesto, por sus orejas, en el vientre destripado y en el ano, rebosante de excrementos dorados.

Una vieja muy gorda se bajó de un microbús Mitsubishi con el escudo de la Sociedad Protectora de Animales, y, aun antes de apear su voluminoso cuerpo, comenzó a gritar: «¿Dónde está el cuidador del caballito?».

Joaquín dejó caer su cornucopia, que comenzaba a derretírsele. Cayó en el suelo al lado de un lío de cohetes que todavía olía a pólvora quemada. En su imaginación, Joaquín volvió por un instante a alguna batalla librada durante su niñez. Incrustado en el barro suave y rojizo, vio con apatía un casquillo de bala: cosa común.

—¿Nos vamos, vos?

—Dame un segundo —dijo Armando, y se apartó de Joaquín para dirigirse a una cabina de teléfono unos metros avenida arriba. Cerca de la cabina estaba un hombre alto y delgado disfrazado de sheriff tejano. Discutía con una mujer (muy atractiva, pensó Joaquín) con la cara llorosa y vestida de rojo, y dos agentes de policía. Después de fingir que hacía una llamada, Armando volvió a donde estaba Joaquín.

—Arrestaron al vaquerito encargado del caballo —dijo Armando cuando desandaban el camino hacia el auto de Joaquín—. Ese viejo disfrazado es el dueño de la tropilla. Saben que fue una Discovery, creo.

Armando se sonrió.

—¿Te importa si la dejo en tu garaje hasta la noche? Mientras tanto, no quiero molestarte. Seguro que tenés cosas que hacer.

—No gran cosa, en realidad. Almuerzo en casa de Elena, como todos los viernes, y a la noche quedé en verme con ella. Pero algo podemos combinar.

Rodaron las Américas abajo hacia el Obelisco y la Reforma.

—¿Elena no te ha dado nada todavía? —dijo Armando inesperadamente.

—Todavía no me lo ha dado todo, lo que es casi lo mismo.

Armando se sonrió.

Siguieron rodando en silencio.

3.

La Reforma.

Paseo de la Reforma.

La despiadada reforma que abolió el derecho de los indígenas guatemaltecos a sus tierras comunales para que fueran convertidas en plantaciones de café, era conmemorada por el nombre de la ancha avenida por donde rodaban —avenida abierta, aplanada y pavimentada por los mismos indígenas cuyas tierras habían sido usurpadas por aquella reforma.

Cuando iban llegando a la calle Montúfar, Armando dijo:

—Dejame aquí. Voy a pensar un poco. ¿A qué hora podemos vernos?

Joaquín detuvo el Cavalier en el carril lateral.

—Llamame a eso de las seis. Si no me encontrás en el apartamento, intentá el celular.

—Lo de la mota, son mil pesos —dijo Armando al apearse—. Cuando podás.

Cerró suavemente la puerta, y se inclinó hacia la ventanilla para hacer a Joaquín el saludo americano de la buena suerte, señalando hacia arriba con ambos pulgares.

Dobló en la 12 calle hacia las torres Géminis 2 (orgullosa copia guatemalteca de las Torres Gemelas de Nueva York), donde tenía su despacho un temible abogado, amigo suyo de tiempos del colegio.

Tomó el ascensor (donde hacía unos años el director de una compañía financiera fraudulenta había asesinado a un socio problemático) y por su cabeza comenzaron a cruzar varios recuerdos. El famoso profesional a quien visitaría en su bufete en el *penthouse* (digan lo que dijeren los puristas, aquello no era un ático) de la torre Géminis 2, Franco Vallina, había sido un niño taimado que recaudaba dinero entre sus compañeros incautos para costear los uniformes de un equipo (fantasma) de fútbol; que cobraba cuotas de protección a los alumnos débiles del autobús escolar. Un muchacho muy hábil que por muy poco dinero había comprado a un profesor con problemas financieros los exámenes de fin de curso, para venderlos a un grupo de estudiantes con problemas académicos con una ganancia colosal. Que... a los treinta años, ya había amasado una pequeña fortuna, y gozaba de gran popularidad entre sus amigos millonarios. Éstos eran auténticos amantes de los riesgos inherentes a la labor de enriquecerse velozmente, o seguir enriqueciéndose, en un país como Guatemala —desde la evasión de obligaciones fiscales y el tráfico de influencias, hasta la trata de niños y el comercio de sustancias controladas. Ahora que había ascendido a las cumbres de la vida social guatemalteca, coleccionaba autos deportivos, y se había aficionado a la aviación (era dueño de una avioneta Bonanza y de un helicóptero Écureuil) y a cierto tipo de mujeres hermosas. Aficiones que salían muy, muy caras.

Su despacho era amplio y resplandeciente, aunque con un decorado más austero que ostentoso. Su secretaria, una cincuentona, muy seria, derecha y digna, tenía un peinado de bola a la moda de hacía treinta años. Era evidente que el trabajo sucio que se hacía aquí no lo hacía esta mujer.

Franco (de nombre no más) Vallina le dio como con asco a Armando una manita pálida y muy cuidada. Pero se sonrió ampliamente al decir:

—¡Qué gusto verte, vos! ¿Qué te trae por aquí?

Armando vio que había perdido bastante pelo desde la última vez que lo visitó, dos años atrás, cuando vino a pedirle un pequeño favor (se trataba de un empleado suyo, arrestado por la guardia forestal con un cargamento ilícito de madera), favor que, Armando recordó, había podido pagar espléndidamente. Como siempre, Armando hizo esta reflexión acerca del licenciado: sus ojos grises recordaban los de un gran pez. Poseía una envidiable inmunidad a los achaques de conciencia, indispensable para todo abogado ambicioso que quisiera abrirse camino en Guatemala. *Abogangsters,* les llamaban aquí a los de su clase.

Invitó a Armando a sentarse en un sillón de cuero.

—Ojalá —le dijo Armando, hundiéndose más de lo esperado al dejarse caer en el sillón— que ya te hubieran hecho ministro, Franquín.

—¿En qué lío estás metido, para que digás algo así? —Con la mano derecha se estiró hacia abajo los bigotes mexicanos.— A ver, a ver.

4.

Tomó el teléfono para hablar con su secretaria.

—Llame a tránsito y averigüe todo lo que pueda sobre un accidente ocurrido en las Américas a eso de las nueve y media de hoy. A ver si tienen placas o más información. Sí, ahora mismo.

Colgó, se pasó la manita por la cabeza.

—Me estoy quedando calvo —se sonrió de un solo lado—. ¿Querés que te diga lo que pienso?

—Para eso vine a verte.

—Lo mejor sería que te fueras, pero ya, de regreso a Cobán.

—Sí, pero... —Fugazmente, a Armando se le ocurrió que el abogado lo aconsejaba mal, para meterlo en algún lío del que le costaría muy caro salir.

—Sí, ¿pero qué? Dejá el carro donde está. ¿Un café, un trago? Mientras Alma nos trae más datos. Ya te digo, yo me iría a casa. Aquí sólo corrés el riesgo de pasar un mal momento, un riesgo que estando lejos no corrés.

—¿Pero y Joaquín?

—No sabe nada, no le pasa nada. ¿Cómo pensabas deshacerte de la camioneta?

—Supongo que abandonándola por ahí.

—Ya es muy tarde para eso.

Alma llamó a la puerta y el licenciado la dejó pasar. Desde el umbral, leyendo de un pequeño bloc de notas, la secretaria comenzó a recitar la información obtenida.

La policía tenía la descripción del vehículo implicado, y dos números (tentativos) de matrícula.

Rosalío Cuj, el responsable del caballito accidentado, había sido detenido por «negligencia criminal» (aunque tenía sólo quince años, apuntó la mujer) y estaba siendo interrogado por orden del Tribunal de Menores.

La familia del niño había contratado a un detective particular para seguir la pista del vehículo fugado.

—Gracias, Almita —dijo Vallina, y la secretaria se retiró.

—Andate a Cobán. No seás baboso. Decile a Joaquín que me llame o si querés lo llamo yo. No tardarán mucho en localizar la camioneta.

Remordiéndole la conciencia porque metía a su amigo en un problema, Armando tomó un taxi para ir a la estación de La Monja Blanca, la línea de autobuses a Cobán. El taxi avanzaba despacio con el tránsito congestionado del caluroso mediodía hacia el centro de la ciudad, y en cada esquina una pandilla de niños se acercaba a ofrecer rosas, chicles, cintas de zapatos, a limpiar los parabrisas o simplemente a mendigar.

De todas formas, como decía el abogado, nada iba a pasarle a Joaquín, pensaba Armando. Lo sentía. Lo sentía de veras, ¡rechingado!

5.

Silvestre era un niño belga que por la voluntad de Dios o una cruel casualidad vino a parar a Guatemala. Su casa, de dos pisos, quedaba en la colonia Las Conchas, en el privilegiado sur de la ciudad. La casa estaba en medio de un pequeño jardín, donde vivía el Bingo, un perro pastor alemán. A Silvestre le gustaba montar a caballo y nadar en la piscina del Club Cabaña del Camino Real. Detestaba el colegio, las planas de castigo y las visitas al ortopedista.

Con la condición de que Silvestre «se comportara», doña Ileana, su madre adoptiva, solía llevarlo, o enviarlo con un hombre que siempre estaba armado y que hacía de chofer, a montar a caballo en las Américas, un día sí y otro no. Pero al llegar la última Navidad —y con ella, una bicicleta que Silvestre no había pedido—, los paseos ecuestres habían sido suprimidos.

En su última carta a los Reyes Magos, Silvestre había escrito que quería un caballo. Montar a caballo —imaginar que era un caballero, un tártaro, un cazador de búfalos o de cabelleras mientras cabalgaba por el angosto bosque de pinos jóvenes o de viejos árboles de hule por el arriate central de la gran avenida— era lo que más le hacía ilusión.

No debo dejar en la calle la bicicleta... —escribía Silvestre por quincuagésima vez, mientras doña Ileana se divertía en una fiesta de cumpleaños. Debía escribir cien veces aquella oración antes del amanecer, si quería que mañana, que era el día del Ejército, y por tanto, fiesta, su madre lo llevara a las Américas a montar a caballo. El

Bingo ladró dos veces. Sonó la cerradura de la puerta del patio trasero, donde se lavaba y planchaba, y que daba al cuarto de Ricarda, la sirvienta. Había dejado entrar a alguien, concluyó Silvestre, y siguió con su plana: ... *la bicicleta que mamá tuvo el detalle de comprarme, fruto del trabajo y sudor de su frente, para regalármela para Navidad...*

Al terminar las planas, en otra hoja de papel, mecánicamente, como entre sueños, Silvestre escribió en francés una oración cuyo significado le escapaba: *Je t'ai racheté et choisi à dessein... Sans que je ne sois souillé de la souillure du suspect...*

Bajó sin hacer ruido de su cuarto al piso principal, y fue a esconderse en la lavandería, para espiar a la sirvienta, con quien no se entendía. Oculto debajo del mueble de planchar, tropezó con un cordón eléctrico. La plancha cayó ruidosamente al suelo. Un momento después, Ricarda y el hombre armado irrumpieron en el cuarto.

—Silvestre —dijo el hombre, y el niño pensó que querrían matarlo.

Porque él los había oído hablar de hacerle daño a su padre.

Faustino Barrondo era el padre adoptivo de Silvestre, y aunque ni siquiera hablaban la misma lengua, para Silvestre era la personificación del benefactor y protector. Hacía mucho que no lo veía. ¿Qué le había pasado?

—No entiendo. No sé hablar español.

El hombre lo tomó de un brazo con violencia.

—Es verdad —dijo Ricarda—. Es francesito. Pero está aprendiendo rápido.

El hombre lo dejó caer, y volviéndose a Ricarda, dijo: «Yo me encargo». Silvestre salió corriendo del cuarto y subió a su dormitorio.

«Van a matarme», se dijo a sí mismo antes de quedarse dormido.

Tuvo una pesadilla. Estaba de nuevo del otro lado del mar. Una casa de techos puntiagudos. Por un agujero en una pared de su cuarto, alguien lo observaba. Él, al darse cuenta, se había ido acercando poco a poco a la pared, arrastrándose por el suelo para evitar que lo vieran. Lo mejor sería no volver a despertarse, pensaba en el sueño. No quería ir a la escuela donde nadie hablaba ni entendía su idioma. Se burlaban de él. Y ahora querían matarlo.

Pero la voz de doña Ileana lo despertó.

Al ver los rayos de sol en el cuarto, supo que ya era tarde, y recordó que no iría a la escuela, pues era día de fiesta. Había terminado las planas la noche anterior, así que doña Ileana tendría que cumplir su promesa, arrancada a base de pucheros y buen comportamiento, de llevarlo a montar a caballo.

Se oía el rugir de aviones y helicópteros que volaban por encima de la capital.

—¿Qué es ese ruido? —dijo el niño.

—Aviones, Silvestre.

Retumbó un cañonazo por el lado de la Guardia de Honor.

—¿Y eso?

—Los cañones —le dijo doña Ileana.

Esto es la guerra, pensó Silvestre, mientras innumerables balitas de agua tibia le acribillaban la espalda. Tendría que vengar la muerte de su verdadero padre, el que estaba del otro lado del mar, el desconocido. Gente enemiga de lengua extraña lo tenía prisionero. Querían arrancarle un secreto. No lo conseguirían. Porque ni siquiera él —ahora que lo pensaba, enjabonándose los dedos de los pies— sabía cuál era el secreto que querían arrancarle.

—Vamos, Silvestre —dijo doña Ileana—. Apúrate. Tengo que ir a trabajar.

El chofer, su enemigo, había puesto en marcha el automóvil.

—Silvestre, ¡vámonos, por Dios! —gritó doña Ileana.

Por encima de las Américas, una escuadra de aviones de caza atravesaba el cielo dejando estelas de humo blanco. La flor de lis. La hoja muerta. Rizos. Picados. Barrenos.

Estacionaron a un costado de la plaza San Martín y el chofer acompañó a Silvestre a hacer la cola para montar a caballo. Doña Ileana se quedó en la Trooper, escuchando música y hablando por su celular.

El chofer era un enemigo peligroso. Pero todos, en realidad, lo eran. Tendría que eliminarlos —pensaba Silvestre—, no debía quedar uno solo en toda la ciudad. Con uno solo que dejara vivo, no estaría a salvo.

Montó, como siempre, un caballito pinto, su favorito. Con las riendas en la mano, bien apoyado en los estribos con los talones bajos, inclinado hacia adelante, fustigó a su cabalgadura, y empezó a galopar. El muchacho que cuidaba del caballito, que corría junto a él, recibió de pronto un riendazo en la cara, y Silvestre sintió un bullir de gusto al oír el cuero restallar sobre otra cara enemiga.

Mira a ese niño delante de ti, en una moto (de alquiler). ¡Destrúyelo! No ha de quedar uno solo. Cortarás su cabellera. Mira, otro: huye a caballo, pero el pinto es más veloz. Ya le has dado alcance. Ahora, golpéalo.

—¡Mami! —gritó el niño, y rompió a llorar—. Ese del caballito pinto me pasó pegando.

Silvestre no hizo caso. A la próxima vuelta habría que sacar la cerbatana.

Lista. Apúntale a la nuca a ese gordito que monta bicicleta. ¡Bien!

Allí hay otro. Es un niño de la calle. Una cabellera más. Pero mira, a éste lo conoces, le dicen el Esponja. Es amigo, uno de los pocos. Déjalo estar.

El caballito pinto viró inesperadamente. Un hombre había salido de detrás de un árbol de hule. Una explosión, una ráfaga de cohetes, ¿o de balas? Un rechinar de neumáticos. Una bocina. ¡Crack!

6.

Un almuerzo familiar guatemalteco. Una familia enriquecida a base de sudor (y algunas gotas de sangre) pero eso había ocurrido hacía mucho tiempo. Esta familia no vivía del crimen, sino de sus rentas.

Los almuerzos familiares en casa de Elena, donde solían convergir tres generaciones de Casasolas, eran ocasiones ruidosas, regadas con abundante vino. El volumen de las voces iba aumentando gradualmente, para terminar en un griterío final jocoso o trágico, según los ánimos o el estado de las cosas.

A veces, durante una de estas reuniones al padre de Elena, don Gregorio, le gustaba mortificar a su esposa, doña Rita, o a otro de sus comensales —por simple aburrimiento o para llevar a cabo un pequeño y complicado ajuste de cuentas emocional. Los guatemaltecos eran el resultado de una mezcla de dos (o tres) pueblos, en la cual los elementos negativos de cada uno se combinaban para excluir sus virtudes —decía, si era a doña Rita a quien quería molestar. O: la mujer que bebe y fuma, a la cama se va, decía, si su blanco era Inés, gran bebedora y fumadora, y madre soltera de dos niños de diferentes padres. Hoy la había emprendido contra Elena, que acababa de decir que no entendía cómo en Guatemala se podía festejar aún el día de aquel ejército criminal y sanguinario. Más que motivo de celebraciones, a ella le parecía que la historia militar de Guatemala era motivo de vergüenza. ¿Por qué no celebraban el día del guerrillero también?

—Bueno —dijo don Gregorio—. Lo que el pueblo quiere sobre todo es saber dónde se encuentra. Y parece que debajo de la bota no se encuentran tan mal. Se han acostumbrado, después de tanto tiempo.

Elena —la última descendiente de un aventurero español transplantado a tierra americana hacía cuatro siglos— se irguió en la silla para protestar. Era la primera periodista en aquella extensa y todavía poderosa familia —el fruto imprevisible de un Progreso en el que sus antepasados nunca quisieron creer.

—Todo eso —dijo— está cambiando.

—Sin duda —replicó con ironía don Gregorio—. Gracias a tus amigos de la prensa.

En el espacio que mediaba entre los platos fuertes y los postres, como era ya costumbre en su casa, don Gregorio encendió el televisor, y la familia guardó silencio un momento para escuchar las noticias «de la competencia» —como don Gregorio llamaba a la televisión desde que su hija menor se dedicaba al periodismo escrito. Elena dijo que la deprimía la forma en que los telediarios explotaban cada detalle de la instalación y estreno de un nuevo módulo de inyección letal. Y luego Inés, comentando la noticia del niño atropellado esa mañana en las Américas, dijo que esperaba que la policía capturara al conductor. Que no se hubiera detenido le parecía imperdonable, sobre todo tratándose de un niño. Don Gregorio dijo que, sin duda, Inés tenía razón, pero tal vez también él mismo se habría dado a la fuga, ya que como estaban las cosas, detenerse en aquellas circunstancias, con una turba en los alrededores como la que debía congregarse en las Américas un día de fiesta como aquél, era exponerse a un linchamiento. A doña Rita la impresionó la noticia. El niño Silvestre Barrondo había sido internado en el Hospital Militar, y estaba en trance de muerte.

—Es raro, pero por algo ese nombre me suena familiar —dijo, y miró a Joaquín por encima de su dulce de duraznos—. ¿No es un compañerito tuyo, Eduardo? —le preguntó luego a uno de sus nietos, el que, sin dejar de comer y sin alzar la vista, dijo no con la cabeza.

«Armando —pensó Joaquín mientras ponía azúcar en su café— va a meterme en un problemón».

El señor Casasola pasó a interrogar a Joaquín acerca de sus actividades universitarias (una ficción).

—Déjalo tranquilo —intervino Elena—. Hemos comido en paz, ¿para qué vas a comenzar?

—Tenés razón —le dijo el padre—. Que se siente en su vida, si quiere.

Y esta vez no se explayó a su gusto vaticinando para su sobrino una vida arruinada por sus malas amistades, sus dudosas costumbres y hábitos irregulares, sus teorías disolventes, su pereza sin parangón y su perfecta falta de interés aun en los negocios familiares —sino que desvió la conversación para comenzar a discutir cómo celebrarían el septuagésimo cumpleaños de doña Rita. De modo que los Casasola pasaron a hablar de sus platos y bebidas favoritos, de los grupos musicales que podrían ser contratados para amenizar la ocasión, de los parientes que serían invitados y de los que no.

Elena preguntó después:

—Papi, la nueva masajista, aquella que le recomendé, ¿qué tal?

—Buenísima. Pero tu mamá está un poco celosa.

Doña Rita replicó:

—Eso son puras mentiras.

—En cualquier caso —dijo el señor Casasola, haciendo un gesto obsceno—, es una maravilla.

—¡No sea así, papá! —exclamó Inés—. Hay niños en la mesa.

—Así se hacen los niños. No hay por qué escandalizarse. Ya estamos en la modernidad —se sonrió con sarcasmo—. Ya llegamos al dos mil.

—Ya no le den más vino —dijo en voz baja Joaquín—, que no le está cayendo bien.

—Sí —dijo Elena—. Y cambiemos otra vez de tema, por favor.

—Tu prima maneja demasiado rápido —le dijo entonces don Gregorio a Joaquín—. Ya sabemos que tiene que volar detrás de las noticias, pero... es un atentado. Yo quisiera que anduviera con chofer.

Elena se rió. Su Sky Lark, dijo, no volaba, ni corría: se arrastraba.

Joaquín se levantó de la mesa para llamar por teléfono a Armando. Marcó el número de su celular, pero Armando no contestó. Una grabación le informó que el usuario no estaba disponible, y le agradeció que utilizara los servicios de Unicel.

Camino del apartamento, Joaquín se detuvo en una tienda de abarrotes y, pensando en su huésped cobanero, compró raciones dobles de alimentos, y una botella de ron.

7.

—Arriba en el lobby hay un señor que quiere verlo —le dijo el guardia apostado a la puerta de la garita del estacionamiento subterráneo.

Joaquín sintió una minúscula puñalada de miedo.

—¿Le dijo acerca de qué?

—Dice que es por esa camionetilla. —Con la cabeza señaló en dirección a la Discovery.— Que le habían dicho que estaba en venta. Yo le expliqué que no era suya. Dijo que iba a esperarlo un rato. Creo que todavía está allí.

—¿Y el de Cobán no ha regresado?

—Me parece que no.

Joaquín fue a estacionar al lado de la Discovery y tomó el ascensor hasta su piso. Cuando entraba en el apartamento, sintió un olor a mariguana quemada que flotaba todavía en el aire. El intercomunicador comenzó a sonar. Antes de contestar, fue a su escritorio. Había cuatro recados en el contestador. Puso a andar la grabadora, mientras el timbre del intercomunicador hacía una pausa y volvía a sonar. Escuchó el mensaje de Armando, enviado poco después de mediodía, supuestamente desde Cobán. (Vaya broma, pensó con enojo Joaquín.) Un amigo le mandaba saludos desde Madrid. Otro recado de Armando, la voz grave, como apagada. Le urgía hablar con Joaquín, para explicarse. ¿Podía llamarlo de inmediato a las oficinas de su beneficio en Cobán? Estaría allí toda la tarde, aguardando la llamada de Joaquín. Luego, Elena, que ya estaba en el periódico. Estaría libre para cenar con él. Después quería ir a celebrar el cumpleaños de un colega periodista en algún bar del centro.

Aturdido, fue a contestar el intercomunicador.

«Buenas tardes, don Joaquín. Aquí hay un don que está interesado en comprar la Discovery que está en su parqueo y desea hablarle.»

«Dígale que no es mía, y que no está en venta, por favor.»

Oyó al recepcionista repetir sus palabras, y luego:

«Dice el señor que si puede subir a hablarle un momento.»

«No, lo siento —dijo Joaquín—. Dígale que disculpe, estoy muy ocupado, ahora mismo tengo que volver a salir».

«Dice que será sólo un momento, que es urgente.»

«Dígale que lo siento.»

Colgó, y se quedó mirando el aparato, seguro de que sonaría una vez más —como lo hizo. En ese instante, sus pensamientos volaron muy por delante de él.

Miró por la ventana las fabulosas formaciones de nubes en el horizonte más distante. La cadena de razonamientos que intentaba poner en orden había llegado a su final: «Tenés que largarte de aquí».

Fue a ver qué hora era en un despertador portátil que había quedado enterrado bajo unos libros a medio leer sobre la mesa rústica de su escritorio. Eran apenas las tres. Ya en la calle, pensó, llamaría a Elena por el celular; refaccionaba esa tarde con unas amigas de su club de tenis. ¿Podían encontrarse alrededor de las seis? ¿Podría pasar por él a los cines Magic Place?

Resuelto a pasar dos o tres días fuera de casa, metió en un maletín dos mudas y su estuche de baño. Iba a echar en el tazón del inodoro la hierba recién comprada, cuando el teléfono comenzó a sonar. No pensaba responder, hasta que oyó la voz de Armando en el contestador.

«Todo va a salir bien. Te explico. La Discovery no está a mi nombre. Está a nombre de uno de mis empleados, alguien de mi confianza. Pedro Ramírez, ¿ya? Así mi nombre no aparece, que quedaría muy mal. Con el seguro no hay problema, eso es lo importante. Ya hablé con un abogado, Franco Vallina, ¿okey? Nos va a asesorar. Él me aconsejó lo de Pedro, para ahorrarme los trámites y los disgustos. Sí, y el color. Se va a hacer rico Pedro, con esta broma. La historia es ésta: Pedro tomó la Discovery hoy de madrugada, yo no estaba al tanto. Pensando que se la habían robado, hice la denuncia. Aquél tuvo el accidente, se asustó, y fue a dejarla a tu garaje, que conocía gracias a mí, ¿te parece? Vos sos inocente. Mirá, si querés podés venir a refugiarte con nosotros, nadie va a arrestarte aquí en Cobán.»

«Hijo de once mil —le dijo Joaquín—, ¿qué estás haciendo en Cobán? Ahorita está aquí abajo un oreja. De alguna manera averiguó que la Discovery estaba aquí. Dice que le dijeron que está en venta y la quiere comprar. Sos un hueco. Qué se supone que voy a hacer».

«Tranquilizate, todo está bajo control. Decí que vos no sabés nada de nada. Apuntá el número de Franco, vas a necesitarlo. Me dijo que lo llamaras si hacía falta.»

Joaquín colgó. Cerró el maletín y se dispuso a salir del apartamento.

8.

El aspecto del hombrecito que vio al abrir la puerta le causó una sacudida de sorpresa. Era bajo y delgado, de piel oscura, e increíblemente feo. Vestía una camiseta negra y pantalones Levi's desteñidos. Después del primer choque, que le causó repugnancia, la reacción de Joaquín fue de una extraña ternura. Orejas enormes, ojos saltones, dientes amarillos y separados; y, sin embargo, el conjunto resultaba en cierta manera armonioso.

—Buenas tardes, don Joaquín —dijo cortésmente—. Emilio Rastelli. Me imagino que sabe por qué quería verlo. —Su voz era metálica pero bien modulada.

—Me confunde con otra persona —dijo Joaquín.

—Ya me han explicado los guardias que esa Discovery no es suya y que usted estuvo aquí casi toda la mañana. Espero que no le moleste demasiado mi insistencia, pero creo que sería bueno aclarar un par de cosas, para evitar complicaciones, usted me entiende.

—No sé de qué me está hablando. —Joaquín oprimió el botón para llamar el ascensor.

Rastelli se puso una mano, pequeña y deforme, en el pecho, ligeramente hundido, con una expresión al mismo tiempo de energía y fragilidad. Husmeó varias veces el aire dirigiendo su enorme nariz hacia la puerta del apartamento de Joaquín. Doblaba con nerviosidad los dedos de una mano regordeta, haciendo presión contra el pecho.

—No huele mal aquí —dijo con una sonrisa que al principio Joaquín no supo cómo interpretar pero que un instante más tarde lo llenó de temor: aun allí, en el descansillo, había un ligero olor a mariguana—. Nada mal.

Joaquín volvió la cabeza hacia la ventana al lado del ascensor, para disimular su desconcierto. Debía andarse con cuidado con Rastelli. A lo lejos, en una aldea del otro lado del barranco de Hincapié, se veía una pequeña iglesia evangélica, pintada de verde esmeralda y rematada con una gran cruz blanca. Rastelli dijo:

—Bonita vista, ¿eh? Mire qué nubes. ¿No le molestan los aviones?

—Ya no los oigo.

—Es una suerte.

Un vasto frente de nubarrones avanzaba rápidamente desde la costa, y los distintos verdes de los montes oscurecían hasta llegar a convertirse en negros. Por el lado de las cañadas, se veían aquí y allá aludes de basura y plumones de humo de leña que denunciaban la presencia de caseríos pobres.

Rastelli apartó la vista de la ventana y miró fijamente a Joaquín.

—Usted sabe, la Discovery azul que está en su garaje tiene orden de captura, don Joaquín. Sí, sí, le creo, usted no sabe nada.

—Debe de ser una equivocación —Joaquín reaccionó—. Yo conozco al dueño.

—Ya lo sé. Es un amigo suyo, de Cobán. Me lo dijeron los muchachos. —Miró hacia abajo.— Este amigo, ¿sabe usted dónde está?

—No estoy seguro. Creo que no quiero continuar esta conversación.

—Veo —dijo Rastelli. Se tocó el sobaco con una mano, y a Joaquín le pareció oír un clic, pero no podía estar seguro; en todo caso, podía estar grabando la conversación—. A ver, le cuento —prosiguió Rastelli—. Alguien, ¿tal vez su amigo cobanero?, atropelló esta mañana a un niño en las Américas, con esta Discovery. —Se sacó una ficha de apuntes de un bolsillo y leyó la información que había recabado en las dos o tres horas que llevaba su investigación. Había encontrado crines de caballo en el parachoques —dijo— y, en la parte inferior del chasis, restos de lo que él estaba dispuesto a jurar que era sangre.

Esto, pensó Joaquín, es una provocación. Él mismo comprobó que en la Discovery no quedaba ninguna señal del accidente.

—No sé de qué está hablando —repitió.

—Se trataba de un niño de unos seis años —continuó Rastelli, guardándose la ficha—. La cosa, como comprenderá, es bastante seria. Le aconsejo que se busque un abogado. Si la policía lo encuentra, a usted, quiero decir, podrían arrestarlo. Yo no soy policía. Trabajo para la familia de Silvestre. ¿Ese olor —volvió a husmear el aire, antes de entrar con Joaquín en el ascensor— no es mariguana? Olvídelo. Yo hago mi trabajo. Usted me ayuda, yo lo ayudo. Y bueno, para qué hablar más. —De otro bolsillo sacó una tarjeta de presentación.— Si quiere contarme algo, aquí me encuentra. Este su amigo, ¿por qué huiría? Ya lo sé, es la típica reacción. Todavía está a tiempo de entregarse. Dígaselo, le haría un gran favor. Y mientras antes lo haga, menos grave. Bueno, don Joaquín. Ha sido usted muy amable. ¿No baja aquí? Ah, sigue hasta el sótano. Cuídese y adiós. De sus guardias, digo. —Se sonrió y salió del ascensor.— No se puede confiar en esa gente.

Las puertas del elevador se cerraron, como solían, muy rápidamente.

9.

El inspector Rastelli, además de estar marcado por su fealdad, lo estaba por una inteligencia en extremo penetrante. Era ateo (estaba convencido) y según él esto constituía una clara ventaja moral e intelectual sobre la mayoría de sus conciudadanos, religiosos y fanáticos por inclinación natural. Él no veía futuro alguno para «el hombre», no soñaba con un mundo pacífico. Estaba en paz consigo mismo, eso sí.

En esencia amaba a su país —aunque fuera lo que se decía un país arrabal—, pero si en sus manos hubiera estado, habría suprimido (mediante un mínimo de violencia) a tres cuartas partes de la población, por el bien general —que nada tenía que ver con la estadística, «esa superstición», ni con la democracia, esa enorme farsa.

Él tenía —se decía a sí mismo en sus mejores momentos— alma de fiera. Despreciaba a la mayoría de sus clientes, que eran gente rica. Pero era tolerante. Y tampoco la gente pobre le inspiraba un cariño exagerado. Para él, que las acciones de los hombres cayeran a la derecha o a la izquierda del filo de la navaja ética, obedecía sobre todo a razones fisiológicas.

Por inclinación —igual que tantos policías antes que él— pudo llegar a ser médico o investigador científico, pero la carencia de recursos y el medio en que había crecido lo convirtieron en detective.

Rastelli salió del despacho del licenciado Vallina satisfecho de que su instinto no le hubiera engañado al hacerle creer que Joaquín era inocente, que sólo encubría a un amigo. Suponía —pero acerca de esto cambiaría de opinión— que la madre del niño, después de que dos o tres detalles acerca de la Discovery fueran aclarados, no tendría mayor dificultad para cobrar beneficios mortuorios de la compañía aseguradora (lo más probable, pensaba Rastelli, era que Silvestre muriera), o una compensación por el accidente. Descendió al estacionamiento, donde había dejado su viejo BMW, y se dirigió al Centro Comercial los Próceres (de la dudosa independencia nacional), donde su cliente, doña Ileana de Barrondo, tenía una boutique de bolsos y accesorios de piel para señoras.

En la boutique Bajo la Piel la iluminación halógena, el decorado abstracto, la música de Frank Sinatra que brotaba de altavoces ocultos detrás de macetas con plantas tropicales, todo hacía pensar en una boutique de gran ciudad. Olía a cuero fino (bien curado, mal habido), a cera de lustrar, y a perfume caro. La señora Ileana, sentada a una mesa de mármol negro en el fondo de la boutique, estaba ocupada haciendo cuentas, al mismo tiempo que hablaba por teléfono. «No, chula. Cómo se te ocurre. Si mando blindarlo voy a andar como tortuga, si tiene un motor mil seiscientos. Con los vidrios polarizados basta. Está loca. ¿A Semuc? ¿En helicóptero? —Rastelli, impaciente, abrió y cerró un cofrecito de nácar que estaba al borde de la mesa; doña Ileana le disparó una mirada.— No sabía que su John hubiera triunfado hasta ese punto. No lo habría pensado —se rió—. Bueno. Buen viaje. Hasta la vuelta».

—Un momentito —dijo después de colgar. Trazó dos líneas rojas debajo de una columna de números, y por fin alzó la cabeza—. Disculpe, inspector. Siéntese. ¡Miriam! —gritó, dirigiendo la voz a un cubículo lateral desde el que llegaban ruidos de cajas de cartón y un frufrú de papel celofán.

Miriam, una chica menuda con maquillaje y figura de *barbie* (de maíz), acudió moviendo las caderas (de una manera extrasexy, Rastelli pensó).

—Sí, doña Ileana.

Rastelli la saludó, haciendo un esfuerzo por no recorrer con los ojos su cuerpo como hubiera querido, de pies a cabeza.

—Un cafecito, ¿verdad, inspector? —preguntó doña Ileana, y mandó a Miriam por dos cafés—. ¡Y tómate tu tiempo! —le recomendó cuando salía de la boutique.

Rastelli le preguntó a la señora si podía quitar la música, que le molestaba, y ella se levantó para ir a apagarla detrás de un biombo taiwanés. Se había trenzado la cabellera y se había cambiado de ropa; ahora vestía toda de negro, llevaba medias negras. Esto —se dijo a sí mismo el inspector— no la hacía menos atractiva. Apagado el estéreo, fue hasta la puerta y echó el pasador.

—Mejor así, ¿no le parece? —dijo, y regresó a sentarse a la mesa de mármol frente al inspector.

—¿Cómo sigue el niño?

—Mejor, gracias. Ha vuelto en sí. Parece que después de todo la cosa no es tan grave, gracias a Dios.

—Eso es una gratísima sorpresa. La radio y la televisión han dicho otra cosa.

—Esperemos que no tenga una recaída.

—Acerca del vehículo —dijo Rastelli—, todo parece ir sobre ruedas. —Se sonrió.— Tenemos orden de captura y todos los datos del dueño de la Discovery. He hablado con el abogado que lo representa. Está asegurado, y a menos que surjan complicaciones, cosa que no preveo, no habrá dificultad para cobrar.

—Muy bien. Y acerca de lo otro, ¿hay algo, inspector?

10.

Lo otro.

El inspector, como solía hacer al ponerse tenso, flexionó los dedos de su mano izquierda hasta casi hacer que sus uñas tocaran el antebrazo.

—Lo otro, pues sí —comenzó, echándose hacia atrás bruscamente en la silla y dejando caer los brazos hasta el suelo. Alzó una sola ceja, gesto al que doña Ileana reaccionó con un parpadeo.

—¿Sí?

—Dos o tres cositas, antes de comenzar, si lo permite.

—Claro. —La cara de la mujer se puso seria, si no trágica; ahora comenzaba otra clase de juego.

—Su hijo, Silvestre, no es su hijo carnal.

—No, no lo es. Pero… no es para que averiguara eso que le pago.

—No, claro que no. Pero esas cosas salen a relucir. Necesito tener el cuadro, digamos, tan completo y claro como pueda.

—A ver, ¿qué más quiere saber?

—Tampoco es hijo de su esposo.

—Mi ex. Lo adoptamos, inspector.

—¿Se ha divorciado? Pero ¿conserva el apellido de casada?

—Por conveniencias personales.

—¿Cuánto hace de la adopción?

—Poco más de un año.

—O sea que tenía seis.

—Nunca estuve muy segura. Usted ha visto al niño.

—Inconsciente, sí. Disculpe, señora, ¿puede decirme el porqué de la adopción?

Doña Ileana bajó la cabeza para decir:

—Yo soy estéril, inspector.

—Ya —dijo Rastelli, observándola—. Lo siento.

—No se preocupe. ¿Eso era todo?

—Algo más. ¿De quién lo adoptaron?

—Eso es algo —dijo ella— que no puedo decirle, porque yo misma no lo sé. Faustino se ocupó de todo eso. Yo no quise saber nada. ¿Es importante?

—Nunca se sabe —se sonrió el inspector.

—Pues averígüelo.

Miriam estaba a la puerta, con los cafés. Doña Ileana le hizo señas para que aguardara un poco, pero se puso de pie.

—¿Me está pidiendo que investiguemos a su ex marido?

El ex de doña Ileana era un joven y conocido (por ambicioso) empresario de la línea más dura.

—No, por supuesto que no —dijo ella al comenzar a caminar hacia la puerta—. Pero digamos que no se lo prohíbo.

Miriam entró, dijo algo acerca de la música, dejó los cafés con su fuerte aroma en la mesa de mármol, hizo un guiño al inspector, y volvió a introducirse en su cubículo.

La señora subió otra vez el volumen de la música.

—¿Supongo que va a querer su cheque?

Rastelli se rascó la cabeza.

—Eso fue lo que acordamos.

La señora se sentó, sacó su chequera del Banco del Ejército y la abrió con parsimonia, escribió el nombre de Rastelli y un número de cinco cifras y lo firmó con una rúbrica elaboradísima. Signo, pensó el inspector, de cierta inseguridad.

11.

El inspector hizo virar lentamente su viejo BMW y salió del estrecho carril del cajero automático del Banco del Ejército, mientras se inclinaba sobre el asiento del copiloto para esconder en el forro de la portezuela, donde guardaba también un arma de fuego, el fajo de billetes que acababa de contar. Bajó por la Sexta Avenida hacia el bulevar Liberación (conmemorativo del derrocamiento del primer intento de gobierno democrático en el istmo) para desembocar en la avenida de Hincapié. Dobló hacia las Américas: nuestra avenida de las Américas, «que no tenía nada que envidiar a su homónima neoyorquina» (ja, ja). Para el inspector, las Américas aludía también a la famosa Escuela de las Américas, en Carolina del Norte, donde algunos de los militares guatemaltecos más sanguinarios de la historia reciente habían recibido instrucción especial en técnicas de penetración en la sociedad civil, lavado de cerebros y tortura. A lo largo de esta avenida, en aquel bosquecillo de cipreses del Líbano en el amplio arriate central, aparecieron los primeros cadáveres de víctimas de las operaciones de limpieza político-social, más de treinta años atrás, recordaba el inspector. Apartó la mirada; una mujer demente, bastante joven, morena y muy sucia, se había acuclillado cerca de un viejo árbol de yuca, y se arremangó la falda para mostrar las nalgas y defecar.

Al acercarse a Pops, comenzó a rodar muy despacio, cuan despacio era posible sin llegar a interrumpir el tráfico, observando a derecha —la boutique para novias llamada Vírgenes, el restaurante Mongolia, un centro comercial transplantado directamente de los USA— y a izquierda —la gente que paseaba por el arriate central; los niños de la calle que vendían chicles o rosas o mendigaban; los vendedores de coca; los informantes de las diferentes policías (nacionales, privadas y, hoy en día, también internacionales); las familias, que se movían en grupo, las sirvientas en día libre que se ocultaban tras los árboles con sus ávidos enamorados; los vendedores de globos o algodón de azúcar, de matracas, poporopos, perros calientes, tamales, enchiladas y distintas clases de atol. A pocos metros de la plaza de Colombia, el inspector estacionó el BMW y apagó el motor.

Más allá del pozo de agua municipal, en el arriate central, estaba uno de los negocios de caballitos de alquiler.

Antes de llegar a Pops, ya había detectado a unos doce informantes que deambulaban por aquellos jardines; siete de ellos eran niños de entre cinco y diez años de edad. Aquella mujer que vendía jabones podía ser confidente de la 2 —la temible Dirección de Inteligencia Militar— pero no estaba seguro. Además de informantes, había varios guardaespaldas (que solían ser agentes dobles) haciendo de niñeras para los hijos de sus jefas, que aguardaban cerca de allí en automóviles con vidrios polarizados.

El Golden Shower —un niño zambo que solía orinarse en las manecillas de las portezuelas de los automovilistas que no le confiaban sus vehículos o que rehusaban pagarle la tarifa corriente a él o a alguno de sus colegas— se acercó al BMW. Vestía un pantalón de boy-scout dos o tres tallas más grandes que la suya, sostenido en su lugar por un cinturón de pita atado con un nudo, y una camiseta raída y sucia Tommy Hilfiger. Su cabello era negro e hirsuto; su cara, angulosa y alargada. Caminaba despacio con unos zapatos viejos de cuero negro y no llevaba calcetas. Se inclinó sobre la ventanilla del BMW. Alrededor de la boca tenía manchas de helado de fresa.

—¿Qué onda? —dijo.

—Eso te pregunto yo.

—Nada, jefe. Sólo esa historia del vaquero.

—¿Quién decís que lo vio?

—El Esponja. —Se irguió y volvió la cabeza para señalar a un niño pequeño con gorra de béisbol que cuidaba carros del otro lado de la ancha avenida; ahora estaba practicando patadas de karateka contra las raíces aéreas de un viejo árbol de hule.— Allá está.

—Voy a hablarle.

El inspector arrancó. En la plaza Costa Rica dio la vuelta para regresar por la vía del norte.

El Esponja había contado al Golden Shower que creía haber visto a un hombre que daba dinero a uno de los vaqueros del Jacal, y el Golden había sugerido que pudo ser el que cuidaba al caballito accidentado. El uso de la palabra *creía* había llamado la atención del inspector.

El Esponja, un niñito malnutrido de ojos zarcos y piel clara y pecosa, debía de ser uno de los miembros más jóvenes de la vasta cofradía de soplones guatemaltecos, en la que la mayoría de los cofrades no se conocían entre sí. Tendría, como mucho, cinco años; era hiperactivo y malicioso.

El inspector le hizo señas, y el niño se fue corriendo detrás del BMW rampa arriba hasta el estacionamiento de un supermercado estilo californiano. Entraron en el supermercado, el niño empujando una carretilla de compras, para disimular. Caminando entre las góndolas de comestibles, mientras interrogaba al niño, el inspector iba comparando precios de verduras, pastas, cereales.

De pronto, un hombre de aspecto torvo y sombrero blanco de ala ancha miró al Esponja, y éste se detuvo de golpe, como buscando por dónde huir. El hombre avanzó hacia el niño con semblante amenazador, y el Esponja se pegó a las piernas de Rastelli.

—Ya vas a ver, pisadito —dijo el hombre—. Te vamos a capar.

—¿Se puede saber qué pasa? —preguntó tan cortésmente como pudo el inspector.

—Usted no sea metiche, viejo —le dijo el otro—. Yo conozco a este cabrón. De mí no se va a reír. —Señaló con un dedo al Esponja.— Ya vas a ver.

—¿Le hiciste algo a este señor? —el inspector le preguntó al Esponja.

El niño negó con la cabeza.

—Ya se lo dije, viejo, no se meta. Esto es entre él y yo.

Rastelli tuvo que reírse, pero estaba alarmado. Este hombre (había que verle el bulto bajo la camisa) era un matón; uno de esos pistoleros a sueldo que en los tiempos de vacas flacas ajustaban sus ingresos con una o dos muertes suplementarias.

—Pero, señor —dijo aparentando calma—, ¿no ve que es un niño? Si, como usted dice, le ha robado algo, haga la denuncia, llame a la policía. Pero…

El otro lo cortó:

—Haga sho la trompa, viejo. —Y al niño—: Afuera voy a estar.

Giró sobre los talones de sus botas tejanas, atravesó la fila de cajas registradoras y empujó con violencia una puerta de vidrio para salir del supermercado.

—A ver, Esponja —dijo el inspector, y apartó al niño hacia un rincón—, contame.

—Ese hombre es malo. Tiene un jaguarcito tatuado en la muñeca. ¿No se lo vio?

—¿Le robaste algo?

—No, se lo juro que no.

—¿Y entonces?

—Andaba con el que le dio el pisto al caballero.

—¿Qué caballero?

—El de los caballitos.

—Ah. ¿Vos lo viste?

—Sí.

—¿Dónde le dio el dinero?

—Allí —dijo el niño, mirando hacia la avenida—. Por Puerto Madero, ese restaurante. Le juro que lo vi.

—¿Y no viste qué hizo el patojo con el dinero?

—No, jefe, de eso no vi nada.

—Ya sabés que se lo llevaron, a ése. Y lo registraron. No tenía encima ni un centavo. ¿No lo viste, por casualidad, esconder el dinero?

Los ojos del niño, por un instante, se agrandaron. Sacudió la cabeza y dijo «No».

—¿Vos viste el accidente?

El Esponja movió afirmativamente la cabeza.

—Y el niño que atropellaron, lo viste.

—A ése lo conocíamos, mi jefe. Venía de otro lado pero era bien arrecho. Jugábamos a veces chamuscas de fut. Mire estos zapatos, él me los dio. Pero su mamá era muy enojada. Lo castigaba a cada rato. Él se escapaba de su casa, por aquí por Las Conchas, y nos decía que era más alegre ser niño de la calle que niño rico.

—Pajas, Esponja, pero está bien. ¿Seguro que no viste dónde escondió el dinero?

De pronto, el inspector se agachó y tomó al niño por la cintura con un brazo y lo levantó del suelo bruscamente, para arrancarle uno de los zapatos —en el interior del cual el Esponja tenía un rollito de cinco billetes de cien quetzales.

—Niño baboso —le dijo el inspector, devolviéndolo al suelo—. Por esto te pueden matar, tal vez van a matarte y aunque yo quisiera no te podría defender.

Dejó caer el zapatito sucio al suelo, y le devolvió el dinero al niño. Tomó de la carretilla una cerveza fría y se dirigió a la caja. Pagó y salió del supermercado. Miró alrededor, en busca del matón, pero no lo vio. Ya en el auto, abrió la cerveza con un llavín y bebió.

El Esponja salió corriendo del supermercado y tocó la ventanilla del BMW con una manita pegajosa.

—Deme un aventón, jefe, por vida suya, a cualquier parte. Se lo ruego.

El inspector terminó de beber la cerveza, y, sin volverse a mirar al Esponja, movió negativamente la cabeza.

12.

Joaquín rodeó el parque de Berlín y anduvo hacia la plaza de la Cruz. Iba pensando en que ahora tenía una razón más para largarse de allí. La visión de la alta y oscura silueta de Juan Pablo II con los brazos extendidos le pareció más siniestra que nunca. En las Américas la gente seguía perdiendo el tiempo, celebrando el día del ejército guatemalteco.

Las familias de paseantes, la variedad de muestras de basura, los pinos enclenques, los sanates negros que chillaban, todo esto le hacía sentirse contento al pensar que pronto, con un poco de suerte, estaría muy lejos de allí. Los caballitos y las motos de alquiler seguían trabajando; una larga fila de pequeños clientes se extendía al pie del monumento a Simón Bolívar.

Las holladuras de los caballitos, los carruajes de cabras y las motos habían hecho una pista de lodo en la gramilla. Joaquín estuvo observando las huellas un rato, pero esto le causó un ligero mareo, como el que se siente al seguir con detenimiento las líneas de un sistema de escritura que no se comprende.

Se sentó a descansar a la sombra de un árbol, y entonces sonó el celular.

«¿Joaquín?, te habla Franco Vallina. Armando me dio tu número. ¿Cómo estamos?»

«Sin comentarios.»

«Bueno, bueno. No es para tanto. ¿Sabés dónde tengo mi despacho? ¿Podés pasar por aquí?»

«Podría estar allí en media hora. Estoy sin carro.»

«No, no. Ya sería un poco tarde para mí. ¿Mañana temprano por la mañana te parece bien? Pues quedamos. No hay mucho que podamos hacer mientras tanto. Eso sí, para evitar un disgusto, es mejor que no vayás por tu casa. ¿Lo habías pensado? Pues muy bien. ¿Tenés adónde ir? Podés estar tranquilo. Con dinero, esto se arregla.»

13.

Joaquín había seguido la lastimera acción de la película sin interés. Decidió abandonar el país, pero no quería irse sin Elena. ¿Accedería a acompañarlo? Podían ir a España. Pero, claro, aún hacía falta salvar cierta distancia —la que separa el término amigo del término amante— para poder hacerle tal proposición.

Cuando las luces de la sala se encendieron, vio que estaba solo. Era el único que había aguantado hasta el final. Al salir de nuevo a la luz acuosa del atardecer, vio a Elena, que le pareció muy frágil y pequeña al lado de la oscura estatua de Darth Vader.

—¿Qué pasa?

Bajaron las gradas y subieron en el Sky Lark.

—Dime qué te pasa.

—Nada bueno. Es el trabajo.

—¿Otra vez tu jefe?

Ella asintió con una mueca. Joaquín lo había dicho ya en una ocasión: «No debería dirigir un periódico, sino un equipo de softball». Para elevar a un grado más alto la figura de Joaquín, Elena parafraseó a Balzac: «Si el negocio no fuera suyo, no sería capaz de dirigir un equipo de barrenderos municipales».

Jorge Raúl Medroso era el director-redactor en jefe-propietario-gerente del diario *El Independiente* (je, je). El último heredero de una familia dedicada al periodismo durante tres generaciones, se había convertido en una especie de marqués local de la noticia y la opinión. No escribía (una mujer lo hacía, cuando resultaba absolutamente necesario, en su lugar) pero tenía cuatro caras, por lo menos. Se jactaba de ser el portero de la gloria y la infamia nacionales —el que dejaba pasar, o no, los artículos «gol»; quien lanzaba a la fama a un autor, a un empresario, a un político, o quien los torpedeaba y los hundía. Por fortuna, su poder no llegaba a tanto.

—¿Vamos a tu casa? —preguntó Elena cuando estuvieron en el auto.

—No, a mi casa no podemos ir. Una pequeña inundación. Cuando estemos ya sentados y comiendo te lo explico. No te vaya a arruinar el apetito.

—Mejor el apetito que la digestión, digo yo. A ver. ¿Y de qué cuenta el maletín? —preguntó.

Joaquín se lo había colocado entre los pies.

—Para pasar la noche por ahí.

Bordearon la rotonda de Magic Place y comenzaron a subir por las Américas. Taco Bell, Burger King, Shell…

—La película malísima, por cierto —dijo Joaquín—. Otro lacrimógeno.

—¿Y vos lloraste, colochito? —le dijo Elena, y lo miró con ojos amistosos.

—Tanto, que se me acabaron las lágrimas.

Cuando pasaban por la plaza Costa Rica, ella disminuyó la velocidad, miró a ambos lados de la calle.

—Por aquí hubo hoy en la mañana un accidente —dijo.

—A ver —dijo Joaquín—, qué pasó. —Era natural que lo supiera, si había pasado el día en el periódico.

—Atropellaron a un niño.

—Hnn.

—Iba en uno de esos caballitos de alquiler. —Miró hacia el jardín central, donde los caballitos y las motos de alquiler seguían circulando en la penumbra.— Pues, no es tan extraño. No hay barandilla; nada, mira. Un peligro. Pueden ser cuentos de Jorge, que es un gran pajero, pero el rumor es que era hijo o pariente cercano de un militar muy conocido. Dicen que el accidente pudo ser provocado.

—¿En serio? ¿Y él de quién lo oyó?

—No suele revelar sus fuentes, lo sabés.

Se detuvieron en el semáforo del Obelisco —¡triste versión de un obelisco!— y un niño amenazó con limpiar los vidrios del Sky Lark.

—¡No, gracias! —exclamó Elena, y bajó la ventanilla para darle un quetzal.

—¿No lo sabés? ¿Pero qué motivo pudo haber?

—¿Motivo? Una venganza, digo yo.

—Ah. Tu jefe no dijo nada más.

—No.

—Qué clase de venganza pudo ser.

—Pfff. Dios sabe.

Continuaron en silencio hacia la llamada Zona Viva, «el centro de la elite urbana» donde iban a cenar.

—¿Por qué tan calladito?

14.

—Estás tomando demasiado rápido.

Joaquín había bebido dos martinis secos en menos de quince minutos.

—¿Te parece?

—¿Ya pensaste dónde dormir?

—No. Estaba por proponerte algo al respecto. ¿Dormimos juntos?

—¡Sólo por necesidad! Ni pensarlo —se rió Elena—. Pero a ver, ¿dónde sería?

Joaquín nombró un hotel (de cinco estrellas) en la carretera a El Salvador.

—No digo que no sea tentador. Vamos a pensarlo. Podría ir a dejarte, por lo menos, ¿te parece?

Joaquín hizo una mueca de displicencia y siguió comiendo de su plato de arroz negro.

—Vámonos de aquí, Elena —dijo más tarde—. Te invito a que vengás conmigo. A Madrid. La semana que viene. ¿Qué decís?

Ella lo miró.

—¿En serio? ¿Lo preguntás en serio? —era la voz de la credulidad.

—En serio.

—No puedo contestarte en este instante.

—Está bien —dijo él, con una molestia casi imperceptible en el pecho, cerca del corazón.

—Joaquín, amor. Dame un par de horas por lo menos, ¿no? No es tan fácil.

Joaquín vació la quinta copa.

—No te me vayás a emborrachar, colocho.

—¿Me vas a llevar a mi hotel?

—No. Vamos a dar una vuelta por El Tiempo.

15.

—¡Híjole! —exclamó Joaquín al pasar la pierna sobre la cadena de seguridad con un traspiés—. Estoy a tuna.

—A ver, mi colochito. —Elena lo tomó del brazo.— Véngaseme por aquí, y no se caiga.

El bar El Tiempo. Sobre repisas, hileras de relojes, y encima de cada reloj, una candela derretida. Humo encerrado entre cuatro paredes sin ventanas y música sentimental. ¿Ron o cerveza? Aquí no se sirve nada más. Conversaciones entrecruzadas, distintos acentos, distintos idiomas. Músicos con sus CD recién grabados, poetas con sus poemarios, artistas con sus portafolios al sobaco (nunca se sabía), informantes, desde luego, y corredores de piedra y polvo.

Elena maniobró para pasar con Joaquín del brazo a través de los grupúsculos de bebedores hacia una pieza lateral.

—¡Hola, Bizcocho! —exclamó al ver a un hombre de tez clara y pelo prematuramente gris.

Elena presentó a Joaquín, y el Bizcocho los invitó a sentarse. Tomaron dos sillas de la mesa de al lado, donde dos adolescentes llevaban a cabo un elaborado intercambio de salivas.

Elena propuso un brindis por su amigo, el reportero estrella de *El Independiente,* quien celebraba su vigésimo octavo cumpleaños. Era un poco bizco.

—El Tiempo —dijo el Bizcocho— lo cura todo.

—¿Qué se siente —le dijo Elena— al estar tan cerca de los treinta?

—A mí no me preguntés —dijo el Bizcocho—, que ya no siento nada. —Hasta Joaquín llegó su hálito agrio de indigestión y alcohol.

Tendré que cuidarme, pensó Joaquín. Los periodistas, después de todo, eran una plaga; como la mosca de los dátiles —se dijo a sí mismo—, molesta y al mismo tiempo necesaria.

—Bueno —decía un hombre alto y pálido; a Joaquín le hizo pensar en un personaje secundario de una historieta de Tintín. Estaba de pie a pocos pasos de la mesa conversando con una cuarentona española.

—Si uno no supiera qué aspecto tiene un jaguar, podría de todas formas comprender que un lugar sea muy peligroso porque está infestado de jaguares, ¿cierto?

—¿Y éste, es un sitio peligroso? —dijo la española.

Inesperadamente, Elena preguntó:

—¿Sabés quién lleva la nota del accidente en las Américas?

El Bizcocho se tocó el pecho con un dedo.

—Yoggi —dijo.

—¿Y vos creés que no fue un accidente? —le preguntó Joaquín, que de súbito se sintió sobrio.

El Bizcocho negó con la cabeza. Miró a la pareja de extranjeros, que se reían, y luego a Elena. Eructó.

Nuestra pobre prensa, pensó Joaquín; hela aquí.

—Es la cerveza, perdón —dijo—. Hablé con el muchacho que cuidaba los caballos. Lo llevaron a los tribunales, para interrogarlo. Logré sacarle poco. —Bebió de su cerveza, volvió a mirar a la pareja de extranjeros, y dijo en voz baja, como un conspirador—: El niño era belga, huérfano. Había sido adoptado. Parece que pasó por dos familias de aquí. El carro que lo atropelló y se dio a la fuga, como que es o era de su ex padrastro.

—¿De veras? —exclamó Elena, impresionada—. Muy bien. ¿Y cómo averiguaste todo eso, Bizcochín?

Joaquín observaba la escena con distancia, sonriéndose para sus adentros, y preparando desde ya un pequeño desquite por los mordiscos de celos que sintió en ese momento por el súper reportero. Era evidente que estaba enamorado de su «jefa», como él la llamaba.

—Eso es lo más raro —siguió equivocándose el Bizcocho—. Unos familiares suyos están en el país. Vinieron a buscarlo. Como que el tráfico de niños funciona también de allá para acá, ¿no? Sí. A ellos les gustan los inditos; pues a nosotros, los canchitos. Traté de localizarlos, pero nada. Eso es todo lo que sé. No puedo ir más allá —concluyó—, ni puedo retroceder.

Elena cambió el tema de la conversación, y bebieron algunas cervezas más. Por fin, explicando que al día siguiente tendría que levantarse muy temprano, el Bizcocho se despidió.

—Vaya día el que escogió tu amigo para nacer —dijo Joaquín.

—¿Qué? —Elena arrugó la frente y luego se sonrió.— Ah, sí.

—Eso que dice del carro que atropelló al caballo no puede ser verdad.

—¿No? ¿Por qué no?

—Fue —dijo Joaquín, pero aun antes de terminar la oración, se arrepintió— un amigo.

—¿Qué decís? —Elena cambió, se puso rígida.

De modo que, borracho como estaba, Joaquín se vio obligado a relatar lo que sabía acerca del accidente. Elena lo escuchó con atención, y resultó indignada. Joaquín debía persuadir a Armando —a quien Elena apenas conocía— para que declarara la verdad.

—Lo intenté. Ya es demasiado tarde, ¿no te parece? Si Pedro, este empleado suyo, está dispuesto a cargar con la culpa, pues supongo que todo saldrá bien.

—¿Eso te parece de verdad? —le dijo Elena con cierto retintín.

—¿Qué creés que yo deba hacer?

—Lo que te parezca correcto. ¿Sabés cuánto le darán al tal Pedro?

—No.

—Hunnn —hizo una mueca—. ¿Y todo esto, a quién se le ocurrió?

—Al abogado.

—¿A tu abogado?

—No. Al de Armando.

—Vaya abogado. ¿Quién es?

—¿Querés saber el nombre? —dijo Joaquín, y sintió que había entrado en terreno peligroso. Elena, después de todo, era la prensa. Lo que menos necesitaban Armando y él en ese momento era publicidad, aunque fuera cierto que prácticamente nadie leía la prensa en Guatemala (el 0,7 por ciento de la población), que los periódicos no habían hecho nunca ninguna diferencia, pues todo el mundo sabía que estaban vendidos (aun *El Independiente*), y los lectores los usaban sólo como guía de compras o de modas, o como agendas del ocio. Aun así, Joaquín se dio cuenta de que tendría que cortar cuanto antes aquella conversación.

—¿No querés decírmelo? —Elena insistió.

—¿Vas a denunciarlo?

—Tal vez.

—¿Y con qué objeto? —Su voz sonó un poco quejumbrosa.

El vaso se había derramado. Elena se puso de pie.

—Vos y yo —dijo—, creo que no nos vamos a entender.

16.

Yo, señor, soy de San José Pinula.

Ésos son los corrales. Sí, no a todo el mundo le gusta el olor, es estiércol de caballo. Es una raza americana, según el jefe. Ponis, pero se han cruzado con caballo español. Son bastante pencos, y un poco boquiduros, pero nada falsos ni pajareros.

No creí que fuera a venir. Pase adelante. Me alegro de verdad. Siéntese allí, por favor. La casa es pobre, pero honrada. Crecí en Los Juncos. Mi padre era el capataz; mi madre, una hija de mozo cualquiera.

Es que aquí hay todavía tradiciones. Pregúntele a la gente, pero en confianza, eso sí. Hay miles como yo, hijos de capataz, en un lugar donde existe todavía el derecho de pernada, usted sabe. No me crea, tan sólo pregunte. Mi suerte fue que mi madre no era de las que aguantaba, y un buen día se escapó conmigo a la capital.

Digo suerte por decir. Esto, en realidad, no es vida.

No puedo decir que conozca la ciudad, que es grande. Pero lo que va del Obelisco a la plaza de Berlín, Hincapié y Bocadelmonte, donde vive el brujo, lo puedo recorrer con los ojos vendados. Si nos pasamos el día de arriba abajo por las Américas, y de noche nos venimos con la tropilla por Bocadelmonte, a la carrera para no dar tiempo a los rateros.

Antes, se veían muchos pájaros y otros animalitos por la ladera de Bocadelmonte. Bajaban por agua al río de Pinula, pero ahora el agua está tan sucia que ya ni ellos la quieren. Ya sólo se ven sanates y muy de vez en cuando un petirrojo o una chorcha chiquita. Hasta gallinas y chumpipes quedan pocos. Hay covachas y basura de todas clases por todos lados, eso sí.

¿Un café? ¿Un vaso de agua? Es mi hermanita. Sí, está preñada.

La primera vez que vi al hombre que le digo fue hace como un mes. Me contó y quería averiguar un montón de babosadas. Era de Santa Rosa, y conocía San José. Hasta me habló de mi padre, sin saberlo. Era conocido, él.

Quería que yo le hiciera un favor. Yo no quería, al principio, pero me amenazó. Lo que me ofreció más tarde fue dinero. Pues sí, si a uno lo amenazan y luego encima le ofrecen dinero, cómo no va a aceptar. Mire, y en mi condición, además. Con mi hermanita enferma y a punto de parir. Poca cosa tenía que hacer yo. Hacerme el loco unos minutos, eso era todo. Como para que yo dijera que no, con tanto problema y el dinero que me ofrecía. Sólo era cosa de dejar de correr detrás del caballito, un momento nomás. No me explicó para qué.

Los desfiles salieron del Obelisco, muy temprano. A las nueve ya estaban acabando, y entonces comenzó a llegar la niñada. Hay dos negocios de caballos. Los de la plaza Marroquín son meros malos. Son mafiosos y ganan mucho dinero. Nosotros somos nuevos. Pero nos hemos hecho populares. Cobramos más barato y tenemos caballos de calidad.

Este niño al que atropellaron era buen cliente. Le gustaba el caballito pinto, sólo en ése quería montar. De vez en cuando le traía sal o zanahorias, mire. Era un poco raro ese niño, no era de aquí, ¿verdad? Sabía lo que es montar. Revisaba siempre la cincha de su albarda, la barbada. Bien recto montaba, como si llevara una escoba metida. Y daba vuelta que vuelta, jugando a las carreras. Yo tenía que correr detrás de él, y de vez en cuando, en la emoción, hasta mis riendazos me daba.

Bueno. Ese día, el hombre de Santa Rosa apareció temprano. Hoy es, me dijo. A la vuelta de los izotes, vos te hacés pendejo. Allí voy a estar yo. Allí te doy el dinero.

Yo estaba contando el dinero detrás de los árboles, cuando oí el *crack*.

Al rato se oyeron las sirenas. Ambulancias y policías. Mi jefe, don Venancio, no tardó en acudir. Con la billetiza encima, pensé que si por algo me hacían responsable, tanto dinero no se vería bien. Quinientos pesos. Pensé en huir, pero tampoco se trataba de eso. Lo que hice fue esconder el dinero en el primer lugar que vi: un hueco en un tronco de amate. Después me fui acercando entre la gente al lugar donde había quedado derrengado el caballito, y el niño aquel.

De entrada, don Venancio la agarró contra mí. Él fue quien me entregó a los policías, y eso que soy menor.

Llévenselo —les dijo—. Mil veces le he repetido que no se aleje nunca ni un segundo de sus caballos, justo para que no sucedan cosas así.

Me volvió la cara cuando le eché una mirada como para pedir clemencia. «Negligencia criminal», dicen que se llama uno de los cargos que me hicieron.

Los policías me esposaron, y eso es ilegal. Soy un menor. Me lo dijo un periodista que vi más tarde en la corte donde usted me encontró. Pues esposado estaba yo cuando vi a la mamá del niño que venía a toda prisa por el arriate hacia donde estábamos nosotros. Era un poco divertido verla, porque traía tacones altos y el suelo no estaba muy firme, por los aguaceros de la noche, así que a cada dos pasos se le zafaban los zapatos.

Al niño ya lo habían puesto los bomberos en una camilla para meterlo en la ambulancia. Estaba sin sentido. Yo pensé que estaba muerto.

¡Asesino!, gritó la mujer, y se me vino encima.

Los agentes mismos tuvieron que defenderme, ella matarme quería. Felices digo yo que estaban ellos metiéndole mano a la doña, mientras la mantenían a un paso de mí y ella daba de arañazos y patadas.

Me metieron en una patrulla y me llevaron a los tribunales, y el resto ya lo sabe usted. Allí me interrogaron, y un juez ordenó que me soltaran, sólo porque soy menor. ¿Don Venancio? No, ya no me dijo nada. Mañana vuelvo a trabajar.

Claro que fui a buscar el dinero. Pero ya no estaba. Algún sobrado de suerte se lo habrá encontrado, digo yo.

17.

Existe una clase especial de agente secreto en la ciudad de Guatemala, como en cualquier ciudad policial. Tiene un puesto importante —es director de Bellas Artes, o preside el Colegio de Médicos, o algo mejor. No acostumbra cometer delitos que puedan detectarse (como ciertos banqueros de Thompson), pero si alguna de sus operaciones llega a ser descubierta, podría pagarlo con su propia vida. Sus servicios suelen ser, por eso, extremadamente caros.

Pudo ser inventado, o simplemente descubierto, tanto por los opresores como por los opositores. Ambos lo necesitan. De cualquier manera, su relación con sus clientes (que casi nunca son sus superiores) suele ser vital para éstos, y ampliamente remunerativa para él.

¿Necesitas saber cuánto dinero tiene en cierta cuenta bancaria un socio o un amigo, o a cuánto ascienden las deudas de un enemigo?

¿Necesitas saber el punto débil o escandaloso de cierto personaje político, de un notable religioso, o de un aventajado contratista petrolero?

¿Tienes que averiguar —Dios no lo quiera— quién ordenó cierta ejecución extraoficial?

Él puede ayudarte, con la condición de que jamás, con ningún pretexto, reveles su verdadero nombre.

Hace poco, un periodista divulgó los detalles de un proyecto de golpe de Estado, dos días antes de la fecha programada para asestarlo. Los golpistas, como suele ocurrir a los golpistas imprudentes en esta parte del mundo, se convirtieron en ciudadanos panameños. El periodista duerme el sueño eterno. El «oreja» continúa en su puesto.

El Guacamolón: nuestro Gran Palacio Nacional, llamado como la famosa ensalada por la argamasa verde con que está revestido y la mixtura de ingredientes arquitectónicos que lo conforman. Dicen que en uno de sus sótanos hay una máquina IBM gigantesca, que trabaja día y noche sin descanso. Baraja toda suerte de datos, elabora fichas periódicamente, clasifica fotos y videocintas, describe relaciones y lugares, hace diagnósticos y recomendaciones. Unos treinta mil informantes trabajan para alimentar al monstruo —cortesía del gobierno norteamericano. Pero algunos dicen (aunque otros lo niegan) que la máquina, por sí sola, puede intervenir simultáneamente cinco mil líneas telefónicas para escuchar llamadas nacionales e internacionales. Hay palabras críticas que al ser pronunciadas hacen que una grabadora, o una impresora, comience a funcionar.

Hay quienes aseguran que la máquina es volante. Puede ser desmontada en menos de ocho horas. Quince furgonetas (disfrazadas de ambulancias) sirven para transportarla. El sótano palaciego es sólo uno de sus refugios predilectos.

Hombres grises, sombríos funcionarios públicos, estudiantes de ciencias sociales, empleados de banco, especialistas, soldados o guardaespaldas de baja, uno que otro pastor (evangélico), algún cura, algún psicólogo; basureros, barberos, camareros y recamareras, lustrabotas, sastres, médicos, taxistas, fotógrafos, prostitutas y prostitutos, relojeros y aun algún enterrador gravitan alrededor de la máquina —pero sólo unos pocos la han visto. Para depositar su óbolo informativo, o para recibir recomendaciones frescas, los miembros del «primer círculo» —que algunos llaman el Archivo— entran con mucho disimulo en una casa rosada a espaldas del Palacio, y atraviesan un pasadizo subterráneo que conduce a la antesala del luminoso sótano, corazón del corazón de nuestra sangrienta democracia.

A uno de esos hombres lo llamaban la Sombra.

Rastelli estacionó en un parqueo público a pocas calles del Palacio al atardecer. Anduvo deprisa hacia las galerías del viejo Portal del Comercio, donde la gente caminaba apuradamente entre los almacenes en hora de cierre y los tenderetes. Se atrincheró detrás de una columna y marcó un número en su celular. La Sombra estaba aguardándolo en un modesto comedor a un costado del Palacio, del otro lado del Parque Central.

—¿Tuve suerte de encontrarte hoy aquí a estas horas? —le dijo Rastelli al sentarse a una mesita sucia bajo una barra temblorosa de neón.

La Sombra vestía un impecable traje de corte italiano, corbata Hermès con venaditos y anteojos sin aros. En el pelo, negro y abundante, tenía suficiente vaselina para tres.

—Todo —se sonrió— pasa siempre por alguna razón.

—Así que andás corto de lana, o ya no te conozco —le dijo Rastelli.

—Las cosas cambian. Los precios siguen subiendo. No se vislumbra el final.

—¿Cómo anda la máquina?

—Hoy, la cosa está tranquila. La producción, normal.

—¿Puedo darte un nombre?

—¿El perfil?

—Joven empresario. Nuevo rico. Recién divorciado. Tiene tal vez algún familiar militar.

—Alto, pues. ¿Qué querés saber?

—Todo lo que se pueda saber.

—Estamos hablando pisto, entonces. A ver, escupí.

—Faustino Barrondo Yecub.

—¿Tenés encima los quinientos? —La Sombra vació de un trago su botellín de Gallo, se puso de pie.— Esperame aquí.

El comedor miraba a uno de los altos muros laterales sin ventanas del Palacio, donde se recortaban las siluetas de tres viejas y raquíticas palmeras africanas que, por alguna curiosa razón, hicieron que Rastelli pensara en una escena de fusilamiento.

—Una joya —dijo la Sombra, que volvió antes del tiempo previsto. Dejó un periódico doblado en tres sobre la mesa y se sentó frente a Rastelli—. Tiene más de un nombre. Ningún nexo militar. Padre libanés. O libio.

—¿No sabés la diferencia? —Rastelli se rió, recordando el chiste.

—¿Entre un libio y un libanés? No.

—Otro día te la explico. ¿Pero es guatemalteco, no?

—Madre supuestamente indígena. Bonita mezcla.

—Casi como vos —Rastelli se rió.

—Cómo no, Blancanieves. ¿Es cliente tuyo?

—No exactamente.

—Bueno, yo no quiero saber nada más. Abrí el periódico y mirá. Voy a pedir otras cervezas.

Rastelli tomó el periódico.

—¿No puedo llevármelo?

—Me extraña. Sería ilegal —se sonrió la Sombra.

Rastelli desplegó el periódico. Dentro, en la hoja central, había dos cuartillas provenientes del temible Archivo. En la primera, sujeta por un alacrán oxidado, estaba la foto de un hombre de unos cuarenta años, de tez oscura y pelo lacio negro, canoso en las sienes, con profundas entradas y bigotes grises muy poblados. Después de leer con atención los informes acerca de una serie de actividades ilícitas llevadas a cabo por Faustino Barrondo a lo largo de más de doce años, Rastelli dobló el periódico y lo devolvió a la Sombra.

18.

Silvestre abrió los ojos, los cerró. Bajo el efecto de los analgésicos, había tenido un sueño placentero. Una callejuela en Bélgica. Pero tenía desolladas las caderas.

En la camita de al lado había una niña muy pequeña. Era huesuda, fea, y tenía una mirada intensa. Una enfermera le había puesto una inyección y la niña, después de llorar un rato, se quedó dormida.

Levantar una mano, mover los ojos, los dedos de los pies —todo requería un gran esfuerzo. Se sentía frágil, pero el deseo de libertad estaba allí, algo instintivo y animal.

El hombre que salió de detrás del árbol de hule no tenía cohetes en la mano, sino una pistola. La bala, que había herido a otro, era para él. Querían matarlo pero no lo habían conseguido. O Dios lo había salvado, o había tenido mucha suerte.

Una vez, recién llegado a Guatemala, Silvestre había deseado la muerte de unos hombres. Paseaba con Faustino por La Aurora, el jardín zoológico. Entre risas, los hombres torturaban a un viejo elefante. Le estaban arrancando un colmillo con ayuda de un pequeño tractor. «No es que sean malos —le había dicho Faustino—. Pero necesitan dinero. Se lo están sacando para venderlo, un colmillo de elefante puede valer mucho dinero».

Un soldado en uniforme de combate acababa de pasar frente a su puerta, que permanecía abierta.

Había barrotes en la ventana.

Ahora estaba solo en la habitación. Se habían llevado a la niña sin que él se diera cuenta. Recorrió el cuarto con la mirada. Al poco tiempo, una enfermera entró, y Silvestre entrecerró los ojos al ver que levantaba un brazo para hacer girar la llave de la luz. Era muy flaca. Estaba, pensó Silvestre, enmascarada. Las arrugas que cruzaban su frente eran demasiado rectas, demasiado profundas.

La enfermera le separó los párpados.

—No tengas miedo —le dijo; tres palabras que Silvestre comprendía.

Levantó las sábanas para dejar descubierto el cuerpo de Silvestre, y con sus manos heladas le tocó la cintura.

—¿Te duele aquí?

Con un gemido, Silvestre asintió. La máscara fingió compasión, mientras con una mano enguantada investigaba por el vientre. No era una mujer; sus manos eran garras de metal; era un robot. Sus movimientos eran mecánicos, su respiración no era natural.

—¿Duele?

—Un poco.

—¿Y aquí?

—Igual.

—Muy bien. Ya mañana podrás caminar.

Silvestre experimentó un intenso deseo de mirarse en un espejo. Era tan distinto de todos —de Faustino e Ileana, de las caras que veía en la televisión, de los niños del colegio o de la calle, y de aquella enfermera que, con un par de pinzas, le estaba sacando las partículas de pavimento que tenía incrustadas en la piel. De vez en cuando, Silvestre daba un gemido de dolor.

La enfermera volvió a cubrirlo con las sábanas. Lo miró sonriendo, y Silvestre le devolvió la sonrisa.

—Duérmete —le dijo. Giró con un rechinar de suelas de goma en las baldosas, y se alejó de la cama. Apagó la luz y salió al corredor.

Ese mundo blanco y el olor medicinal le eran curiosamente familiares. ¡El orfanato de Brujas!, recordó de repente. Era necesario huir. Pero volvió a dormirse.

Abrió los ojos. Ahora la habitación estaba iluminada por un farol de la calle y por la luna, filtrados por un vidrio que recordaba el hielo y los barrotes de la ventana. Por ahí entraban también los ruidos de la calle —de vez en cuando la habitación temblaba con el paso de algún autobús.

Movió tentativamente los brazos, las piernas.

Alguien entró sin hacer ruido en la habitación. Cerró la puerta que la enfermera había dejado abierta, y, sin encender la luz, se acercó a la cama de Silvestre. Silvestre pensó que lo mejor sería cerrar los ojos, fingir que dormía.

—Vamos, muchacho —dijo una voz de hombre—. Ya sé que estás despierto. Soy tu amigo. Soy amigo del Esponja. ¿Me entendés, Silvestre? Abrí los ojos.

Silvestre obedeció.

Era el hombre más feo que hubiera visto, pero no lo asustó. Sus ojos saltones y su gran nariz le recordaron la caricatura de un ratón.

—Te traje esto.

Dejó sobre la cama un lío de ropa y unos zapatos que Silvestre reconoció: los había regalado hacía poco a su amigo el Esponja.

—Vamos a sacarte de aquí. ¿Me entendés? —dijo articulando muy despacio.

Silvestre afirmó con la cabeza.

—¿Adónde vamos? —dijo.

—No me hagás preguntas, no tenemos tiempo. Shhh.

Alguien pasaba por el corredor.

—Cuando yo salga, te levantás y vas con esta ropa al baño, está al fondo del corredor. ¿Seguro que me entendés?

Silvestre dijo que sí.

—Encendés una ducha. Te vestís. Salís por la ventana. Dejás corriendo el agua. ¿Seguro que entendés lo que te digo? Fuera del baño hay un jardín, con una cerca de hierro. Creo que podés pasar entre los barrotes, si no, mirá cómo te saltás. Yo voy a estar esperándote del otro lado de la calle. ¿De acuerdo?

Silvestre volvió a asentir.

La cabeza, que pasó sin dificultad entre los barrotes de la ventana del baño, le daba vueltas. Aguardó un momento, y después bajó rápidamente por la hiedra que cubría el muro y cayó de pie a la gramilla del jardín. Nadie lo vio caer. Era sólo una sombra diminuta la que se escurrió entre las lanzas de metal de la alta verja del antiguo Hospital Militar. El guardia de turno lo vio correr hacia el lado oscuro de la calle, pero con indiferencia.

19.

La calle estaba débilmente alumbrada con una luz amarillenta. La acera era alta y angosta. Olía a orines de gente.

—Aquí, Silvestre —lo llamó Rastelli, abriendo la portezuela del BMW entre las sombras.

Después de rodar un buen rato hacia el norte por calles donde letreros luminosos anunciaban farmacias, baños turcos y garajes, llegaron al viejo y cochambroso centro de la ciudad.

—¿Tenés miedo? —dijo Rastelli.

Silvestre movió negativamente la cabeza.

—¿Tenés hambre?

Silvestre dijo que sí.

—Eso es bueno —dijo Rastelli.

Doblaron a una calle que se bifurcaba, para hacer lugar a un pequeño parque. A un lado del parque se extendía un mar de techos cuadrados, donde resaltaba la cúpula fantasmal de una iglesia católica. Al otro lado, más allá de la calle, se adivinaba un barranco. Rastelli detuvo el auto.

—Aquí nos bajamos —le dijo al niño.

Caminaron entre pinos y arriates de flores de pascua hasta un busto de bronce protegido por una cerca de hierro forjado, en medio de cuatro bancas de hormigón. Se sentaron en una de las bancas. Estaba oscuro. Nadie se veía, nadie los vería.

El padre adoptivo de Silvestre tenía muchas deudas (en dinero y en especie) que liquidar, y alguna que otra que cobrar. Era posible que uno de sus acreedores, o uno de sus deudores, hubiera intentado secuestrar a Silvestre

—o simplemente hacerle daño, a modo de aviso o venganza. O que Barrondo, agobiado por sus obligaciones, hubiera decidido causar la muerte de Silvestre, para cobrar un seguro de vida cuyo único beneficiario era él.

—Lo mejor será que te quedés aquí —dijo Rastelli.

Mientras las aguas se calmaban, Silvestre podía sobrevivir en compañía de los niños del barrio. Dios —que no existe, pensaba Rastelli— sabía lo que pasaría después. Él sólo obedecía a una voz interior, o a un capricho, que le ordenó proteger a aquel niño.

—Tomá esto, aquí estarás seguro, al menos por hoy. —Le dio una manta de lana y un pedazo de pan.— Yo tengo que irme. Por la mañana llegará un hombre a barrer. Puedes confiar en él. Conoce a otros niños que viven por aquí. Yo crecí aquí cerca. Se puede vivir. ¿No tenés miedo, eh?

Silvestre negó con la cabeza.

Rastelli se levantó, puso una mano en la cabeza del niño y le alborotó el pelo con afecto.

—Me llamo Emilio. Vendré a buscarte uno de estos días. No te olvidés de mí —le dijo, y se dirigió al BMW.

Cuando estuvo solo, Silvestre se comió el pan. Dios no se había olvidado de él. O tal vez… Después de buscar un rato, tomó del suelo una piedra redonda que cabía en su puño. Tenía frío, pero prefería estar aquí que en el hospital. Desdobló su cobija, se acostó en la banca y se cubrió.

20.

—Despertá, canchito. —Era un viejo de abundante cabellera blanca y ojos alegres de color gris. La piel de su cara parecía de cuero. Llevaba sandalias con suelas de llanta y unos pantalones muy remendados. En una mano tenía una escoba grande, como las que fabrican los ciegos. A su lado tenía un bote de basura color naranja sobre ruedas.— No hay que dormirse aquí, canchito, que si la tira te agarra te dan aguas, lo más seguro. Despertá. —Le tocó una pierna con el palo de la escoba.

Silvestre no creyó que eso fuera un gesto amistoso y se levantó de un salto. El viejo retrocedió y, arrugando las cejas, empuñó la escoba como si fuera un arma. Silvestre levantó la mano con la piedra para golpear al viejo, pero el viejo se sonrió.

—No tengás miedo —dijo—. No voy a lastimarte. ¿Qué estás haciendo aquí? Este parque no es seguro. A varios niños como vos los han jodido aquí. Los mismos policías. ¿No sos de aquí, verdad?

Silvestre bajó el brazo, pero no soltó la piedra.

—¿Tenés papás?

—No.

—¿Dónde vivís, pues?

Silvestre no respondió; hizo gesto de no comprender.

—Pues estás jodido, entonces.

El viejo se apartó y comenzó a barrer la basura y las hojas muertas del suelo del parque.

Al terminar, volvió a hablar con Silvestre, que seguía sentado en la banca.

—¿Qué te pasó? Venís del hospital. —Miraba la cara amoratada de Silvestre.— Mirá, patojo, tené mucho cuidado por aquí. Vos que sos canchito llevás las de perder por estos lugares. No andés solo. Si no tenés casa, si vas a vivir en la calle, no vas a lograrlo si andás solo. ¿Entendés lo que te digo?

Silvestre dijo no con la cabeza. El viejo había perdido la paciencia; se encogió de hombros y apartó la mirada.

—Tengo hambre —dijo Silvestre.

El viejo apoyó su escoba en el carrito de basura y se dirigió a Silvestre una vez más.

—Mirá —le dijo. Levantó los ojos al cielo, donde un nubarrón preñado de lluvia asomaba por encima de una serranía negra más allá del barranco—. Andate preparando, mijo, que no tardará en caer un chaparrón. Buscate por ahí un buen pedazo de nylon. Abrí bien los ojos y lo encontrarás.

La brisa que comenzó a soplar olía a lluvia. Silvestre vio a tres niños que aparecieron de pronto en un ángulo del otro lado del parque. Uno tenía bajo el brazo una pelota de goma.

—Andá a jugar, si querés. Yo no voy a darte de comer, pero te cuido la chamarra. A ver. A la tarde me la pedís. —Tomó la manta, la enrolló, la metió entre dos hierros de su carrito.

—Nos vemos —le dijo Silvestre, contento. Cojeando un poco, fue deprisa hacia donde estaban los niños, y se detuvo a pocos pasos.

—Una chamusca, pues, Malrollo. Ya somos cuatro —dijo el de la pelota, que se llamaba Jovito.

—Pero ya mero va a llover —protestó el Malrollo.

—¿Y qué putas? —replicó Jovito. Se volvió a Silvestre—. ¿Vos jugás? ¿Te llamás Silvestre? —se rió—. Pero parecés Piolín. Bueno, sos mío. ¿A qué le vamos a jugar?

—El que pierda se huevea las aguas —propuso el que parecía mayor. Tenía cara de atarantado; lo llamaban Tarántula.

—Comé mierda —le dijo Jovito—, no vamos a meternos en más líos.

—¿Y entonces?

—Si ganamos, vos me la chupás —dijo y, riéndose, echó a correr. Hizo rebotar la pelota dos veces antes de dispararla de una patada hacia una pared de ladrillo en un extremo del pequeño parque. La pelota pegó en medio de un marco dibujado con carbón.

Comenzaron a jugar una chamusca —como se llaman aquí los partidos informales. Jovito iba narrando las jugadas con pericia de locutor profesional.

Jovito y Silvestre ganaron.

—Bueno —dijo Jovito. Recuperó la pelota y la guardó bajo el brazo—. A mamar.

—A mamar tu mamá —le dijo el Tarántula—. A ver, el desquite.

—Tengo hambre —dijo Silvestre, tocándose la barriga.

—Después de jugar comemos —aseguró Jovito.

A pesar del chaparrón que comenzó a caer, jugaron otro partido.

«El delantero lesionado Piolín se va por la izquierda, señores —perifoneaba Jovito—. Toca el esférico, dribla, ¡véanlo! Dribla de nuevo al Malrollo. Toca. Recupera. Lo deja como trompo, señores. Qué técnica. Algo nunca visto por la afición de aquí. Avanza, se dispone a chutar. Está solo. Dispara al marco y... ¡goooo-*oul*!»

—¡Cocheleón! —le dijo el Malrollo a Silvestre cuando corrió hacia Jovito, los brazos en alto, triunfal.

El Malrollo y el Tarántula habían perdido otra vez.

—¿Cocheleón? —le dijo Silvestre a Jovito—. ¿Qué quiere decir?

—Nada. Es algo que yo me inventé.

El Tarántula fue por la pelota, que del muro había rebotado hacia la calle. Ahora llovía con menos fuerza.

—Órale —dijo Jovito—. Ahora es mamada doble.

—Miren —exclamó entonces el Malrollo—. La Justicia.

Dos agentes uniformados acababan de descender de un pick-up oficial y caminaban decididamente hacia los niños, que salieron corriendo en estampida.

Uno de los agentes, al verlos huir así, lanzó una carcajada. El otro gritó. Silvestre no entendió lo que decía, pero miró hacia atrás. El Malrollo corría detrás de Silvestre por un sendero resbaloso que orillaba un precipicio; era el pánico personificado.

La lluvia se filtraba entre los tablones medio podridos de un viejo portón que los niños habían apoyado en dos horcones para fabricarse una guarida en un zanjón. Los cuatro estuvieron un buen rato en silencio. Un olor a basura podrida llegaba hasta ellos con ráfagas de aire tibio, que se mezclaba con el olor fresco de la lluvia. Las copas de los árboles se movían con el viento, y gotas gruesas caían sobre el techo de madera. La lluvia se convirtió en llovizna. Pequeñas nubes muy bajas pasaban rápidamente como a saltos de rana sobre las colinas y los barrancos con jirones de arrabales. Las montañas azules, que eran las mismas que veía de la azotea de su casa —reconoció Silvestre—, aparecieron a lo lejos.

—Bueno, muchá —dijo Jovito—. A pagar deudas.

Se desabrochaba el pantalón:

—A mamar —se rió—. Je, je, je, je, je.

—Comé mucha mierda vos, Jovito —contestó el Malrollo.

—A vos te toca hacérselo al compañerito belga aquí. ¿Qué decís, Piolín?

—No —dijo Silvestre, serio. Se tocó la boca del estómago—. Tengo que comer algo.

Jovito se abrochó de nuevo, y Silvestre comprendió con alivio que aquello había sido una broma.

—¿Y a vos qué te pasó? —le preguntó el Tarántula a Silvestre.

—Me atropellaron. —Les mostró la cadera desollada.— ¿Y a vos?

—Esos policías —dijo el Malrollo, y se levantó la camiseta para enseñar varios moretones—. Me agarraron oliendo pegamento y por eso diz que me dieron verga. Jovito, enseñale el plomazo.

Jovito les enseñó la herida de bala que tenía en el pecho, y los niños se movieron para ver la cicatriz más de cerca.

—Le traté de robar a un señorón. Estaba armado, y al darse cuenta de que quería sacarle la cartera, me metió un tiro.

Cuando el cielo se despejó, volvieron a subir al parque.

Silvestre acompañó al Malrollo, que decía que también él tenía hambre, hasta una tiendecita mugrienta. La tendera, una mujer muy gorda, les regaló una bolsa de pan frío y un trozo de queso fresco. A la puerta de la tienda, se comieron el queso los dos. Regresaron al parque y el pan fue repartido entre los cuatro.

21.

Atropellan a hijo adoptivo de joven empresario

Silvestre Barrondo, de siete años de edad, hijo adoptivo de Faustino Barrondo e Ileana Chicas de Barrondo, nacido en la localidad belga de Brujas, fue internado ayer por la mañana en el Hospital Militar en estado de gravedad, después de ser atropellado en la avenida de las Américas por una camioneta Discovery color azul metálico, la que se dio a la fuga. Trascendió a última hora que familiares cercanos del niño llegaron al país la semana pasada. Los mismos habrían presentado ante la Comisión de la Niñez una denuncia por abusos y malos tratos al menor. Al cierre de nuestro matutino...

Joaquín cerró el periódico. La lectura de esta noticia, la goma de cerveza y un olor a grasa de cocina que entraba por la ventana de la pequeña habitación del hotel donde pasó la noche le provocaban un malestar intenso. Al salir del Tiempo —recordó a través de una bruma de alcohol—, Elena lo había depositado en este hotel.

Sonó el celular. Era Vallina.

«¿Dónde estás?», preguntó.

«No estoy seguro. En un hotel, en el centro.»

«¿No quedamos en que venías hoy aquí? Me estás haciendo esperar.»

No hay nada como una goma mezclada con una riña innecesaria con la mujer amada para hacer de un hombre cualquiera, al menos por un momento, una persona moral. El malestar y la sensación de ser culpable por una riña que podría costarle la felicidad le hacen querer corregir, no sólo las flaquezas de la noche pasada, sino la larga serie de errores de juicio que en ese momento le parece que ha sido la historia de su vida. La lucidez alcohólica le hace ver que hasta el acto más sencillo podría ser clave para su futuro bienestar, y lo vuelve implacable —aunque sea sólo mientras dure el mono etílico— en sus escrúpulos.

«¿Ah sí? —dijo Joaquín como con desgana—. Ya no recuerdo por qué».

«Un problema con cierto caballito, ¿no te suena?»

«Ah, eso. Pues mirá. Estoy de goma.»

«¿Qué pensás hacer?»

«Por ahora, nada. Más tarde creo que voy a hacer un par de llamadas.»

Una pausa bastante larga. Luego, Vallina:

«Llamadas, ¿a quiénes?»

«La primera, a nuestro amigo Armando.»

Otra pausa, y Vallina de nuevo:

«¿Y qué le vas a decir?»

«Que no sea hueco y declare lo que sucedió tal como sucedió. Además, que si sigue así va a tener que desembolsar mucho dinero, a gente como Pedro, y como yo. Y como vos. La verdad, ¿qué tiene que perder?, ¿su nombre? Fue un accidente, no creo que limpiarse una mancha de esa clase honorablemente cueste tanto.»

«Ya —dijo Vallina; su voz, pensó Joaquín, se había hecho muy fina, de hielo—. Brillante. Pero te habló Rastelli, ¿verdad? La cosa está complicándose. ¿No te dijo que podía tratarse de un intento de secuestro? Pues ya lo sabés».

«¿Qué?»

«Que podrían aparecer como cómplices, aunque involuntarios, de un caso de secuestro. Grave. Como yo veo las cosas, por lo menos.»

«¿Por lo menos? No me digás.»

«¿Y la otra llamada?»

«Ajá, la otra llamada. A una amiga.»

«¿Sí?»

«Es periodista. Y estoy seguro de que se interesará en saber a quién pudo ocurrírsele...»

Vallina colgó.

Joaquín se puso de pie, entró en el cuarto de baño. Evitando mirar al espejo, se inclinó sobre el lavamanos, abrió la llave del agua. Se mojó profusamente la cara, la cabeza, y con esto se sintió un poco mejor. Sacó un depurativo estomacal de su estuche de baño, lo dejó disolverse en un vaso de agua. Bebió el líquido espumoso, y después se quedó en el cuarto, despatarrado en un sofá, esperando a que las sales curativas y los ácidos hicieran efecto.

Estuvieron un rato sentados en una banca de hormigón cerca de la fuente del parque de Berlín en silencio.

—El aire guatemalteco es tóxico —dijo él. (¿Tal vez eran los gases emitidos por tantos volcanes?)—. La gente que vive aquí es como de piedra, es gente muerta.

—Exagerás un poco —dijo ella con una sonrisa apagada, y ladeando ligeramente la cabeza, preguntó—: ¿Pero qué creés que se pueda hacer?

Con una sonrisa de un solo lado, él se encogió de hombros. Era muy tarde, pensó. Dijo:

—Largarnos de aquí.

Ella le dio un puñetazo en un brazo con una furia inesperada.

—No —dijo.

—Entonces, nada. No hay nada que hacer.

Miraron a su alrededor: la plazoleta desierta, los chuchos ixim, la basura; a lo lejos, en una esquina, un conciliábulo de niños de la calle reunidos bajo la luz enfermiza de un farol.

—Mirá. Las piedras —dijo Elena.

—¿Qué piedras?

—Las piedras encantadas.

—Entonces mejor vámonos, no vengan y decidan que te tienen que violar.

—Pero si son niños.

—Hnn.

Anduvieron hacia la torre de apartamentos. Él tocó la puerta de vidrio tres veces con la punta de un llavín, para que un guardia uniformado y semidormido saliera de detrás de unas macetas con palmas para levantar la tranca y dejarles entrar.

En el apartamento, él abrió una botella de vino tinto, y vio cómo a ella se le iluminaban los ojos con el sonido del corcho al salir de la botella. Sirvió dos copas a la mitad.

—Salud.

—Salud.

—Vamos a sentarnos —dijo, y la condujo hacia el otro extremo de la sala.

—¿Adónde podría irse uno? —dijo ella.

—A cualquier parte. Lo importante es salir de aquí. ¿Te venís? Porque yo, un día de éstos, me voy. Y creo que para siempre.

Pero a ella le gustaba demasiado su trabajo como para querer acompañarlo —pensó. Ser la directora del suplemento sabatino de un diario era un privilegio (aun en una república de muertos).

—¿Muertos? Voy a ponerme triste —dijo Elena. Se quitó los zapatos, y se tendió de espaldas con una mano detrás de la cabeza en un colchón extendido en el suelo que servía de diván. Vestía pantalones negros y una blusa de lino muy ligera. El vientre, ahora, quedaba descubierto; subía y bajaba al ritmo de su respiración—. No sé por qué —dijo— al acostarme así, me pongo a pensar en mil cosas. Como, ¿por qué hoy me puse pantalones en lugar de falda? O ¿por qué no me hice trenzas?

—Cosas importantes.

—Sí, para mí.

—Trascendentales —agregó Joaquín, sonriéndose.

—Vos y yo —dijo ella más tarde, los ojos fijos en el cielo raso blanco—, ¿también estamos muertos?

Él estaba mal acostado junto a ella, la cabeza apoyada en una mano, mientras con la otra le acariciaba el vientre pulcro, cóncavo. Se sonrió y le dijo:

—Nuestro caso es diferente.

—¿Y qué nos diferencia de los otros?

La respuesta que ella deseaba, y que él pudo darle sin temor, quizá habría estropeado aquel momento. Joaquín alzó las cejas:

—Es un misterio.

—¿Un misterio?

¿Por qué querría indagar?, se preguntó. Cambió de posición, para quedar boca arriba como ella. Dijo:

—No creo que estemos muertos, no todavía.

—¿No?

—Para nada.

Ella dejó a un lado su copa.

—Mas yo diría sin embargamente —se sonrió con desenvoltura inesperada— que vos ya te estás poniendo tieso.

—Como de piedra —dijo él—. Mirá.

Ella lo tocó.

Era verdad.

Caballeriza

Uno

A muchos escritores les pasó: en el momento menos pensado un desconocido se aproxima y les dice: «Debería usted escribir algo acerca de esto». Generalmente la operación no resulta, pero yo estaba en busca de algún tema para ponerme a escribir, y la idea me pareció interesante.

—Sí —le dije a mi interlocutor—, sólo que no conozco este mundo lo suficiente como para animarme.

—Eso no tiene que ser impedimento —respondió—. Yo sí lo conozco, y si quiere puedo ayudarle.

Estábamos en Palo Verde, una finca en las inmediaciones de Pueblo Nuevo Viñas, una zona de la Bocacosta del Pacífico oriental que yo desconocía. Acabábamos de presenciar un espectáculo de caballos andaluces (como se leía en las invitaciones), y la ocasión era el cumpleaños de un patriarca local, don Guido Carrión, que celebraba su octogésimo octavo aniversario.

En la década de 1960 mi padre, que anda hoy por los ochenta, había traído a Guatemala un semental andaluz de la cuadra de Álvaro Domecq —el Pregonero, todavía recordado en «el ambiente» como el primer purasangre español importado a la pequeña república. Así, en el amplio círculo ecuestre guatemalteco, a mi padre lo consideraban el precursor en materia de caballos españoles, y todavía le rendían cierta pleitesía. Eran pocos los espectáculos de aquella naturaleza a los que no era invitado, aunque hacía más de veinte años que no poseía caballos de pura raza, y unos quince que no montaba. En esta ocasión, al invitado le habían advertido que se trataba de un evento en el que las esposas no serían bienvenidas, y estaba implícito que las únicas mujeres que asistirían eran las «edecanes» y alguna que otra amazona, de modo que a mí, único hijo hombre, me correspondía acompañarle.

Los caballos eran hermosos, los caballos eran muy, muy caros. El animador, que perifoneaba el evento con una ignorancia conmovedora, había cometido un desliz que provocó un rumor general: mencionó el precio de uno de los sementales, montado por una mujer, ganador reciente de un concurso internacional: cien mil dólares norteamericanos. Alguien debió de llamarle la atención, y luego, para sacar la pata, el hombre se puso a hablar de «el cariño y el amor que los caballerizos ponían en el cuidado y adiestramiento de estos maravillosos ejemplares». Era inevitable hacer la reflexión de que probablemente el costo de mantenimiento de una sola de aquellas bestias equivaldría a lo que ganaban diez mozos en un mes («Sin tener en cuenta la amortización de un animal así», como alguien observó).

Los caballerizos estaban uniformados con trajes festivos, imitaciones bastardas de la indumentaria campera andaluza —con sombrero cordobés, botines jerezanos y demás— rematados con algún adorno local, como fajas típicas o borlas de Todos Santos. Los pequeños andaluces de imitación, con el físico de los campesinos de ascendencia maya, se veían aún más pequeños al lado de aquellos altos y fogosos caballos. Iban y venían y pasaban peligrosamente cerca de las patas de los potros y los sementales, por los que era evidente que sentían gran respeto y un comprensible temor. He aquí —pensé— la parte más amplia de la pirámide.

En la segunda capa de la pirámide estaban los hombres de seguridad. Muchos de ellos también hubieran podido vestir indumentaria quiché o tzutuhil sin llamar la atención, pero iban en traje de calle, tocados con el sombrero texano todavía en boga en las fincas de la región.

Casi todos llevaban al hombro escopetas recortadas y, al cinto, cananas con cartuchos de varios colores. Las armas relucían y parecían relativamente nuevas, y esto contrastaba con que algunos las llevaran colgadas con mecates de maguey.

Una capa más arriba supongo que estarían el animador, los músicos y las edecanes —una docena de jóvenes dedicadas a recibir a los invitados y servirles las primeras copas. Algunas de ellas parecían profesionales en ciernes, otras eran más bien tímidas, y resultaban prácticamente invisibles entre el grueso de los invitados, alrededor de trescientos hombres de todas las edades y descripciones.

Me pareció ver un rasgo positivo en aquel microcosmos de la sociedad guatemalteca en el hecho de que ahí, hermanados por las inclinaciones equinas, parecía que todos olvidaban cordialmente muchas diferencias —de clase, de profesión, de ideología o superstición— que en otras circunstancias habrían impedido que gente tan dispar se congregara de manera festiva. Seguía llegando gente (para coronar la pirámide) en jeeps de lujo con choferes y guardaespaldas de traje negro, en automóviles oficiales, en uno que otro helicóptero. Reconocí a personalidades de la política (dos o tres congresistas, un viceministro, un ex alcalde), de las altas finanzas y de la prensa. Había también finqueros de cepa o por herencias cruzadas, industriales, comerciantes, vendedores de seguros, médicos, veterinarios y algunos desocupados como yo.

La escasez de mujeres hacía pensar en una reunión de jeques árabes. Se diría que no llevar una pistola visible al cinto o bajo la axila era una falta de etiqueta —falta que parecía perdonable sólo a los muy viejos. Entre los jóvenes, muchos llevaban, además de la automática oscura y reluciente, algunas recámaras de reserva —como si esperaran que tarde o temprano se produjera un tiroteo y hubieran previsto el peligro de quedarse sin balas.

Mi padre y yo habíamos llegado a tiempo para ver el show desde el inicio. En un picadero techado, sobre unas tarimas de madera rústica, estaban el patriarca y sus íntimos sentados en sillas de plástico. Hicimos cola para subir hasta ahí. Al llegar su turno, mi padre obsequió al cumpleañero con un caballito de porcelana, proveniente de la tienda de mi madre. Después de un breve intercambio de frases corteses con el anciano y sus allegados, mi padre y yo fuimos invitados a colocarnos, de pie, en un extremo de las tarimas, a la derecha del pequeño grupo.

En el picadero, los sementales y los potros —Favorito 27, Justiciero 33, el Duro II...— hacían sus números, mientras el perifoneador con su voz de trueno hablaba de futilidades, y luego se retiraban entre aplausos.

Estando tan cerca del cumpleañero mi padre y yo, no nos fue fácil escapar a la procesión de invitados que seguían acercándose al estrado para felicitarlo. Hombres vestidos con ropa de marca y ostensiblemente armados se inclinaban para darle un abrazo o un beso y un regalo caro, o significativo —como la foto de su primer garañón en el momento en que desembarcaba (por medio de una grúa) de un carguero español en Puerto Quetzal. Después de esta breve ceremonia, y antes de ir a buscar asiento en un graderío improvisado en el picadero al aire libre junto al picadero techado, los recién llegados no podían evitar saludarnos a mi padre y a mí, lo que comenzaba a hacerse incómodo. Parecía inevitable que en una reunión como aquélla nos encontráramos con gente que no queríamos ver, y menos saludar: algún crítico detestable, un abogado que te engañó, el eminente médico que, por no faltar a una partida de golf, se negó a operar a un amigo. Para mi sorpresa, durante el desfile frente al cumpleañero, era como si una amnesia momentánea nos asistiera; dábamos la mano y los buenos días a gente que temíamos o despreciábamos —o ambas cosas a la vez. Las edecanes, mientras tanto, distribuían bebidas, y los invitados intercambiaban bromas más o menos maliciosas y estúpidas.

A nuestras espaldas, detrás de una pared de bloques de menos de dos metros de altura, en un recinto cuadrangular con piso mitad de tierra, mitad de cemento, dos matarifes estaban descuartizando un cerdo sobre una mesa de hierro. Pequeños enjambres de moscas verdes y brillantes se levantaban de la mesa, sobrevolaban brevemente por encima de nuestras cabezas y luego regresaban al lugar de la matanza para posarse sobre excrementos, entrañas y sangre coagulada. Uno de los matarifes se puso a trocear la carne, mientras el otro removía en un caldero colocado sobre brasas la piel del cerdo, para convertirla en chicharrón. Los olores que comenzaron a flotar en el aire con el vapor del caldero no tardaron en provocar una cadena de flujos y reflujos de jugos gástricos.

Mi padre aguantó con bastante estoicismo la hora larga que duró el espectáculo, que terminó con un desfile de yeguas con sus crías. El animador dejó de hablar, y un pasodoble español empezó a sonar por los altavoces. Oí a mi padre respirar con alivio. «Si no sirven el almuerzo antes de las dos, nos vamos», me dijo al oído.

El cortejo de ancianos comenzó a moverse lentamente. Los más viejos, seguidos de cerca por sus guardaespaldas, se dirigieron con el cargamento de regalos recién recibidos hacia la casa principal de la hacienda, en lo alto de una pequeña colina a unos cien metros de los picaderos. Los demás fuimos a reunirnos con la masa de invitados bajo un extenso toldo de lona, donde las edecanes y los meseros empezaban a servir boquitas de frijoles negros, guacamol y los chicharrones recién preparados y calientes todavía.

Seguían llegando invitados. Nosotros habíamos estacionado en una plazoleta junto a un galpón, donde se guardaban el alimento caballar y los aparejos. Ahora la plaza estaba repleta de automóviles, casi todos 4x4 de lujo, varios de ellos blindados, y los guardaespaldas con trajes oscuros y anteojos de sol hormigueaban por entre los vehículos. Los invitados que llegaban tarde estacionaban a ambos lados del camino de tierra que serpenteaba colina arriba desde una cañada sembrada con bambú colombiano, a la vista de dos atalayas de cemento armado con techo de lámina y troneras negras.

A lo lejos, hacia el noroeste, se veía el cono irregular del volcán de Pacaya. Montañas de nubes resplandecientes y algodonosas cambiaban de forma en un cielo tímidamente azul. El terreno ondulante plantado de cafetales y sus árboles de sombra, con filones color limón de las siembras de bambú, se extendía hasta donde alcanzaba la vista. El paisaje era plácido, pero la desgarrada música de corridos y rancheras que había comenzado a sonar a todo volumen, combinada con el whisky que fluía en abundancia y la presencia de tantas armas, me hizo concebirlo como escenario idóneo para un crimen pasional.

El hijo de un amigo de tiempos del colegio se acercó a saludarme, un poco sorprendido de verme ahí. Era un adolescente bien parecido, y él también estaba disfrazado de vaquero, pero no llevaba armas. No muy lejos de nosotros, dos capitalinos corpulentos se estaban dando un abrazo efusivo, y de pronto, cómicamente, comenzaron a dar pasitos de baile al son de la norteña que sonaba. Alguien gritó en tono burlón:

—¡Paguen cuarto, maricones!

Los dos dejaron de bailar y miraron a su alrededor, en busca de la voz ofensora, que no dijo nada más.

—¡Tené cuidado —gritó al aire uno de los insultados—, que por menos podríamos quebrarte el culo!

Hubo risas y el asunto, aparentemente, quedó olvidado.

—Para qué tantas pistolas en una fiesta como ésta —dijo el adolescente en tono de desaprobación—. Con lo borrachos que se están poniendo todos, no parece buena idea.

—Buena pregunta —asentí—. ¿Y tu papá vino también?

—No, vine solo. Quería ver a Claudio, el nieto de don Guido, pero acaban de decirme que no está. Anda por los Estados. ¿A quién se le ocurre hacer un fiestón así, sin mujeres? —dijo después—. Yo creo que ya me voy.

Nos despedimos, y fui a reunirme con mi padre, que se había instalado en una mesa de plástico bajo una gran sombrilla a pocos pasos del toldo de lona.

Parecía que, pasada la euforia ecuestre, el honor de la familia anfitriona dependía de la cantidad de alcohol disponible. Los sobrinos de don Guido hacían constantemente viajes de la casa principal al bar improvisado bajo el toldo, cargados con botellas de whisky, de vodka o de ron, y las bebidas eran despachadas sin descanso por edecanes y meseros. Aún no era mediodía, y, según mi padre, ya no había esperanzas de que el almuerzo fuera servido antes de las dos.

Para mi sorpresa, más de algún extraño y uno que otro conocido fue hasta la mesa a saludarme. No esperaban encontrarme ahí, decían. Alguno me felicitó por un artículo aparecido en la prensa o por algún libro que no había leído pero de cuya publicación estaba enterado.

«Una hora más —pensaba yo— y esto habrá terminado».

Un poco más tarde, cuatro o cinco viejos amigos de mi padre se acercaron a saludarlo y se sentaron a nuestra mesa. Se pusieron a hablar de caballos. Después de ir a servirle a mi padre un plato de boquitas y un vaso de whisky con hielo, me di cuenta de que una de las edecanes, una chica de cara desdibujada y ojos tristes, acababa de ser dejada en paz por un trío de vaqueros capitalinos que estuvieron asediándola, así que aproveché la oportunidad para abordarla. Una finísima película de transpiración se había formado en su cuello largo y firme y en sus pechos sospechosamente bien formados para darles un brillo discreto y atractivo. Vestía un chaleco de vinilo rojo muy escotado, pantaloncitos cortos, medias blancas de licra y botines negros de tacón. Con aire de cansancio, preguntó:

—¿Puedo servirle algo?

Le dije que no, que me había levantado sólo para estirar las piernas.

Me miró de arriba abajo, y luego en son de broma:

—Pues no parece que se le estén estirando —dijo, y miró por encima de mi cabeza, para enfatizar el hecho de que era un poco más alta que yo.

Tenía un título en estética —me dijo— y ahora estudiaba Relaciones Internacionales en un curso por correspondencia. Cuando no trabajaba de edecán los fines de semana, lo que más le gustaba era ir al mar —como suele llamarse aquí a la costa del Pacífico— a broncearse y nadar.

—¿Tenés casa en el mar? —le pregunté.

—No.

—¿Y adónde vas?

—Depende. A casas de amigos, por lo general.

Yo estaba por sugerir que me acompañara un fin de semana a la casa de un amigo en un sector de lujo frente al mar —ese gran afrodisíaco—, cuando, por encima del estruendo de la música, oímos una detonación.

Orientados por el ruido, nos volvimos todos a una hacia los establos, donde se levantaba una columna de humo negro. Después de un momento de silencio —sólo la música se oía, pero pronto se apagó— vino un aluvión de preguntas. Los guardias armados y los guardaespaldas fueron los primeros en ponerse en movimiento. Unos corrieron hacia los establos, otros se abalanzaron hacia sus patrones, para darles protección, otros iban de aquí para allá sin propósito evidente. Desde los establos llegaron una serie de gritos, y comprendimos que se había producido un incendio. Las edecanes se retiraron apresuradamente hacia la casa principal, como si ésa fuera la norma de su reglamento en caso de peligro. «Con permiso —me dijo la chica de vinilo—, ha sido un gusto». Varios hombres armados, que habían formado un grupo compacto, bajaron hacia los establos, y fueron seguidos por una docena de invitados. Mi padre dijo:

—Mejor esperamos aquí, es lo más prudente.

Sus amigos asintieron. Yo, con un ademán apologético, rodeé la mesa, y me fui detrás de los mirones.

Entre los picaderos y la cuadra había una plazoleta adoquinada en espiral, con su palo de tornear caballos en el centro. Un olor a madera quemada con vetas de carne y pelo chamuscados iba y venía en el aire. De vez en cuando, una rata o un ratón salían disparados desde los establos, donde la gente se había aglomerado, y cruzaban la plaza a toda velocidad, para alejarse del fuego. Un sinnúmero de pulgas, hormigas y chinches pululaban por entre las piedras, y pequeñas nubes de mariposillas grises revoloteaban en el aire. Por un momento sentí que ya había visto todo aquello en otro tiempo. Las mariposillas parecían desorientadas por el humo, y caían muertas aquí y allá a mi alrededor. De los establos salía una confusión de ruidos —relinchos, bufidos, gritos, coces. Me detuve a media plazoleta. Los gritos humanos pedían más agua y mantas para sofocar el fuego. Los poderosos lamentos de los caballos y sus coces desesperadas contra las puertas y las paredes de los establos eran como una ilustración sonora del Infierno.

No habrían transcurrido cinco minutos desde que oímos la explosión, pero el tiempo parecía que se había vuelto elástico. Todo ocurría o demasiado veloz o demasiado lentamente. Una figura femenina atravesó de pronto la valla de gente que se había formado a la entrada de los establos. Se cubría la cara con las manos, pero por el pelo largo y rojizo y las botas de montar reconocí a la amazona que durante el espectáculo había cabalgado sobre el semental de los cien mil dólares. Caminaba a pasos rápidos, y un poco antes de pasar a mi lado se descubrió la cara y empezó a correr. Tenía los ojos rojos y las mejillas cubiertas de lágrimas.

El hijo del patriarca festejado, a quien apodaban «la Vieja», apareció después, y corrió detrás de la amazona. Pasó también a mi lado sin mirarme. «Con la expresión de un loco», pensé: los ojos desorbitados, la boca abierta como si estuviera a punto de soltar un grito, la lengua medio fuera. Lo vi correr en dirección a la casa principal, por donde había subido la amazona, y seguí caminando hacia la cuadra.

Algunas tablas humeaban todavía en los establos, y de vez en cuando una ráfaga de viento producía un chisporroteo o avivaba una llama, pero el incendio fue dominado. Los guardias de seguridad iban y venían y daban voces. Comenzó a correr la orden de acordonar el sitio para no dejar partir a nadie. Varios peones estaban matando a golpes de mantas las últimas llamas y brasas, y los mirones habían formado una media luna en torno de un caballo muerto. Estaba tendido de costado sobre los adoquines, medio cubierto con una gualdrapa, la cabeza partida, chamuscadas la cola y la crin. Era el Duro II, el garañón de los cien mil, me aseguró un hombre de ojos vivos y pelo muy negro que vestía un traje de tres piezas.

—¿Pero qué fue lo que pasó? —le pregunté—. ¿Un accidente?

Me miró con una sonrisa extraña y se encogió de hombros.

—Tal vez, pero no por fuerza —me dijo en un tono al mismo tiempo serio y familiar.

Un poco después un campesino corpulento apareció por una hilera de cipreses que sombreaban más allá de los establos. Traía en una mano un recipiente de plástico, medio quemado y deforme. Dos guardias salieron a su encuentro para interpelarlo. Era el caballerango, y había encontrado el bote, dijo, entre unas matas, cerca del sendero que bajaba hacia el antiguo lindero de la finca.

Yo estaba pensando en que no había sido buena idea tocar ese bote, cuando mi interlocutor me dijo: «Podría usted escribir un libro acerca de esto».

La congregación de mirones había comenzado a dispersarse, y mi interlocutor, que resultó ser un abogado, emprendió conmigo el camino colina arriba hacia la casa. La policía no tardaría en llegar, nos avisaron, y se nos pidió muy cortésmente que no nos marcháramos hasta que los detectives que estaban en camino nos interrogaran para dar inicio a una investigación. Mientras esperábamos, desde lo alto de la colina vimos una cuadrilla de peones que comenzaban a cavar una fosa cerca de los establos, y un cuarto de hora más tarde arrastraron hasta ahí el cadáver del Duro II.

—Tal vez tampoco debieron enterrar tan pronto ese caballo —dijo mi interlocutor—. Pero aquí las cosas se hacen como manda el patrón. —Me miró a los ojos.— Insisto, de aquí podría sacar material para un buen libro. Algo muy nuestro.

—Es posible —sonreí—. Su interés, supongo, es solamente literario.

—No, no solamente, tiene usted razón —replicó—. Tal vez lo hago por vanidad también. De cualquier forma, no pensaría en cobrarle —bromeó— ni en compartir la autoría. Pero claro, si me hiciera una dedicatoria, no me sentiría ofendido.

Nos reímos entre dientes, pero la idea comenzaba a interesarme.

Le dije:

—No le he preguntado su nombre.

Se sacó de la billetera una tarjeta de presentación, una tarjeta marfil con letras color sangre seca, donde decía: «Jesús Hidalgo, abogado y notario».

—He leído, creo, todos sus libros —dijo, mientras yo guardaba la tarjeta—. Me gusta cómo escribe. Pero yo diría que nunca se ha metido de lleno en nuestra realidad. La de esta clase, quiero decir. Podría hacerlo ahora.

Poco después oímos el motor de un helicóptero que volaba bajo, y comenzó a describir círculos por encima de nuestras cabezas. Alguien daba órdenes desde la nave por medio de un altavoz; las personas que se encontraban en la finca debían reunirse inmediatamente en el casco. Dije que iría a buscar a mi padre, que se había quedado solo en su mesa, y el licenciado se ofreció a acompañarme. Regresamos a paso lento los tres a la casa de la hacienda.

A mi padre y a los otros ancianos los dejaron en paz rápidamente —un policía se limitó a apuntar sus nombres. Luego la Vieja les hizo pasar a la casa. Don Guido ordenó que les prepararan sandwiches, y puso dormitorios y baños a su disposición. A los demás, los detectives nos fotografiaron y nos hicieron varias preguntas. Ya era casi de noche cuando nos permitieron partir.

—Puede llamarme cuando quiera —le dije al licenciado Hidalgo al despedirnos, y le di mi número— pero si usted no me llama, probablemente yo lo llamaré.

—Me parece bien —me dijo.

Nos despedimos, y llevé a mi padre del brazo hasta el auto. Cuando le ayudaba a subir, me di cuenta de que tenía mojada la entrepierna.

—¿Se orinó? —le dije.

—Se salió del pañal, ¿qué querés que haga? —respondió ásperamente.

Cerré la portezuela con una sonrisa de indulgencia, y mi padre bajó su ventanilla:

—Lo mismo te va a pasar —me previno— si llegás a tener mis años.

En el trayecto de vuelta hablamos de las posibles causas de la desgracia —las envidias que la opulencia de los Carrión podía despertar, o la fatalidad.

—Puro terrorismo —dijo mi padre—. ¿Qué culpa tenía ese animal? Yo doy gracias a Dios porque ya no tengo caballos, ni cosas tan envidiables. A ver si la prensa dice algo —agregó después.

—No lo creo —respondí—, aunque ahí había un periodista por lo menos.

—Un lameculos, eso es lo que había ahí —dijo mi padre, y ése fue, más o menos, el final de nuestra conversación.

Cuando llegué a mi apartamento, yo estaba prácticamente convencido de que aquél era material para una historia.

Dos

El licenciado Hidalgo pertenecía al colegio guatemalteco de abogados, donde me facilitaron su currículo. Había estudiado leyes en la Universidad Landívar, tenía una maestría en derecho familiar. Colaboró algún tiempo como columnista en un diario local. De muy joven había publicado un librito de versos. Era soltero.

Unos días después de la fiesta lo llamé.

—Es una lástima que no se quedara un rato más —me dijo—. Pero entiendo que no podía, por su señor padre. De todas formas, yo le puedo contar lo que pasó.

Preguntándome una vez más por qué el licenciado querría compartir conmigo aquella historia, sugerí que nos viéramos ese mismo día, y él me invitó a visitarlo en su bufete.

La sala de espera, pequeña pero cómoda, miraba desde el quinto piso de un viejo edificio comercial a los hangares y las pistas del aeropuerto La Aurora, y el despegar y aterrizar de los aviones ofrecía una modesta distracción. En una pared había una librera con enciclopedias y diccionarios, y en la mesa de centro estaban las típicas revistas de sala de espera, viejas y manoseadas. La secretaria, una matrona de continente digno y formas opulentas, me hizo pasar a la oficina del licenciado, que estaba al teléfono detrás de su escritorio. Un alto anaquel se alzaba a sus espaldas con volúmenes de códigos de leyes y otros instrumentos de su profesión, y las paredes laterales estaban cubiertas de libros —libros de verdad, entre los que reconocí con gusto los nombres de varios autores de mi predilección.

Sobre el escritorio del licenciado había carpetas y documentos en desorden, y una bola de cristal, que servía de pisapapeles, con un pequeño escarabajo eternizado en el centro. Con un ademán el licenciado me invitó a sentarme en una silla de madera, que me pareció sorprendentemente cómoda, y su secretaria me ofreció algo de tomar. Le pedí un vaso de agua.

—¿Nunca le pasó algo así? —me preguntó el licenciado después de colgar el teléfono—. ¿Que alguien se empeñe en transmitirle un cuento?

Dije que era la primera vez, y di las gracias a la secretaria, que había puesto en una mesita al lado de mi silla un vaso con cubitos de hielo y una garrafa de agua.

—Podría estar bien —agregué cuando la secretaria nos dejó solos—, siempre que el cuento sea creíble.

El licenciado se rió.

—Claro, sus cuentos no tienen mal nivel. ¿Trajo grabadora?

—No.

—Me alegro. Porque lo que voy a decirle es mejor que no lo repita textualmente. ¿Me entiende? Tendrá que convertirlo, usted sabrá cómo, en ficción.

—Ajá —asentí—. No soy reportero. Pero dígame, licenciado, ¿qué interés tiene en transmitirme, como dijo usted, esta historia?

Se echó para atrás en su silla —una envidiable silla de metal cromado y de piel—, miró al techo, dijo:

—Si yo tuviera la gracia, ésta sería una de las historias que me habría gustado escribir.

Me pareció que sus ojos se humedecían; apartó la mirada.

Tres

—¿Se acuerda del hombre que encontró el bote de gasolina cerca de los establos? Sí, el caballerango de los Carrión. Al final fue al único que detuvieron como sospechoso. Seguro que otras personas podían tener motivos para querer hacer daño a don Guido o a la Vieja. Por envidia, sobre todo, pero también por otras razones. Don Guido no parecía creer capaz a su caballerango de hacer algo semejante, y trató de evitar que lo arrestaran, pero la Vieja lo convenció de que era mejor no interferir. Yo presencié parte del interrogatorio, y me extrañó que Juventino, el caballerango, se mostrara indiferente al gesto benévolo de sus patrones, y hasta parecía mirarlos con resentimiento. Recordará también a la amazona, una alemana. Montaba el caballo que quemaron, y también a ella la interrogaron.

Recordé a la amazona; me había parecido atractiva, con su cabeza llameante y su torso erguido, los pechos pequeños pero bien colocados, y las nalgas y los muslos duros de las amazonas, acentuados por la licra negra de sus pantalones de montar.

—El investigador fue implacable con ella —me dijo el licenciado—. Que si estaba casada, si tenía novios o amantes, si recibía visitas (vive en Palo Verde, en una casita anexa a la residencia principal), qué no le preguntó. Daba palos de ciego, pero la pobre estaba aturdida. Durante el interrogatorio yo fui armando mi pequeña hipótesis, que podría ser el nudo de nuestra historia, y que, si tiene un poco de tiempo, le voy a explicar. La serie de suposiciones que voy a exponer parte de un nombre, o más bien de un apodo, que oí que la alemana, que se llama Bárbara, por cierto, Bárbara Braun, pronunció entre sollozos cuando la interrogaban. «*Wo ist der Mincho?*», creo que dijo. Mi alemán es rudimentario, y tal vez no fue eso exactamente lo que dijo, pero estoy seguro de que pronunció el apodo Mincho, de Domingo. Domingo es el hijo menor de Juventino, el hombre que arrestaron. Esto es algo que los investigadores no sabían, así que no ahondaron en el asunto. ¿Por qué don Guido y la Vieja, que sí lo sabían, prefirieron callarlo? —pregunto yo—. Mincho ayudaba desde niño a su padre con los caballos, era bueno para desbravar potros. Hacía un par de años que se encargaba casi exclusivamente del Duro II, el garañón quemado, y se había convertido en asistente de la amazona. Pero el otro día, el día del show, no estaba ahí. Fue reemplazado por un hombre mayor, otro pariente de Juventino, cuyo nombre ignoro. Pregunté discretamente a otros mozos de la finca si sabían dónde estaba Domingo. Nadie lo sabía. Me enteré en cambio de que había ido a trabajar el día anterior. Ensayaban el número para el espectáculo, la amazona y él, y todavía estaban montando cuando los demás peones se marcharon.

El licenciado hizo una pausa. Había hablado con calma, recostado cómodamente en su silla. Ahora, se inclinó hacia adelante y prosiguió:

—Aquí terminan mis observaciones. Lo que sigue es cábala pura. Imaginemos —se sonrió, y volvió a echarse para atrás—, imaginemos que Mincho estuvo ayudando hasta tarde a la amazona después de montar. Tendrían que engrasar aparejos y preparar los jaeces para el Duro, que iba a ser la estrella del show. La jornada en el campo termina pronto, como sabe. Normalmente, a eso de las cinco la caballeriza y sus alrededores habrían quedado desiertos. Pero ese día la amazona y Domingo permanecieron ahí.

—¿Usted conoce a Mincho? —pregunté.

—Sí —me dijo el licenciado—. Es un patojo despierto, alto como su padre, de buen aspecto.

—Ya veo —le dije.

—Entonces ¿continúo? A la Vieja le dicen la Vieja porque desde niño era muy serio. Yo, en tiempos, llegué a conocerlo bien. Mis padres eran dueños de Las Victorias, la finca que colindaba con Palo Verde, y yo crecí ahí. Al morir mi padre, don Guido le hizo una oferta a mi madre que resultó imposible rechazar, y vendimos. La Vieja vivió siempre a la sombra de su padre, y era casi cómicamente tímido con las mujeres. Se casó con una mayor que él. Fue ella quien lo conquistó, las malas lenguas dicen que por su dinero. De todas formas, yo creo que se casó virgen. Él, quiero decir —se sonrió—. Esta mujer lo abandonó al poco tiempo, y le dejó un hijo, que tendrá ahora dieciséis o diecisiete años. Después de ella, no creo que la Vieja tuviera otros amores. El campo de su actividad sexual eran los burdeles caros, ¿no? Hasta que apareció Bárbara.

De nuevo, el licenciado hizo una pausa, pero esta vez no me miró, sino que clavó los ojos en la bola de cristal. Dijo de pronto:

—La esposa era alemana también. Como que no le quitó de todo el gusto.

—¿Es decir que son amantes? —pregunté.

—Digamos que sí, ya que estamos, ¿no es cierto?, haciendo ficción.

Recordé de nuevo la escena de la tarde anterior, cuando me crucé con la mujer cerca de la cuadra quemada y con la Vieja que iba tras ella.

—De acuerdo —le dije.

—Imaginemos que no era la primera vez que la amazona y el caballerizo se quedaban solos al terminar la jornada. No sé si usted habrá entrado en el galpón junto a los picaderos, donde estaban los baños.

Yo había estado ahí, para acompañar a mi padre en uno de sus viajes urinarios. Era un galpón con pequeños tragaluces en lo alto en lugar de ventanas. A lo largo de una pared había una colección de monturas, galápagos, cabestros, riendas, jáquimas, albardas; y a lo largo de la pared opuesta había toneles con cebada, pacas de heno y fajos de zacate. En el centro había una gran mesa de madera rústica; y en el fondo estaba el baño.

—Imaginemos —prosiguió el licenciado, y su sonrisa maliciosa se esbozó apenas en su cara— que la demora del caballerizo y la amazona no se debía solamente a los quehaceres y tareas que compartían, sino que —hizo un gesto que pudo ser una especie de apología por las debilidades humanas—... pero usted ya me ha entendido.

Imaginé una escena: la mujer tendida de espaldas en un extremo de la mesa, con los pantalones de montar enrollados sobre las botas, el pecho descubierto, la espalda arqueada, y el joven caballerango inclinado sobre ella, enclavado entre sus piernas, los pantalones bajos, empinado sobre las puntas de los pies para perfeccionar la penetración.

—Ya —le dije—, ya veo.

—Continúo, pues. Supongamos que la Vieja no estaba al tanto de todo esto, pero que tenía sus sospechas. Imaginemos entonces que, aquella tarde, cuando los trabajadores se habían retirado, la Vieja buscó a la amazona. Estaría un poco ansioso por los preparativos para la celebración, o quizá quería discutir con ella algún detalle relativo al espectáculo. Es probable que después de buscarla en su casa, la casita donde ella vive, al lado de la casa principal, bajara a las caballerizas. Ya estaba oscuro a esas horas, y tal vez por los ventanucos en lo alto de la pared del cuarto de aparejos no salía luz. Pero supongamos que, al pasar por ahí, la Vieja oyó un ruido que venía del interior. El crujir de las patas de la mesa, o algún gemido o exclamación. La puerta estaría cerrada, pero la Vieja, sigamos suponiendo, tenía la llave consigo. Imaginemos que entró y que sorprendió a la amazona y al caballerizo en acción.

Me eché para atrás en mi silla, que comenzaba a parecerme menos cómoda. Dije: «Ajá», y esperé a que el licenciado continuara. Se puso de pie y comenzó a dar pasos por el despacho sin quitar los ojos del suelo.

—Puede ser que la Vieja estuviera armado —continuó—. Pero no creo que se dejara llevar por la cólera que podemos suponer que aquel cuadro le provocó. —Volví a ver en la imaginación a la alemana tendida sobre la mesa, las piernas abiertas para recibir el sexo del muchacho.— Lo más probable es que ordenara a la mujer que se fuera a su casa, y que se quedara solo con el caballerizo para pedirle cuentas, ¿no le parece?

El licenciado volvió a sentarse en su silla.

—Si, como también podría suponerse, en un arrebato de celos —prosiguió— le hubiera metido un tiro ahí mismo, la mujer no se habría quedado tan tranquila (usted sabe cómo son las alemanas) y dudo que hubiera participado en el espectáculo el día después. Además, tampoco habría hecho esa pregunta cuando la interrogaban, *Wo ist der Mincho?* ¿Dónde está Mincho?, ¿no cree?

Con otra de sus sonrisas el licenciado demostró que se escuchaba —y, me dije a mí mismo, tenía razón para estar satisfecho. Se me ocurrió sugerirle que escribiera él mismo la historia, cual me la estaba explicando a mí, pero me abstuve.

—Parece lógico —le dije—, pero entonces, ¿qué cree usted que pasó?

—Tengo dos hipótesis. La primera sería que la Vieja, conteniendo su ira (y yo le creo capaz de contenerla), se hubiera contentado con humillar al muchacho, decirle que estaba despedido, que no quería volver a verlo por ahí, y todo eso. Imaginemos que Mincho estaba realmente enamorado de la mujer. Humillado y despedido, ¿no pudo él, por venganza, provocar el incendio?

—¿Y la otra? —pregunté, porque me pareció que el licenciado había querido dar a sus últimas palabras un tono de inconclusión.

—La otra —dijo despacio— es un poco más comprometedora. Para nuestros anfitriones, quiero decir. Pero me temo que también parece más sólida que la primera.

De nuevo el licenciado dejó de hablar y se quedó mirando la bola de cristal. Dije:

—Me he perdido un poco. ¿Cuál es la otra hipótesis, licenciado?

—Imaginemos que la Vieja no haya podido ahogar su rabia, supongamos que sólo la *retardó.* Mandó a la mujer a su casa, y se quedó a solas con Mincho, pero no para despedirlo, sino para castigarlo, ¿me entiende?

—Creo que sí —le dije.

—Pues claro. —Se inclinó hacia adelante.— Esto es lo que yo creo, o lo que sospecho, pero todavía hay una que otra cosa que verificar. De todas formas, supongamos que la Vieja mató más tarde al muchacho. Un crimen pasional como tantos. Todavía no veo cómo pudo Juventino enterarse tan rápidamente del asunto, pero digamos que se enteró. Así, no cuesta tanto entender que le diera mecha al garañón para vengarse. Y así también se explica que la Vieja y don Guido terminaran intercediendo por él, si no querían que lo interrogaran demasiado a fondo, si no querían que nadie hurgara en la cuestión, ¿me explico?

—Perfectamente.

—¿Qué, podría haber historia, o no?

—Yo diría que sí— le dije.

Nos pusimos de pie para dar por terminada la entrevista, y me acompañó hasta la puerta.

—Deberíamos hacerle unas preguntas a Juventino, ¿no cree? —me dijo al despedirnos.

—Por qué no —contesté.

Cuatro

Ninguna noticia acerca de la desgracia ecuestre había trascendido a la prensa, y, para la vida pública, era como si la cosa no hubiera tenido lugar. A través de sus contactos profesionales, el licenciado averiguó que los Carrión no habían hecho cargos contra Juventino. Fue despedido de la finca, donde había vivido hasta entonces, pero ya estaba en libertad. El licenciado también intentó enterarse del paradero de Domingo, y no ocultó su satisfacción al revelar que nadie pudo dar noticias suyas, ni en Palo Verde ni en Pueblo Nuevo o en sus alrededores.

El domingo siguiente temprano por la mañana salimos de excursión hacia Pueblo Nuevo en busca de Juventino el licenciado y yo. Después de una lluvia nocturna, el sol hacía resaltar toda la gama de verdes del paisaje bajo un cielo muy claro donde blanqueaba alguna nube. La carretera estaba despejada y el jeep que el licenciado alquiló para la ocasión, alegando que su auto podría atascarse en algún lodazal del camino de tierra que llevaba de la carretera principal a la aldea donde le habían dicho que ahora estaba viviendo Juventino, se desplazaba sobre el asfalto velozmente y sin ruido. Tuve varias veces la ilusión de que no nos movíamos nosotros sino el campo a nuestro alrededor. En lejanía, de entre el verde oscuro de los montes surgía de cuando en cuando el destello de un rayo de sol al espejear en algún auto que viraba en los ganchos de la sierra. Bajamos a la Bocacosta, la humedad empañó los vidrios del auto, y el licenciado manipuló los controles del aire acondicionado para limpiarlos.

—¿Ha escrito algo ya acerca de todo esto? —me preguntó.

Él ocultaba un interés en la historia que no era puramente literario —ésa era la impresión que yo tenía— y me estaba utilizando de una manera que no alcanzaba a comprender.

—Algunas notas nada más —le contesté.

—Me gustaría ir leyendo algo, cuando se pueda.

—Todavía no sé si habrá nada al final —le dije, y creo que se sintió frustrado con mi respuesta.

Juventino tenía una hermana en Cienaguilla, un caserío cerca de Viñas, y era ahí donde se había instalado. El licenciado me dijo que, para no parecer entrometido, no había preguntado acerca de su paradero a nadie en Palo Verde. Había recurrido a la policía, y se enteró de que existía una orden para ejercer una vigilancia discreta sobre Juventino. Nos dirigimos a la comisaría, y ahí nos dieron indicaciones para llegar a la casa de doña Nélida Garín, la hermana de Juventino, donde nos aseguraron que lo encontraríamos.

Serían las siete de la mañana cuando el licenciado detuvo el jeep frente a una casita de adobe a unos tres kilómetros del pueblo al final de un camino angosto que bordeaba una barranca. La casa, recién encalada, tenía techo de lámina y estaba rodeada por una cerca tupida de buganvillas rojas. Al frente había un jardín con grama bien recortada, y el blanco pastoso de las paredes vibraba con la luz de la mañana. Se oían los reclamos de los pájaros, el ruido como de agua de los árboles y el viento que subía por la barranca, y, proveniente del interior de la casita, el zumbar de una máquina de coser. Después de unos «avemarías» que dio el licenciado con voz destemplada, la máquina dejó de hacer ruido, y un poco más tarde se abrió la puerta de la casa y apareció una mujer pequeñita de pelo blanco y tez oscura y muy arrugada.

El licenciado se presentó, dijo que era amigo de Juventino.

—¿No son policías? —preguntó la vieja, mientras nos escrutaba y echaba una mirada al jeep de alquiler.

El licenciado explicó que había crecido en Las Victorias, la finca anexada a Palo Verde por los Carrión, y que conocía a Juventino desde niño.

La mujer nos hizo pasar por un estrecho corredor lleno de macetas con plantas y flores. Atravesamos una sala diminuta, y salimos a un patio donde estaba Juventino sentado en un banquito frente a un montón de mazorcas de maíz. Nos miró con alarma, pero se tranquilizó al reconocer al licenciado. Dejó de desgranar la mazorca que tenía en las manos, unas manos gordas tostadas por el sol.

—Don Chus —se sonrió, y se puso de pie.

El licenciado hizo algo que yo no me esperaba.

—Juventino, viejo —le dijo—, tu hijo tiene problemas. Graves. Muy graves.

El hombrón volvió a sentarse en su banquito. Tomó de nuevo la mazorca y siguió desgranándola, como distraído.

—¿Dónde está? —preguntó por fin.

—Hay que encontrarlo —dijo el licenciado—. Pensé que podías ayudarnos a encontrarlo.

—No fue él —dijo Juventino, y dejó caer al suelo la mazorca.

—Y vos tampoco fuiste. ¿Pero sabés quién pudo ser?

Juventino no respondió. El ruido de la máquina de coser se oía de nuevo.

—Lo que pasa, Juventino —siguió el licenciado—, es que el Duro estaba asegurado, y, lo quieran o no los patrones, la aseguradora va a empezar una investigación. Es mejor que nos digás la verdad —y me miró, para hacerme cómplice de su mentira—, aquí en confianza. Si no fueron ni tú ni Domingo, no tendrás dificultades. Podés confiar en mí, creo que eso lo sabés. —Hizo una pausa, hasta que Juventino movió afirmativamente la cabeza.— Y te aseguro que también podés confiar en este señor. —Me señaló con el pulgar.

—Yo no sé quién fue —dijo Juventino—. Pero van a pensar que fue Mincho, si se escondió, ¿verdad?

El licenciado asintió con la cabeza.

—Pues él no fue, se lo puedo asegurar —repitió Juventino—. Por Diosito que no.

—¿Entonces por qué se esconde?

Juventino guardó silencio.

—Una cosa más, y te dejamos tranquilo —prosiguió el licenciado—. Vos encontraste un bote de gasolina cerca del establo, ¿cierto?

—Sí.

—¿Dónde exactamente lo encontraste?

—Donde termina el adoquín, había lodo. Vi unas huellas y las seguí.

—¿Huellas? ¿Qué clase de huellas?

—Creo que eran de zapatos tenis.

—¿Y las reconociste?

—No.

—¿No se te ocurre de quién podrían ser?

Juventino miró a un lado, abrió la boca, la cerró, y volvió a mirar al licenciado.

—Tal vez eran del niño —dijo.

—¿Qué niño?

—El niño Claudio.

—¿Vos creés que él pudo ser, que él empezó el fuego?

—Yo no dije eso —protestó Juventino—. El niño está fuera del país, todo el mundo lo sabe. No pudo ser él. Yo hablaba sólo de las huellas.

Cinco

Volvimos al auto y al arrancar el licenciado dijo:

—Tuve que improvisar. Espero que no le moleste que le hiciera pasar por asegurador.

Llegamos hasta la carretera asfaltada y seguimos rodando un rato en silencio, con las ventanillas bajas y respirando el aire húmedo y caliente de la Bocacosta.

—Aunque eso de las huellas no tiene mucho sentido —dijo el licenciado cuando dejamos atrás Pueblo Nuevo—, lo que dijo Juventino no deja de ser interesante. El niño Claudio ya no es un niño. Tendrá unos dieciséis. Creo que terminaron por mandarlo a un reformatorio o una academia militar, a West Point, o algo parecido. Era lo que se dice un niño problema. Expulsado de varios colegios. Hijo único, muy consentido y todo lo demás.

Antes de llegar al cruce de Palo Verde, vimos una comitiva motorizada que se acercaba en dirección contraria. Venían a la cabeza dos motocicletas conducidas por robots con cascos de burbuja negra, chalecos antibalas negros y guantes y botas negros. Los seguía una camioneta Mercedes-Benz azul metálico («Ése es el carro de don Guido», dijo el licenciado), y cerraba el cortejo un pick-up negro de cabina doble con vidrios oscuros.

—Catafalco sobre ruedas —comenté.

El licenciado disminuyó la velocidad y se quedó mirando por el retrovisor, hasta que, al doblar una curva, el grupo desapareció.

—Van al mar —dijo.

—¿Al mar?

Aceleramos de nuevo.

—Monterrico está a menos de una hora. De niños, íbamos casi todos los domingos a nadar. Los Carrión tenían un ranchón en la playa, como todo el mundo. Ahora lo que tienen es una mansión digna de *Miami Vice*. —Me miró de lado.— ¿Qué le parece? ¿Nos damos una vueltecita por la finca? Ya que estamos aquí, digo, tal vez hay suerte.

Me había sorprendido, pero dije que estaba bien, de modo que al llegar al cruce doblamos a la derecha, y pronto íbamos dando botes por el camino de tierra que llevaba a Palo Verde.

Avanzábamos muy despacio por un túnel verde hecho de las frondas del bambú que se alzaba a nuestros costados. Al final el túnel se abrió a una vista de cafetales y potreros. Una curva del camino, y el casco de Palo Verde, en lo alto de una plácida colina dominada por dos atalayas, estaba ante nosotros.

—Diremos —dijo el licenciado, refiriéndose a los guardias que nos esperaban a la entrada— que usted está interesado en comprar un caballo, ¿le parece?

—Supongo que podría estarlo —dije—. Dudo que nos dejen pasar.

Frente a la cancela de hierro, un hombre armado se acercó al auto. El licenciado explicó la razón (ilusoria) de nuestra visita.

—Los señores no están —contestó el guardia.

—Tal vez don Guido lo olvidó —dijo el licenciado, y me miró, como para darme una explicación. Volvió a hablar con el guardia—. ¿No hay algún encargado, una persona que nos pueda atender? El señor aquí se va mañana de viaje al extranjero, es lo que pasa.

El guardia —que no tendría más de veinte años, con una frente angosta empedrada de espinillas y una mirada parpadeante— tomó el *walkie-talkie* que llevaba al cinto y se alejó dos pasos del auto para consultar con alguien. Alcanzamos a oír por el aparato una voz femenina.

«La alemana», me dijo en voz baja el licenciado. Se volvió al guardia.

—¡Oiga —gritó—, déjeme hablar con la *frau*!

El guardia obedeció mecánicamente. El licenciado volvió a sorprenderme; se puso a hablar con la mujer en alemán. Entendí sólo algunas palabras, pero me llamó la atención que usaran el *du* familiar en vez del *sie* formal.

—Listo —dijo—, estamos dentro.

El guardia volvió a tomar el aparato, y alcanzamos a oír a la mujer, que daba órdenes.

—Pueden pasar —nos dijo el guardia.

Se compuso la escopeta que le colgaba del hombro y se apresuró a levantar la cancela. Lo salpicamos al pasar a su lado por un charco, pero hizo un saludo militar.

—Matoncito de mierda —dijo el licenciado entre dientes.

Doblamos hacia los picaderos y la cuadra.

—¿Estudió el alemán? —le pregunté al licenciado.

—Mi segundo apellido es Kunz —me dijo—. Mis tíos y mi madre lo hablaban. Algo aprendí con ellos. Al oído. Nunca lo estudié. ¿Usted, sabe algo de alemán?

—Casi nada.

—Pero lo entiende.

—Un poco.

El licenciado parecía esperar que siguiera explicándole cómo era que yo entendía algo de alemán.

—De muy joven pasé una temporada en Münster. Quería leer en su propia lengua a Rilke, y luego a Kleist, a Hölderlin, a Kafka. No llegué tan lejos, desde luego. Ya lo he olvidado casi todo.

—Una lástima grande —dijo el licenciado.

De nuevo sentí que me había llevado ahí con un motivo oculto y tal vez inconfesable. Pero aparte de la posibilidad de que intentara utilizarme (¿para saldar cuentas con sus antiguos vecinos, que habían despojado a su madre de la finca familiar?) ya la historia tenía para mí suficiente interés, y estaba dispuesto a ponerme en una situación incómoda, a mentir o actuar un poco, con tal de averiguar unos detalles más.

—La frau, ¿trabaja los domingos? —quise saber.

El licenciado se rió.

—Parece —dijo; yo no capté el chiste, así que no me reí.

Estacionamos a la sombra de unos árboles cerca de la cuadra, desde donde llegaba un olor pesado y ácido a estiércol, a sudor de caballos y a pasto cortado.

La amazona, látigo en mano, estaba trabajando al torno un potro retinto de figura perfecta a medio domar. Nos vio llegar y saludó agitando un brazo. Hizo dar todavía algunas vueltas al galope al joven animal, bañado en sudor de la cola a la crin, antes de detenerlo y recoger el lazo para entregarlo al mozo que la asistía. Éste, al recibir el potro, muy fogoso aún, entregó a la mujer un aparato de radio. Bárbara se volvió a nosotros, y atravesó la arena floja y húmeda a zancadas con sus fuertes piernas de amazona. No pude evitar recorrer con la mirada su talle escultural, y pensé que era fácil entender que un adolescente como el Domingo que el licenciado había descrito se viera tentado por una mujer así. Su cara tenía ya las marcas de la madurez, pero en sus ojos claros había un brillo como de grandes perlas. El licenciado nos presentó. Bárbara Braun tenía una voz ronca y agradable, y hablaba con acento muy ligero y controlado en un español correcto salpicado de localismos.

—¿Y cuál caballo es el que quisiera comprar? —me preguntó.

—No estoy seguro todavía. Le estaba diciendo al licenciado que preferiría uno que no esté del todo hecho, como ese potro, tal vez. —Miré al retinto, que el mozo hacía dar vueltas al trote largo en el picadero bajo el sol. Era un animal realmente hermoso, y la idea de poseerlo no dejó de hacerme alguna ilusión. Era fácil fingir.

—¿Tiene otros caballos? —preguntó la mujer.

—Los tuve —le dije—. Pero... —me encogí de hombros.

—Su padre —intervino el licenciado— trajo a Guatemala el primer ejemplar español.

La alemana abrió los ojos con una expresión dudosamente admirativa.

—Ya, ya, el Pregonero. He oído hablar. ¿Y dónde está su finca? —me preguntó.

—Por Pinula —le dije.

—No muy cerca de aquí, entonces. Está bien —se sonrió y asintió con la cabeza.

—¿Usted conoce a alguien que pudiera adiestrar un potro de éstos?

—Hay gente, hay gente, chavo —contestó Bárbara con vaguedad, y pensé que tal vez quiso decir, sin decir tanto, que ella misma podría hacerlo—. Pero si quieren, antes de entrar en más detalles vamos a ver los otros pingos, ¿no?

La confianza que era evidente que existía entre ella y el licenciado, y que parecía que querían disimular, me intrigaba y me molestaba. Había momentos en que no me parecía probable que el licenciado hubiera sido capaz de calcular y determinar detalle por detalle lo que debía ir ocurriendo para hacerme llegar hasta donde llegaría y descubrir lo que iba a descubrir, pero había también momentos en que me parecía lo contrario.

Nos detuvimos a la entrada de la cuadra detrás de la amazona, y ella volvió la cabeza para decir:

—Todavía no puedo creer lo que pasó. Una locura.

Tres mozos estaban terminando de reparar los establos dañados por el incendio, y era difícil imaginar lo que había ocurrido ahí unos días antes. Las paredes habían sido pintadas de blanco y verde, el suelo estaba cubierto de aserrín. No se veía la menor huella de fuego.

—De eso veníamos hablando —dijo el licenciado—, nos preguntábamos si habrían dado con alguna explicación.

Como si no le hubiera oído, Bárbara ordenó a un peón que preparara otro potro para mostrárnoslo, y aproveché el momento para hacer una breve inspección del lugar. Salí de la cuadra y fui hasta el límite de la plazoleta adoquinada, por donde recordaba haber visto aparecer a Juventino con el bote de gasolina medio chamuscado. Más allá, el suelo era de lodo y hierba, y no vi ninguna huella, como era natural, pues las lluvias habrían borrado cualquier huella en aquel terreno húmedo y blando. Di unos pasos por un sendero desdibujado que bordeaba unos arbustos. Mis zapatos se hundían levemente en el fango para dejar huellas tan claras como moldes. Detrás de los arbustos, el sendero continuaba colina abajo entre la hierba, y se perdía de vista a la sombra de una hilera de cipreses muy altos, al borde de un zanjón.

No bajé por el sendero (aunque quería ver hasta dónde conducía) porque el ruido de cascos sobre las piedras me hizo volverme, pero decidí que, vistos los potros, con el pretexto de vaciar la vejiga, podría satisfacer mi curiosidad.

El potro tordillo que ahora nos mostraban era un prodigio de fuerza y agilidad. Mientras Bárbara lo torneaba, sus cascos recién herrados hacían saltar chispas del adoquín. Me acerqué al licenciado.

—¿Le gusta, eh? —me dijo.

—Ambos —contesté, y volví a mirar de arriba abajo a la mujer—. ¿Usted, qué se trae con ella? No me diga que nada.

—Hombre, qué perceptivo es usted. Nos vemos de vez en cuando. Coincidimos en el Club Alemán.

—¿Se ven, solamente?

—Solamente, solamente —se rió el licenciado, pero fue como si hubiera querido darme otra cosa a entender.

Después de que Bárbara nos mostrara dos o tres caballos más, el licenciado insinuó que no sería mala idea que nos invitara a tomar algo en su casa.

—Claro —dijo ella—, me estoy muriendo de sed. —Miró su reloj de pulsera, un modelo masculino.— Ya es hora de una cerveza, al menos en este reloj. Vamos a mi choza, pues.

Empezamos a caminar de nuevo detrás de ella, y decidí que era el momento para excusarme.

—Mi casa es humilde, pero baño sí tengo —dijo Bárbara.

—Gracias. Prefiero hacerlo al aire libre, si no les importa —bromeé—. Ya no me aguanto.

Seis

El barro húmedo del sendero se iba haciendo más resbaladizo a cada paso, así que anduve con mucho cuidado hasta el borde del zanjón al pie de los cipreses. Era un zanjón rectilíneo, como los que tradicionalmente se usaban para marcar el límite entre dos fincas. Del otro lado estaba Las Victorias, anexada a Palo Verde por los Carrión. El zanjón comenzaba en lo alto de la colina, y bajaba hacia el fondo de un pequeño valle, hasta perderse de vista bajo un tupido bosque de bambú. De las ramas de los cipreses llegó el grito de un pájaro. Yo me había detenido justo al borde del zanjón, y me di cuenta de que la tierra que pisaba estaba floja. Era por ahí que había visto a los peones cavar la fosa para el Duro. Oí a mis espaldas el crujir de una rama; me volví rápidamente, un poco asustado. Y fue entonces cuando resbalé sobre la tierra floja y caí por el talud del zanjón casi hasta el fondo. No sufrí ningún golpe y no sentía dolor. Flexioné rodillas y tobillos, para ver si se acusaba una torcedura o luxación. Después pude reírme de mí mismo, aunque mi ropa estaba enlodada. Me puse de pie y comencé a limpiar el lodo de las rodillas de mis pantalones, los codos y el frente de mi camisa, mientras imaginaba la reacción de la amazona y el licenciado si les contaba cómo caí. Volví a oír el reclamo de un pájaro por encima de mi cabeza, y otro pájaro respondió desde las matas de bambú con una voz de alarma. Miré zanjón abajo, y vi con sorpresa tres gatos agazapados uno junto a otro sobre un tronco caído. Miraban prudentemente de un lado para otro, como hacen los gatos cuando incursionan en territorio hostil. De pronto, el primer gato salió corriendo y desapareció entre las sombras en el fondo del zanjón, a pocos metros de donde yo estaba. Los otros dos no tardaron en seguirlo, y desaparecieron también. Me quedé ahí quieto, bastante intrigado, pensando que los gatos no tardarían en salir de su escondite para seguir avanzando por el zanjón. La sombra era espesa y los gatos eran pardos o atigrados, así que tuve que esforzar la vista. Llegué a distinguir un montoncito de piedras, y pensé que se ocultaban detrás. Me quedé esperando a que el trío volviera a ponerse en movimiento, pero no volvieron a aparecer.

Vencido por la curiosidad, fui zanjón abajo hasta el montoncito de piedras donde los gatos se perdieron de vista. Entre las piedras había un hueco del tamaño justo para que pasara un gato. Hice a un lado unas piedras, y descubrí una especie de madriguera. Tuve que ponerme en cuclillas e inclinar la cabeza casi hasta el suelo para mirar dentro, con cuidado de no enlodarme más. Aunque más allá de la boca la cavidad se ensanchaba, la altura era apenas suficiente para que un hombre entrara a cuatro patas. No podía ser una madriguera —era un túnel recto y regular—, y pensé que sería un drenaje en desuso, porque parecía que iba en dirección a las caballerizas, pero ningún mal olor delataba la presencia de desperdicios o excrementos. Olía intensamente a tierra mojada. A una distancia que resultaba indefinible, vi un resplandor muy tenue. Se oía de vez en cuando el ruido de gotas de agua que caían sobre el barro o sobre algún charco en el interior del túnel. Recortado sobre la débil luminosidad en el fondo del túnel, algo se movió. Al principio pensé que eran los gatos, pero el bulto, que llegó a eclipsar la luz casi por completo, era demasiado grande. Distinguí dos como columnas opacas, que luego desaparecieron. De nuevo, no se veía más que una tenue zona de claridad en el fondo del túnel. Oí otro ruido —un débil ruido como de vidrio o porcelana, un tintineo inocente y familiar. Y luego se produjo un resplandor —¿el haz de luz de una linterna que alguien dirigió hacia mí?— y di un brinco del susto. Saqué la cabeza de la cueva y me levanté para subir tan rápido como pude, ayudándome con ambas manos, por la resbaladiza pendiente del zanjón.

Al llegar a lo alto miré a mi alrededor con ansiedad. No había nadie a la vista, pero advertí que alguien podía estar observándome desde la atalaya que despuntaba más allá del galpón de los establos. Miré para atrás, al fondo del zanjón, donde nada se movía y sólo había sombras. Quité un poco de lodo de mis pantalones, me sacudí las manos y me puse en camino de la casa de la frau.

Del zanjón al palo de tornear en el centro de la plaza adoquinada habría treinta pasos. Imaginando que el túnel conducía a un cuarto subterráneo debajo de los establos, seguí deprisa camino arriba sin mirar atrás.

De la zona de sombra bajo un alero del galpón, surgió un hombre armado y con cara de pocos amigos; me ordenó detenerme.

—¿Buscaba algo? —preguntó.

—No. Voy a casa de doña Bárbara —le dije, y señalé una cresta de la colina, donde estaba una casita color crema con tejas verdes.

El hombre me miró de arriba abajo con recelo y me dejó continuar.

Siete

—Me caí orinando —expliqué al entrar en la casita, para hacerles reír.

—Don Guido y la Vieja vienen para acá —me dijo el licenciado—. Les avisaron que estábamos aquí. Acaban de llamar a Bárbara.

—¿Estamos haciendo algo malo? —pregunté, porque Bárbara parecía preocupada.

—No. ¿Por qué? —me dijo Bárbara—. Tranquilo.

Por la ventana de una salita con toques de gusto alemán, vimos un momento más tarde a la comitiva rodante de los Carrión, que ya estaban aparcando en el garaje de la casa principal, del otro lado de una calzada de ladrillo que dividía los jardines.

—Aquí están ya —dijo Bárbara—. Mejor vamos.

Con un cuchillo romo que ella me había prestado, terminé de quitarme las costras de lodo pegadas a mi ropa, pero las manchas quedaron.

—Espero —me dijo en voz baja el licenciado, al salir de la casita después de Bárbara— que no venga enojado.

—*¿Enojado?* —dije, y seguí detrás de ellos—. ¿Por qué?

Caminamos en silencio hasta el pórtico de los Carrión. Dos hombres armados nos cachearon al licenciado y a mí antes de hacernos entrar por un zaguán a una sala amplia y blanca. Cuadros de paisajistas locales y una que otra marina de mal gusto colgaban de las paredes. Hacía fresco; se oía el ronroneo de un acondicionador de aire, y los vidrios de los ventanales estaban empañados. Un mayordomo en uniforme, un viejo con ojos vivos y cara de zorro, nos recibió a la entrada de la sala, donde nos esperaban los Carrión. Don Guido estaba hundido en un sillón con forro de cuero negro; y la Vieja, cuya pancita incipiente y nariz larga y afilada me hicieron pensar en un perico gordo, estaba de pie junto a él. Dos hombres armados entraron detrás de nosotros. Uno se colocó a la puerta principal, la que cerró cuidadosamente; el otro fue a ponerse junto a los ventanales detrás de los Carrión.

Don Guido, con sus ochenta y ocho recién cumplidos, recordaba un Santa Claus provinciano desprovisto de barba y disfraz. Sus mejillas sonrosadas parecían muy suaves, con unas arrugas que de tan finas llegaban a borrarse. Solamente sus manos, que descansaban sobre los brazos del sillón, unas manos con manchas pardas y grises en una piel escamosa, delataban al hombre de campo curtido y duro que había en él. Sus cejas y el poco pelo que le quedaba en la cabeza eran blancos.

El licenciado fue a darle la mano a él, luego a la Vieja, y yo hice lo mismo. Bárbara los saludó con un beso en la mejilla, y se sentó en una mecedora a la izquierda de don Guido. El licenciado y yo nos sentamos en un sofá de mimbre, y la Vieja permaneció de pie.

—Así que su amigo quiere uno de mis caballos —dijo don Guido al licenciado.

—Es lo que me ha dicho —respondió el licenciado.

La Vieja se inclinó sobre su padre y le dijo en voz alta y clara:

—Es el hijo de Rey Rosa, el textilero. Vino con él a tu fiesta. Te regaló un caballito de barro.

Don Guido asintió para indicar que se acordaba.

—Los muchachos aquí —indicó al hombre que tenía detrás de él, ligeramente a su derecha— me cuentan que lo vieron husmeando por ahí. ¿Qué es lo que buscaba?

Me habían visto desde la atalaya —pensé— y tenían algo que ocultar.

—¿Husmeando? —atiné a decir—. Bueno —respiré, recordando a los tres gatos—, no exactamente. Creo que lo puedo explicar.

El cuento de la meada y el resbalón pareció convencerlos, y cuando hablé de los gatos el anciano asintió.

—Vienen muchos gatos a la finca últimamente, por el bambú —dijo, y miró a la Vieja, que asintió a su vez, muy serio. Me sorprendió que no preguntaran acerca del túnel. ¿Tal vez no sabían que estaba ahí? No dije nada.

La Vieja se volvió al hombre que estaba de pie detrás de él. Le dijo:

—Wilfrido, ve a ver si esos gatos andan todavía por ahí.

El hombre hizo una especie de reverencia, atravesó la sala y salió de la casa.

—A ver —me dijo el anciano, que parecía en cierta manera apaciguado—, ¿cuál caballo quiere comprar?

—El que me gusta es un retinto, un potro a medio domar.

—El Duro III —dijo la Vieja, que se había sentado en un sillón junto a su padre.

—Creo que es ése —le dije.

—No está en venta en realidad —contestó. Miró a don Guido, y luego nos quedamos un momento en silencio.

—A usted tal vez consideraríamos vendérselo, por la estima que le tenemos a su papá —dijo don Guido—. ¿Imagina cuánto puede costar?

Dije que no.

—Por cien mil dólares es suyo —me dijo la Vieja.

Me reí.

—Como le digo, no estaba en venta.

—Es muy hermoso, pero todavía está muy joven —alegué.

—Es verdad.

—Tengo que pensarlo —dije—, aunque dudo que pueda permitirme un gasto así, por el momento al menos.

—Si se decide, el licenciado puede hacer el papeleo necesario, ¿no? —dijo don Guido—. Él ya tiene experiencia.

Entonces —pensé—, el licenciado actuaba como agente para los Carrión. Averiguarlo así no dejó de molestarme.

—Claro —dije—, seguro.

—De hecho —dijo la Vieja, y me tomó por sorpresa—, le vamos a hacer una rebaja.

—A ver —contesté, fuera de mi elemento.

—La mitad. Se lo doy por cincuenta mil. A ver si estamos hablando en serio.

El licenciado asintió con la cabeza y me miró con una sonrisa descarada.

—Un momento, un momento —protesté.

—*Ach, du* —hizo Bárbara, medio en broma, medio en serio.

—Mientras lo piensa —dijo entonces el anciano, sin dirigirse a nadie en particular—, qué dicen si nos tomamos un trago.

Llegó el mayordomo con una botella de whisky, vasos, agua, hielo. Por un momento casi olvidé por qué estábamos ahí en realidad. La conversación, que siguió girando alrededor de los caballos, nos llevó una vez más a mi padre y al Pregonero. Expliqué cómo, después de haber sido yo, de niño, adicto a la equitación, de un día para otro había dejado de montar, para dedicarme a los viajes y a las letras —entre otras cosas que preferí no mencionar.

—Después de eso mi padre —seguí diciéndole a don Guido— perdió el gusto por los caballos. Además, a un hijo de Pregonero, el único que había conservado, se lo mataron. Bueno, a esa conclusión llegamos. Una tarde, misteriosamente, el potro se salió de la cuadra, que mi padre tenía en un terreno al lado de su casa de la capital. Llegó hasta la calle, y fue atropellado por un camión. Al principio culpamos al caballerango, pero él logró convencernos de su inocencia. El presidente de turno, sí, de la república, había ofrecido a mi padre mucho dinero por ese caballo, pero mi padre se negó a vendérselo una y otra vez… El rumor era que fue él quien arregló la cosa para que el potro terminara así. Unos vecinos lo vieron salir a la calle a galope tendido, como si lo hubieran espantado. De todas formas, eso lo amargó a mi padre, sin duda. Nunca le gustó montar solo, y mi madre, que le lleva algunos años, dejó los picaderos poco después que yo. En su granja de Pinula tiene ahora sólo un par de caballos para las labores del campo.

—¿Y el gusto, le ha regresado, entonces? —me preguntó la Vieja, aunque se mostraba incrédulo.

—Creo que con lo que vimos en la fiesta el otro día…

—¡Tiene que animarse, entonces! —exclamó don Guido.

—Creo que cincuenta es todavía un poco excesivo para mí.

La Vieja soltó una carcajada.

—Hombre, tal vez para usted, pero no para su padre.

Nos servimos otra tanda de whiskies.

—Oiga —le dije a la Vieja un poco después—, la verdad es que me sabe muy mal, pero he decidido que no puedo comprar el potro. Ni soñarlo. Siento haberles causado esta molestia, hacerles volver por nada.

La Vieja dio unos sorbos de su whisky.

—No importa —dijo, como animado de pronto por un orgullo sombrío—. No queríamos vender ese caballo. —Hizo una pausa.— Pero no creo que usted tuviera intención de comprarlo. Ustedes —sus ojos pasaron de los míos a los del licenciado y de los del licenciado de vuelta a mí— vinieron a otra cosa.

Por un momento no se oyó más que el laborioso respirar de don Guido, y el ronronear del aire acondicionado.

—De usted no me extraña, hasta lo esperaba, licenciado —continuó la Vieja, y miró fugazmente a Bárbara—, ¿pero qué está haciendo este escritorcito del carajo aquí?

—Vieja, hermano —le dijo el licenciado, que había conservado una lúcida calma de notario—, estás equivocado. No hay gato encerrado, vinimos como amigos.

—Yo no soy amigo de ningún abogado —le respondió la Vieja, y revolvió los ojos—, ¡vos además sos un resentido!

—Está bien —dijo el licenciado, buscando un tono conciliador, y luego me miró—. ¿Nos vamos?

La idea de volver a la ciudad con él me disgustaba, pero dije que me parecía bien y me puse de pie.

En ese momento, el anciano, que había estado observando la escena en silencio y con los ojos entrecerrados, habló:

—Nada de eso —dijo—. Se van a quedar a almorzar.

—Gracias, don Guido, pero... —comenzó a decir el licenciado, que no se levantaba todavía.

—Se van a quedar —repitió el anciano con una intensidad que me asombró.

—¿Qué, nos quedamos? —me dijo el licenciado, poniendo cara de circunstancia.

—No sé... —Volví a sentarme.— Si nos invitan, desde luego.

Ocho

Era mediodía, un poco pronto para almorzar. La Vieja había salido de la sala, y volvió sumido en un mutismo que nadie quiso interrumpir. Tomamos el tercer whisky con una cordialidad forzada. Del comedor contiguo llegaban las voces del mayordomo y una criada, que ponían la mesa. Un poco más tarde el mayordomo entró en la sala. Con una sonrisita taimada, preguntó cuántos comeríamos carne de res. Todos asentimos, menos Bárbara.

Nos habíamos levantado para pasar al comedor, cuando el radio portátil del guardaespaldas que seguía con nosotros comenzó a sonar. El hombre armado y de aspecto rudo pareció suavizarse al sentir que lo observábamos mientras manipulaba el aparato.

La Vieja indicó al licenciado que se sentara a la derecha de su padre, que estaba ya a la cabecera. A mí me tocó la silla junto al licenciado, y Bárbara se sentó frente a mí.

La Vieja se acercó al guardaespaldas, que seguía hablando por el radio.

—¿Qué hay? —le preguntó.

—Hay problemas —contestó el otro—. Mejor voy a ver.

La Vieja dijo algo en voz tan baja que no alcancé a entenderle. El guardia salió, y la Vieja echó llave a la puerta. Luego se acercó a una ventana, desempañó un poco el cristal para mirar fuera, y corrió la cortina. Por fin vino a sentarse a la izquierda de su padre.

—¿Pasa algo? —le preguntó el anciano.

—Esperemos que no —dijo la Vieja.

Un momento más tarde se levantó para ir a tomar de una alacena una garrafa de cristal y se puso a decantar una botella de tinto español. Tuve la impresión de que lo hacía para ocultar su desasosiego.

El mayordomo entró por la puerta batiente que daba a la cocina con cuatro trozos de entraña en una bandeja plateada, que dejó en el centro de la mesa. Le dijo a Bárbara que traería enseguida algo para ella, y volvió a salir.

La Vieja estaba sirviendo vino en la copa de su padre, cuando, en lugar del mayordomo, entró por la puerta batiente un muchachote rubio y pecoso. Con el pelo grasiento y sin peinar, tenía la mirada de un loco, y su cara, un poco pálida, estaba cubierta de sudor. Noté unas manchas de lodo en las faldas de su camisa —una camisa de vestir azul— y en las rodillas de su pantalón negro de corduroy.

—Buen provecho —saludó con una voz fuerte pero destemplada.

La Vieja, que lo tenía a sus espaldas, derramó un poco de vino sobre el mantel al volverse. Don Guido dio un pequeño brinco en su silla.

—Sentate, por favor, papá —dijo el muchacho, con una sonrisa entre sarcástica y demente.

—¿Qué estás haciendo aquí? —le preguntó la Vieja al mismo tiempo que se sentaba.

—Salí a tomar un poco de aire —respondió el muchacho. Bordeó la mesa y fue a sentarse en la cabecera opuesta a la de su abuelo—, ¿te molesta?

La Vieja cerró y abrió los ojos, miró a su alrededor por encima de nuestras cabezas, como en busca de alguien que pudiera ayudarle pero que no estaba ahí. El anciano tenía la boca abierta y miraba a su nieto con estupor, como si no alcanzara a entender lo que ocurría.

—¿Cuándo regresaste? —preguntó, y el muchacho soltó una carcajada.

—No te han explicado —dijo—, pero pronto entenderás. Oye, Manuel —se volvió al mayordomo—, por favor, creo que yo también voy a comer. —Nos miró a todos, sin dejar de sonreír.— Hey —exclamó—, qué fresquito está aquí. —Miró a su alrededor, como si quisiera descubrir cambios en la sala.— Se me estaba olvidando lo que era el aire acondicionado. Pero qué cuadros tan feos.

—¿Quién te dejó salir? —dijo la Vieja.

—Wilfrido me hizo el favor —dijo el muchacho.

—¿Wilfrido? —La cara de la Vieja volvió a descomponerse.— Por favor, Claudio, vete a tu cuarto.

—¿A mi cuarto? —Claudio miró a un lado, sacudió ligeramente la cabeza, y luego volvió a clavar los ojos en su padre—, ¿o querés decir al calabozo?

—Dije a tu cuarto.

—Hazle caso —intervino Bárbara con voz insegura.

—Vos callate, chupavergas de mierda —le respondió el muchacho, pero sin dignarse mirarla.

—¡Claudio! No te permito…

El muchacho, que tenía las manos debajo de la mesa, alzó una, en la que empuñaba una pistola, y como al descuido la apuntó hacia la mujer.

—Sht, sht, sht —hizo—, no me gritès, por favor, que nunca me ha gustado.

La Vieja consiguió controlarse.

—Ésa es la pistola de Wilfrido —dijo.

El muchacho asintió altivamente con la cabeza.

—Por favor, Claudio —siguió la Vieja, componiendo el semblante—. Vamos a tu cuarto tú y yo a hablar de esto. No está bien dar un espectáculo. —Nos dirigió una mirada suplicante.

—¿Y quiénes son los invitados? —preguntó el muchacho. Miró al licenciado; luego, a mí—. Su cara me suena —le dijo después al licenciado—. Ya sé. El abogangster.

El licenciado se sonrió cínicamente. Dijo:

—Correcto.

—¿Y usted? —me preguntó el muchacho.

Dije mi nombre.

—Soy escritor —agregué.

El muchacho levantó las cejas.

—¿Escritor? Qué bien. ¿Y qué cosas escribe?

—Cuentos, novelas, lo que puedo.

—Mucho gusto, entonces —me dijo, y me tendió la mano—. ¿Pero qué está haciendo aquí?

—Vino a ver los caballos —explicó el licenciado.

—No le estoy hablando a usted —le contestó el muchacho, sin quitarme los ojos de encima—, así que hágase sho.

—Es cierto —dije—, vine a ver los caballos.

—Ya, ya —dijo el muchacho, y recorrió la mesa con la mirada—, pero comamos. ¡Manuel! —Dirigió el grito a la cocina.— ¡Rápido con mi puesto y mi copa, por favor!

—Ustedes sírvanse, comiencen, que se va a enfriar —nos dijo un momento después, y dejó la pistola en la mesa.

El licenciado obedeció; luego, por nerviosismo o distracción, pasó la bandeja a Bárbara.

—Yo no como carne roja —dijo la alemana—, gracias.

—No —dijo el muchacho mirando al licenciado—. La chupa nada más.

El licenciado se rió, como un estúpido. La Vieja iba a decir algo, se contuvo, clavó los ojos en su plato vacío.

Pasé la bandeja de carne a don Guido, como para salir del paso, y don Guido la rechazó.

—¿Qué? ¿No quiere, abuelo? —dijo el muchacho—, ¿no tiene hambre?

El anciano sacudió la cabeza, parecía que estaba a punto de llorar.

—¿Qué es lo que querés, Claudio? —dijo la Vieja.

—Esperemos un poco, ya te lo explico. Antes voy a saborear esta carnita —respondió el muchacho, mientras el mayordomo terminaba de ponerle los cubiertos.

—¿Va a querer vino, niño Claudio? —le preguntó, y alcanzó la garrafa para servirle.

El muchacho probó el vino, lo declaró excelente.

—¿Un brindis? —dijo. Levantó su copa, y el licenciado y yo levantamos las nuestras y las entrechocamos con incomodidad—. Por esta inesperada reunión.

Manuel regresó de la cocina con un pollo a las brasas para Bárbara.

—Hombre —dijo el muchacho—, una polla habría estado mejor, ¿no? —Miró a Bárbara; era la primera vez que lo hacía desde que entró en el comedor.

Esta vez la Vieja no pudo contenerse y golpeó la mesa con un puño.

—¡Frente a mí no vas a… —empezó a decir, cuando el muchacho levantó otra vez la pistola y apuntó a la cabeza de la mujer.

—¿Sí? —dijo.

La Vieja cerró los ojos y respiró profundamente, y el muchacho bajó la pistola y la puso en la mesa junto a su plato de carne. Tomó cuchillo y tenedor, consciente de que todos lo observábamos. Cortó un pedacito de carne, y antes de ponérselo en la boca hizo una pausa teatral para dirigirse al licenciado:

—¿Qué? ¿También usted sin apetito?

El licenciado parpadeó con un leve sobresalto, alargó una mano para servirse.

El muchacho se llevó a la boca el pedazo de carne y comenzó a masticar lentamente. Después tomó un poco de vino, y, con la comida todavía en la boca, dijo:

—Esto está excelente de verdad. Pero coman, coman, y dejen ya de mirarme.

Bárbara, el licenciado y yo le obedecimos, y la Vieja y el anciano siguieron mirándolo en silencio.

Había algo desmesurado en él, una grandeza como torturada y extraña. Se parecía poco a su padre, que era más bien pequeño, pero tenía el tinte del anciano y su constitución fornida. Los ojos grises, grandes pero fríos bajo una frente amplia, eran probablemente de la madre. Se había arreglado el pelo con una mano al comenzar a comer, y la expresión de locura desapareció de su cara para ser reemplazada por la placidez extrema de un angelote. Mientras comíamos hizo algún comentario acerca de los libros que había leído últimamente. Estaba con los cínicos griegos, dijo, que alternaba con novelas *western.*

—¿Y qué clase de cuentos escribe usted? —me preguntó después.

—Los que puedo —le dije.

—Eso parece buena idea. —Miró al licenciado y le dijo—: ¿Los ha leído usted?

—Varios, no todos.

—¿Ha escrito muchos libros? —me preguntó.

—Libritos, más bien. Una media docena.

El muchacho volvió a mirar al licenciado.

—¿Y qué tal?

—Bastante bien, bastante bien —contestó el licenciado—. Se leen con facilidad.

—Eso también parece buena idea —dijo el muchacho, y me miró con aprobación, o eso pensé—. ¿No les parece que aquí tenemos una historia? —Miró a su padre, luego a su abuelo.— ¿Tal vez una tragedia? —Se volvió al licenciado, y la expresión de locura regresó a su cara—: ¿Fue usted, licenciado? —dijo con voz intensa.

—¿Fui yo, qué? —dijo el licenciado. Vació de un sorbo su copa de vino y la dejó junto a su plato. Ahora parecía asustado.

—Entonces —dijo el muchacho— sí, fue usted. Pero no se preocupe, no importa. A ver. —Tomó la garrafa de vino y me la dio.— Sírvale un poco más.

—Yo te hacía en los Estados —dijo por fin el licenciado, como única explicación.

—No importa —repitió el muchacho—, todavía queda mucho paño que cortar, y tal vez usted termine trabajando para mí, después de todo.

—No entiendo muy bien cómo —estaba diciendo el licenciado, pero el muchacho le hizo callar.

—Ya, ya —le dijo—, de ahora en adelante, usted habla sólo cuando se lo indique yo.

«¿Qué estoy haciendo aquí? —pensé—. Esto va a terminar mal».

El muchacho me estaba observando. Se había fijado en las manchas de lodo en mi camisa.

—¿Y a usted qué le pasó? ¿Lo botó un caballo? —Se inclinó de lado para examinar el resto de mi ropa.

—Me resbalé mientras estaba meando. No pude meter las manos —le dije, sonreí.

El muchacho hizo una mueca divertida.

—A mí me pasó lo mismo —dijo, refiriéndose con la mirada a las manchas en su propia ropa—. ¿Y dónde meaba usted, pues?

Se lo expliqué. Se quedó pensativo un momento, y siguió cortando su carne.

Estuvimos otro rato en silencio.

Nueve

El muchacho volvió a mirarme, no dijo nada. Comenzó a sonar una versión electrónica de un vals de Chopin, y nos volvimos a la Vieja; era su teléfono celular. Lo sacó del estuche que llevaba al cinto, mientras el volumen de la melodía iba en ascenso.

—No contestés —dijo el muchacho—, a ver, pásamelo.

La Vieja dio el celular a Bárbara y ella lo pasó al muchacho.

—Cinco siete nueve cuatro siete dos dos dos —dijo el muchacho—. ¿Sergio de seguridad?

La Vieja asintió.

—No tardarán en regresar —dijo—. Claudio, estás cometiendo un error muy grande. Todavía es tiempo para dar marcha atrás.

—A ver —dijo el muchacho, mientras oprimía botones—, los vamos a llamar.

Se puso el aparato al oído y habló —forzó la voz, y sonó como su padre.

—Sí, Sergio. Todo bien aquí. Si ven a Wilfrido díganle que regrese. Pero que se quede fuera. Yo lo llamaré cuando terminemos de comer. No quiero interrupciones. No dejés pasar a nadie, no más visitas hoy. —Cortó, y apagó el celular.— Así podremos hablar con calma, ¿no? —miró alrededor de la mesa—. Tenemos muchas cosas de que hablar.

Nos ofreció más vino al licenciado y a mí, y los dos aceptamos. Miró de reojo a Bárbara, sacudió la cabeza, y llenó hasta el borde su propia copa. Después:

—¿Es verdad, papá, que fui desheredado? —dijo sin mirar a nadie.

—Vos no sos hijo mío —dijo la Vieja con voz clara.

—¿No? —El muchacho hizo una cara divertida.— Y yo que creía. Pero si nos parecemos bastante, ¿no? —Me miró, para que yo atestiguara el parecido.

Dije que me parecía indudable.

—Vos no sos mi hijo aunque yo te haya engendrado —dijo el padre.

—Entonces —contestó el muchacho—, sí me desheredaste. Muy bien. —Cortó sin prisa otro pedazo de carne, miró a su abuelo.— ¿Y tú también? —le preguntó.

El anciano dejó caer los párpados, los levantó despacio, no contestó.

—Supongo que eso fue un sí. O tal vez no se ha enterado —dijo el muchacho como si hablara consigo mismo. Se llevó la carne a la boca, masticó, tragó—. ¿Y qué hicieron con Mincho? —preguntó después.

La cabeza de Bárbara giró rápidamente, y sus ojos se clavaron en la Vieja. El anciano bajó la mirada y la Vieja frunció las cejas, no dijo nada.

—¿Pero *qué* le hicieron? —insistió Bárbara, que parecía estar al borde de una crisis histérica.

—Probablemente lo castraron —le dijo el muchacho.

—Nos robaba —dijo la Vieja sin convicción—. Lo despedimos.

—¿Qué? —dijo el muchacho—. ¿Qué te robó Mincho?

La Vieja guardó silencio.

En ese momento, la figura de un guardia se perfiló tras las cortinas de los ventanales, y el muchacho levantó la pistola y volvió a apuntar a Bárbara. La figura pasó de largo y desapareció.

El mayordomo llegó a recoger los platos poco después. Como si para él ya una tácita pero evidente transferencia de autoridad hubiera tenido lugar, le preguntó al muchacho si tomaríamos fruta o algún postre.

—¿Postre? —nos preguntó el muchacho al licenciado y a mí.

—Tal vez un café —dije.

—Yo también —dijo el licenciado.

—Llevanos tres cafés al despacho de papá, que ahí estaremos más tranquilos —le dijo el muchacho al mayordomo.

El mayordomo volvió a la cocina, y el muchacho nos hizo desfilar, con los viejos a la cabeza, por un pasillo largo hasta unas escaleras. Subimos al segundo piso y atravesamos otro corredor para llegar al despacho de la Vieja.

Era un cuarto amplio. Una librera (donde se veían pocos libros y muchos recuerdos de viajes) ocupaba la mitad de una pared. Había un juego de sofás y sillones con su mesita de centro, y un escritorio de madera de proporciones señoriales. En la pared detrás del escritorio estaba empotrada una caja fuerte, y en varias repisas alrededor de la caja había trofeos y diplomas de concursos ecuestres. En otra pared, una puerta de cristales daba a un pequeño balcón.

La Vieja y don Guido se sentaron en un sofá, que miraba al escritorio, y el muchacho cerró con llave la puerta del corredor. Le indicó a Bárbara un sillón cerca de la puerta, y el licenciado y yo fuimos invitados a sentarnos en otros dos sillones, de espaldas al balcón. El muchacho dio una vuelta por la pieza, echó una mirada por el balcón, por donde se veía la copa de un manzano cuyo follaje lleno de sol bloqueaba casi completamente la vista más allá de las rejas. Fue a sentarse al escritorio. Después de revolver un momento en los cajones, sacó un gran revólver negro, que nos mostró con un gesto burlonamente solemne, y lo puso sobre el escritorio.

—Vamos a esperar a que llegue ese café, y luego nos ponemos a platicar en serio. Mientras tanto, papi —se puso de pie, empujó su silla para acercarse a la caja fuerte—, dame la combinación, que tal vez aquí dentro hay algo que andaba buscando y que me gustaría discutir. Sobre todo aprovechando que tenemos con nosotros a un abogado.

La Vieja dijo no con la cabeza, y don Guido se volvió para mirarlo con semblante preocupado.

—¿Usted se la sabe, abuelo? —le preguntó el muchacho.

El anciano respondió que sí.

—Pues dígamela, entonces, que veo que usted ya me entendió.

La Vieja se quedó impasible, con los ojos fijos en un punto delante de él, mientras el anciano daba al muchacho los números y las direcciones de la combinación. Cuando la caja se abrió, el muchacho sacó unos fajos de papeles, talonarios de cheques, un joyero, y los fue poniendo con parsimonia en el escritorio.

—Ajá —dijo, y levantó en una mano un frasquito con grageas azules—. Sildenafil. Bravo, papá.

La Vieja cerró y abrió los ojos con visible fastidio.

—¿O son suyas, abuelo?

El anciano dijo no con la cabeza.

Seguimos observando al muchacho, que se había puesto a ordenar los objetos extraídos de la caja. Levantó las dos armas —la automática que traía consigo y el revólver que acababa de encontrar— y dijo con una sonrisa falsa:

—Así me siento mejor, creo.

Bajó las armas para dejarlas frente a él sobre el escritorio y se echó hacia atrás en su silla para mirar al techo un momento. Se me ocurrió que representaba el papel de algún héroe o algún villano de *western* o de *film noir,* con la afectación típica de un adolescente metido a mayor. Creo que los cinco lo mirábamos con una mezcla de miedo y estupor, pero también, al menos en mi caso, con admiración.

De vez en cuando, mientras seguía revisando los objetos y papeles extraídos de la caja, alzaba la vista, miraba a la Vieja o a Bárbara, al licenciado o al abuelo, y hacía un comentario por lo bajo o se reía.

Se oyó un trueno a lo lejos, y luego otro muy cercano que me hizo dar un brinco en mi asiento, y el muchacho se rió.

—También a mí me asustan —me dijo—, no lo puedo evitar.

Aunque al principio me pareció repulsivo, el muchacho comenzaba a hacérseme simpático. Y parecía claro que yo dependía sobre todo de él para salir a salvo de aquella absurda y peligrosa situación.

«¡El café!», anunció la voz del mayordomo desde el corredor. El muchacho tomó una pistola, me miró y cortésmente me pidió que fuera a abrir la puerta. Obedecí. El mayordomo entró con un azafate con tres tazas de café y una azucarera, lo dejó en la mesita de centro, y volvió a salir.

—Ponga llave —me ordenó el muchacho—. Y antes de sentarse, si no le molesta —continuó—, alcánceme una taza. Con una de azúcar, por favor.

Serví una cucharadita de azúcar en una taza de café muy negro, dejé la taza sobre el escritorio. Me serví azúcar, y volví a sentarme con mi taza en mi lugar.

Miré a mis espaldas; la tarde se había ensombrecido. No tardaría en llover.

«Si pudiera escribir esto tal cual», pensé.

Diez

El licenciado se inclinó hacia adelante para alcanzar la taza que quedaba en la bandeja, pero el muchacho objetó:

—No, licenciado —le dijo—, usted acaba de perder su derecho a ese café, que por cierto, está muy bueno, y quizá también a un par de cosas más. ¿Es de la finca, no, papá? —Vació su taza, paladeó el café, chascó la lengua. Levantó un dedo y lo puso sobre unos papeles en el escritorio.

Paralizado por las palabras del muchacho, el licenciado se había detenido con un brazo alargado hacia el café. Se echó para atrás en el sillón, respiró, no dijo nada.

—A ver —siguió el muchacho—, vamos a estudiar la situación. —Recorrió el cuarto con la mirada.— Mucho tiempo no tenemos, pero creo que alcanzará. —Cerró y abrió los ojos, se sonrió, me dijo—: Usted, que al principio me pareció un estorbo, me va a ayudar. Y usted... —Miró al licenciado, le mostró un documento escrito en papel timbrado y preguntó—: ¿Usted redactó esto?

—Eso fue hace tiempo —dijo el licenciado.

—No tanto —dijo el muchacho—, no tanto. Casi podría usted darse por muerto, pero tal vez vivirá, si no hace ninguna mulada más. Creo que todavía podemos arreglar esto. —Puso los documentos en el escritorio.— A ver, pues. —Cerró los ojos, volvió la cabeza hacia su padre, levantó los párpados.— Según estos papeles —dijo, al mismo tiempo que tomaba una de las pistolas para apuntar a Bárbara—, esta hija de puta es tu heredera universal. —Miró al licenciado.— ¿No es eso lo que dice aquí?

—Sí, Claudio —dijo el licenciado—. Eso dice, más o menos.

—La fecha —siguió el muchacho, y volvió a mirar a su padre— es muy reciente. ¿No hay un testamento anterior? ¿Papá?

La Vieja, que miraba fijamente a su hijo, no contestó.

—¿Licenciado? —preguntó el muchacho.

—No lo sé —dijo el licenciado—. No lo creo.

—Perfecto —se sonrió el muchacho—. Eso quiere decir, supongo, que hace poco el legítimo heredero era yo. ¿Licenciado?

—Sí —dijo el licenciado—, así es.

—Muy bien —dijo el muchacho; se recostó en el respaldo de su silla, y puso la pistola sobre el escritorio.

Nos miró de uno en uno, como si quisiera prever los movimientos de unas piezas sobre un tablero, pensé. Después se quedó un buen rato mirando hacia la ventana sin decir nada. Llovía con fuerza.

—¿Qué pasa si esta perra se muere? —preguntó de pronto al licenciado—. ¿Me convertiría yo de nuevo en heredero?

El licenciado afirmó con la cabeza.

—¿El legítimo, indiscutible heredero? —insistió el muchacho.

—Sí —dijo el abogado.

La Vieja habló:

—Has sido un mal hijo, Claudio, pero todavía te puedes corregir.

El muchacho lo miró y ladeó la cabeza.

—Callate, viejo de mierda, que estoy pensando.

La Vieja bajó la mirada.

Después de un rato el muchacho se volvió a Bárbara, la miró con dulzura fingida.

—¿Podés hacerme un favor? —le dijo.

—¿Sí? —contestó Bárbara, solícita.

—¿Podés quitarte la blusa?

—¿Qué? —La mujer se irguió, como electrizada.

—Que te quités la blusa, por favor —dijo el muchacho—. Aquí hace falta un poco de diversión.

—¿Que me quite la blusa? —quiso asegurarse Bárbara, empequeñecida.

—Creo que a todos nos gustaría, ¿no? —El muchacho nos miró al licenciado y a mí.— Yo apostaría a que no tenés brasier. —Le apuntó con la pistola.— Vamos, fuera esa ropa, que tanto tiempo tampoco tenemos.

Bárbara se sacó la blusa por la cabeza. Vimos la piel de su vientre, clara y pecosa, los músculos atractivamente firmes. Sus pechos eran pequeños y redondos, con pezones color rosa; no tenía sostén.

—Lo sabía. Gracias —le dijo el muchacho—. A ver, tirame esa blusa para acá.

Bárbara hizo una bola con la blusa y la lanzó al escritorio.

El muchacho la tomó, se puso a olfatearla, aprobó el olor, y la dejó sobre el escritorio.

—Ahora, por favor, desabrochate el pantalón.

Bárbara hizo una mueca de disgusto, pero se desabrochó el pantalón.

—El zíper —dijo el muchacho—, ¿podés bajártelo?

Bárbara comenzó a bajárselo. La Vieja se mordió una mano.

—Un poco más —pidió el muchacho, y la mujer obedeció. Apareció un calzón color naranja, por cuyos bordes de gasa asomaba abundante pelo púbico del mismo color llameante que el cabello de la mujer.

Estábamos como hipnotizados los cuatro mirando lo que ocurría, sin poder creerlo. El corazón me daba latidos fuertes y rápidos, para recordarme que estaba ahí realmente, que aquello no era un *reality show* radical —y que me había metido en un buen lío.

—¿Qué estás haciendo? —dijo el anciano, con una voz calmada, con una calma que tuvo el extraño efecto de helarme la sangre.

—Estoy pensando, abuelo —le contestó el muchacho—, estoy pensando en qué es lo que va a pasar aquí exactamente.

Tomó el revólver que había sacado del escritorio un momento atrás, y estuvo un rato contemplándolo.

—Tengo ganas de matarlos a todos —declaró—, pero todavía no sé con quién comenzar. Menos a usted —me dijo luego—, no se asuste.

—Tené cuidado —le dijo el anciano—, ésa es mi arma. Calmate, reflexioná. Todo puede arreglarse todavía, hombre. Me encargo yo.

El muchacho negó con la cabeza. Luego:

—Sí. A ver si esto funciona —dijo. Me miró—: ¿Cómo está su corazón?

—¿Mi corazón?

—Sí, su corazón, la bomba.

—¿La bomba?

—Sí, el músculo, el órgano.

—No sé. Creo que bien —dije, y miré mi taza de café, que ya estaba vacía.

—Porque estaba pensando en pedirle... ¿Ha probado esto? Sildenafil genérico. —Me mostró el frasquito.

Miré a mi alrededor, sin saber cómo reaccionar.

—¿Yo? —dije por fin.

—Sí, usted —dijo el muchacho, y luego miró a Bárbara—. ¿Le gustaría probar? —Me lanzó el botecito y lo agarré en el aire.

«Claro —pensé—. Un crimen pasional». Era una idea delirante; pero me pareció comprender. Bárbara y yo, sorprendidos por la Vieja —por ejemplo.

Probablemente también el anciano había comprendido. Con una rapidez que todavía no deja de admirarme, y que supongo que sorprendió a los otros tanto como a mí, se lanzó por encima de la mesita de café y el escritorio con un extraño gemido, y cayó sobre su nieto, que no tuvo tiempo para quitar el doble seguro del viejo revólver.

La Vieja se levantó rápidamente, apartó a don Guido y se sentó a horcajadas sobre su hijo. Al mismo tiempo que lo sujetaba por el cuello con una mano, con la otra le arrancó pistola y le quitó el seguro.

—Vos creíste que fue él, lo del caballo, pero fui yo —alcanzó a gritar el muchacho.

La Vieja tomó la blusa de Bárbara del escritorio, la colocó sobre la pistola para usarla como silenciador, y le dio un tiro al muchacho en la cabeza.

Once

La sien del muchacho sangró profusamente, pero su cara no fue deformada por la bala. El abuelo se había arrodillado junto a él, y se inclinó para darle un beso en la frente. Le cerró los ojos y le cubrió la cara con su chaqueta. Después, la Vieja devolvió la pistola a la mano de su hijo, y la hizo disparar de nuevo —la bala fue a incrustarse en una pared. Le sacó el teléfono celular de un bolsillo, y se lo puso al cinto. Tomó la blusa de Bárbara, que estaba manchada de sangre, la dejó caer al suelo.

Yo me había levantado, y tuve el impulso de tomar la automática que había quedado sobre el escritorio. Pero ¿qué iba a hacer yo con una pistola? —me pregunté. Miré al licenciado, que estaba inmóvil; con una mirada me indicó que volviera a sentarme. Dejé en el escritorio el frasco de pastillas, que tenía todavía en la mano, y permanecí de pie.

Bárbara se había cubierto la cara con las manos. Las bajó luego para taparse los pechos, se quedó mirando al muchacho muerto. La Vieja se le acercó y la envolvió con su chaqueta. Le puso una mano en un hombro, pero ella lo rechazó.

—¿Dónde está Mincho? —dijo, sin apartar la vista del muchacho.

—Calma, calma —le dijo la Vieja—. Te lo explicaré todo más tarde. Ahora es mejor que vayas a tu casa y esperes ahí. Yo iré a buscarte. Por favor.

Como una autómata, Bárbara se puso de pie, y salió del cuarto sin dirigir otra mirada a nadie. La Vieja volvió a cerrar la puerta con llave, y se quedó ahí, recostado contra la puerta, con la mirada perdida en la ventana, donde golpeaba la lluvia. Luego parpadeó, como si volviera de un ensueño, tomó el celular y marcó un número.

«Que alguien cuide a la señorita, va para su casa —dijo al aparato—. ¿Ya se reportó Wilfrido? ¿Con nadie? ¿Quién fue el último que lo vio? Averígüelo». Cortó la comunicación y dio tres pasos para dejarse caer en el sillón.

—No sé qué pensará usted —me dijo un poco después; y como yo no respondía, añadió—: A ver, díganos algo.

—No sé qué pensar —dije—, esto es una tragedia. Yo no soy quién para juzgar.

—Esto fue un suicidio —susurró la Vieja, y se cubrió la cara con una mano—, un suicidio.

El anciano, que se había sentado al escritorio y seguía mirando el cuerpo de su nieto, dijo como si nosotros no estuviéramos ahí:

—Tenía el diablo dentro, ya salió.

Nadie más dijo nada por un rato.

Al fin, el anciano, que se había repuesto y respiraba otra vez con calma, me miró y me dijo con voz lúgubre:

—No va a escribir nada acerca de todo esto.

No dije sí ni no.

La Vieja volvió a tomar su celular, marcó otro número.

«Que vengan a mi oficina Pedro y el Chencho, pero ya.» Colgó.

—Vaya historia —dijo luego, y miró a su alrededor—, vaya compañía. —Se rió con un sentido del humor inesperado.

Estuvimos en silencio otro rato, hasta que me animé a decir:

—Lamento lo que ha ocurrido, lo lamento de verdad. Me parece que ya es hora de que yo me vaya. —Miré al licenciado.— Usted supongo que querrá quedarse, que debería quedarse…

Sugerí que me diera las llaves del auto, para que yo lo devolviera a la agencia de alquiler. A él podían mandarlo luego a la ciudad en uno de los autos de los Carrión. Estuvo de acuerdo. Se puso de pie para entregarme las llaves.

—Confiamos en usted —me dijo—. Contamos con su discreción.

Fui a dar un apretón de manos a don Guido, que seguía sentado al escritorio.

—Lo siento mucho —le dije, y le di una palmada en el hombro—. Nos vemos.

La Vieja quiso detenerme:

—¿No puede esperar? Hay algunas cosas que me gustaría que aclaráramos ahora mismo. Acerca de lo que acaba de pasar, usted me entiende, antes de que la policía venga y se haga un parte.

—¿Sí? —dije—. ¿Van a venir?

—Ahora mismo los llamo. ¿A usted qué le parece, licenciado?

El licenciado metió las manos en los bolsillos del pantalón, reflexionó un momento.

—Hay dos maneras de verlo —dijo—. Si él no está aquí, si, digamos, nos ponemos de acuerdo en que no ha estado aquí, habrá un testigo menos, y eso simplificará las cosas. —Una pausa.— Si se queda, efectivamente, antes de que llegue la justicia sería bueno que nos pusiéramos de acuerdo.

—¿Acerca de? —les dije.

—De todo esto —me contestó la Vieja, y volvió los ojos al cadáver de su hijo—, de que esto fue un suicidio.

—Entiendo —contesté; los miré de uno en uno a los tres, me abstuve de mirar al muerto—. Pero preferiría no verme obligado a mentir. Es mejor que los deje. Yo no tenía en realidad por qué estar aquí, así que digamos que no estuve.

Pasé al lado de la Vieja y me acerqué a la puerta. Daba vuelta a la llave, cuando recibí un golpe en la nuca. «Como en cualquier película de gangsters» —fue lo que pensé, antes de caer al suelo.

Doce

Desperté con un dolor de nuca intenso. Estaba en una habitación amplia e irregular con paredes de piedra y ladrillo reforzadas con postes de madera enteriza. Aunque carecía de ventanas, no era un sitio del todo lóbrego. El techo, ligeramente abovedado, tendría tres metros de altura, y también era de piedra. Una escalerilla daba a la única entrada visible, una trampa en un ángulo del techo, al lado de la cual había un respiradero por el que pasaban unos cables. Comprendí que era un cuarto subterráneo. Yo estaba tendido en una cama, una cama bastante cómoda, sin cabecera, con sábanas de lino y edredones de pluma —aunque hacía bastante calor. Unos ruidos bajos llegaban de vez en cuando a través de la piedra del techo, lo que me hizo pensar que estaba bajo las caballerizas, que aquel *cloc-cloc* eran los cascos de los caballos al golpear el adoquín.

Al lado de la cama había una mesa de noche con una lámpara de lectura, que estaba encendida. Junto a la lámpara había tres linternas de distintos tamaños, un reloj despertador que no marchaba y un ventilador viejo y oxidado, que puse a funcionar. En el techo, directamente sobre la cama, había un reflector de rayos infrarrojos (¿para broncearse sin sol?) y un alambre eléctrico cruzaba la bóveda hasta la pared junto a la cama y bajaba hasta un interruptor en posición de apagado. En otro ángulo del techo había una camarita de vídeo con una luz roja que parpadeaba débil e irregularmente. Alguien estaría observándome, ¿o querían sólo hacerme creer que estaba siendo observado? Comprendí que al muchacho lo habían tenido encerrado en este sitio.

Me levanté de la cama. El suelo estaba cubierto de pellones blancos de pared a pared. En una de las paredes, la más ancha, colgaban varias pinturas de tamaños y temas diversos que, así como me desconcertaron, me causaron una sensación de simpatía y una curiosa familiaridad. El muchacho pintaba, pensé.

En otra pared se veían recortes de revistas y periódicos, papeles varios y fotografías. ¿La madre del muchacho? ¿Un hermano menor? ¿Domingo? En la pared adyacente a la cama, había una librera medio vacía y desordenada, con libros y revistas nuevas y viejas. En las repisas más altas había una serie de figurillas de barro y de piedra; de modo, pensé, que el muchacho modelaba y esculpía también. Al lado de la librera, en un rincón, había un pequeño escritorio con una computadora de modelo más o menos reciente y una impresora; encima del escritorio, un estante con un aparato de música, un televisor de pantalla plana, y un rimero de discos compactos. Un plato con una manzana comida a medias y un vaso con restos de leche estaban al lado del televisor.

En otro rincón, debajo de la escalera, había un inodoro, un lavamanos y una bañera de aluminio. Por encima del lavamanos había dos estantes de vidrio con cosas de aseo, y una caja de preservativos. Semiocultos tras una cortinita sucia debajo del lavamanos, encontré una serie de botes y pomos con cola y pigmentos, latas con buriles, pinceles, brochas de distintos tamaños y colores. Junto al inodoro había varias botellas de aguarrás y cubetas de aceite de cinco galones con barro fino o con arena.

Mientras observaba todo esto, me reconfortaba vagamente pensando en que al menos el muchacho había sido capaz de crear como una cápsula de tiempo en medio de su encierro, que había dado a aquella mazmorra un toque personal y hasta feliz; y me dije que tal vez, al fin y al cabo, pudo encontrarse bastante a gusto ahí.

Me tumbé de nuevo en la cama, y volví a recorrer el cuarto con la mirada.

Las pinturas que colgaban de las paredes no hablarían muy bien del muchacho en cuanto a habilidad artística. Había paisajes mal logrados y nada originales de la Bocacosta, naturalezas muertas, cabañas, algunas composiciones abstractas. Tampoco las figurillas de barro y de piedra (ecuestres casi todas) demostraban maestría. El simple hecho de que estuvieran ahí, el que un muchachote rubio y pecoso hubiera podido concebirlas y confeccionarlas en tales circunstancias, era lo que les daba valor. Me levanté de la cama pensando en que era injusto que a la disposición del muchacho para el arte le hubiera faltado aprendizaje. Me acerqué a una de las paredes, sin dejar de estar consciente de la cámara de vídeo por la que alguien podía estar observándome. De pronto, en las piedras manchadas por la humedad, pude distinguir figuras, o grupos de figuras más bien —de animales y personas y seres fantásticos—, que revelaban las conexiones de venas en las piedras. Con asombro descubrí que prácticamente todas las piedras habían sido buriladas. Claudio —pensé— había pasado aquí mucho, mucho tiempo. En la madera de vigas y postes me aguardaban otras sorpresas. Ahí pude leer, en letras de trazos rectilíneos y como apresurados: *Liberación Muerte a todos los padres Vida a todos los hijos (de la Gran Puta) Nictitación Hambre Carroña Carrión Gritos Quejas Grandes Ciudades Bienvenidos…*

Tumbado otra vez en la cama, comencé a preguntarme si las estancias del muchacho en el calabozo habrían sido varias, en diferentes épocas, o si habría sido una sola estancia prolongada. Incluso, se me ocurrió, era posible que las pinturas y los grabados en la piedra no fueran la obra de un solo hombre, sino la de una larga línea de precursores, de la cual el muchacho era la continuación.

Volví a levantarme y fui a la escalera para subir hasta la trampa, que estaba recubierta con planchas de

Trece

Casi podía ver el túnel —el túnel que yo había descubierto gracias a los gatos y que debía de llevar al pie del escritorio: un prolongado agujero de unos ochenta centímetros de diámetro, que atravesaba el lodo y la arena. El muchacho no habría sido un verdadero artista, acaso pudo ser un escritor interesante —me dije—, pero el pretexto del arte le había servido para disimular su verdadero trabajo, la excavación del túnel que había ido abriéndose para alcanzar la libertad.

Desde donde yo estaba habría veinte metros a la boca del túnel en el talud del zanjón, no mucho más. Una vez ahí, encubierto por el bosque de bambú, calculé que podría seguir zanjón abajo hasta los límites de la finca. En menos de media hora podría llegar hasta el camino real, donde no sería difícil conseguir un vehículo que me llevara a la ciudad. Lo más prudente habría sido huir de noche, pero no podía adivinar cuánto tiempo había pasado en el calabozo antes de volver en mí.

Encendí la luz y me incorporé para mirar a la cámara.

«¿Por qué me tienen aquí? No soy ningún oreja —dije—. No voy a denunciarlos. No tengo por qué. Puede garantizarlo el licenciado, ¿no es cierto, licenciado? Tal vez deberíamos hablar. Después de todo, estoy de acuerdo, fue un suicidio, lo de Claudio. Si hay alguien ahí —seguí un poco más tarde— denme una señal. Si no, voy a desconectar la cámara, que no me gusta que me estén mirando».

Fui hasta el escritorio y encendí la computadora. En el guardapantallas había una panorámica de campos

bronce. Empujé en vano con todas mis fuerzas, g
los puños. Bajé y fui al escritorio, para seguir ir
do. Me agaché a apretar el pulsador de la com
que estaba en el suelo. Y entonces, debajo del es
tres platillos de porcelana.

Retrocedí unos pasos para sentarme al b
cama. Estaba de espaldas a la cámara de vídeo,
rar en esa dirección, como si temiera que el sup
lante fuera capaz de adivinar mis pensamiento
presión de mi cara. Me quedé un rato obse
platillos. Estaban limpios los tres. Los gatos
habían lamido hasta la última gota de leche.

Turbado, temeroso y al mismo tiempo
do, casi eufórico, me acosté y apagué la luz.

de trigo dorado. Las cinco y cuarto, leí en el reloj de la pantalla, pero era imposible saber si amanecía o atardecía. Aparecieron varias carpetas sobre el escritorio electrónico. Intenté abrir una, pero hacía falta la clave, de modo que desistí. Regresé a la cama.

No se produjo ninguna señal. Trepé por la escalera y me las arreglé para alcanzar el cable de la cámara, que pasaba por el boquete del respiradero; tiré de él hasta que se desprendió, y la lucecita de la cámara dejó de parpadear.

Pensando en que además de la falsa cámara tal vez había micrófonos sin hilos en el calabozo, dije en voz alta: «Buenas noches. Ah, el desayuno lo quiero a las siete. Jugo de naranja, tostadas y café. Buenas noches otra vez». Cerré los ojos.

Dejé pasar algún tiempo. ¿Una hora? ¿Dos?

La oscuridad, salvo la mortecina y confusa luminosidad que queda atrapada en los recovecos de los nervios ópticos, era completa. Tomé una de las linternas de la mesa de noche, intenté encenderla, pero no daba luz. Tomé otra, que sí encendió. Aunque el rayo de luz que despedía era muy débil, decidí que sería suficiente, y me la guardé en un bolsillo del pantalón. Con temor, me deslicé de la cama al suelo alfombrado y me arrastré a través del cuarto. En la pared detrás del escritorio, descubrí una placa de madera con revoque de imitación piedra. La hice a un lado, pero no respiré el aire fresco que esperaba. Era como si del agujero en la pared brotara una oscuridad más densa aún que la del cuarto, y la débil luz de la linterna apenas la penetraba.

Antes de meterme en el túnel, por impulso, alcé una mano para tomar de encima del escritorio varios discos. Una vez dentro, volví a tapar la entrada. Me guardé los discos en la camisa y comencé a gatear.

Había avanzado sólo uno o dos metros, cuando me encontré con un bulto. Un gato gruñó y corrió túnel adentro. Toqué el bulto. Pelo. Una sustancia suave y pegajosa. Pensé que sería un gato muerto, pero reconocí con un escalofrío que lo que tocaba era pelo humano; una oreja helada; una nariz: la cabeza de un hombre —un hombre muerto. Estaba tumbado sobre el vientre. Otro escalofrío me sacudió al iluminar su perfil: los gatos le habían comido un ojo y comenzaban a mordisquear los labios. Pensé que sería Mincho, pero luego, por la ropa, reconocí a Wilfrido, el guardaespaldas. Tenía una herida, hecha con un buril probablemente, en la base del cráneo. Pasé por encima del cuerpo frío y tieso y seguí reptando por el agujero.

Wilfrido, supuse, habría seguido mis huellas por el zanjón hasta la boca del túnel, y entraría a investigar. El muchacho, que sin duda había visto mi silueta cuando me asomé a la boca del túnel detrás de los gatos, ya estaba preparado. Después de matar al guardaespaldas, y al comprender que su vía de escape estaba condenada, habría decidido quitarle el arma y poner toda la carne —como dicen— en el asador.

Me arrastré un rato por la arena y el lodo en la oscuridad, hasta que topé con unas piedras. Las moví sin dificultad, y respiré una bocanada de aire fresco. Estaba oscuro todavía pero los pájaros cantaban ya y se movían en las ramas de los árboles. Aparté más piedras para salir al zanjón. Con las fuertes lluvias de la tarde anterior las huellas que el guardaespaldas debió de dejar se habrían borrado por completo, y la boca del túnel no había sido descubierta todavía por los otros. Volví a tapar la entrada del túnel con las piedras, y bajé dando resbalones por el zanjón hasta el bosque de bambú. Escapé de la finca más o menos como lo había imaginado. A eso de mediodía, llegaba en autobús a la capital. (Creo que fue la primera vez que me sentí feliz de estar ahí —o tal vez la primera desde muy niño.) En el Obelisco tomé un taxi, que me llevó hasta el edificio de apartamentos donde vivo.

Catorce

Recibí una llamada del licenciado unos días más tarde. El tono era jovial.

—Usted se nos eclipsó. ¿Todo bien?

—Todavía me duele la nuca —le dije.

—Tiene suerte, mucha suerte. Me preocupaba, créame. La Vieja perdió los estribos. Cualquier cosa pudo pasar, ¿no? Pero en fin, ¿qué me dice?

No dije nada.

—¿Vio las necrológicas?

—No he leído los periódicos. Hace días que no salgo.

—Salió lo del muchacho, suponen que fue suicidio.

—Claro.

—Y apareció el guardaespaldas. Lejos de la finca, desde luego. Un ajuste de cuentas, para la prensa. Gatos comenzaban a comérselo, algo así titularon la noticia.

—Ya —le dije.

—Pues, ¿hay o no hay historia?

—¿Historia? Los elementos están, sí.

—Bueno, ¿y qué hace falta, según usted?

—Sería interesante saber qué pasó con Domingo.

—Tal vez con eso también podría ayudarle. ¿Me estoy ganando esa dedicatoria, o no?

Quedamos en vernos al día siguiente en un restaurante español. Los dos fuimos puntuales. Nos saludamos con cierta desconfianza.

Mientras tomábamos un tinto y una fabada más o menos aceptable, el licenciado me pidió que le contara cómo había logrado escapar. Discutimos la posibilidad de que alguien hubiera ayudado a Claudio a cavar el túnel desde el exterior; el licenciado pensaba que Domingo pudo hacerlo.

—Ah, le manda saludos Bárbara —me dijo después—. Por cierto, ha dicho que no aceptará ninguna herencia. Se va del país. A Alemania. Bueno, creo que ya se fue. Hoy mismo. —Miró su reloj.— Si el avión no la dejó.

Después de un momento, atiné a decir:

—Una mujer decente.

El licenciado asintió, pero una sonrisa maliciosa se esbozó en la comisura de sus labios.

—Me ha dicho que espera que no le dé miedo escribir.

—¿Miedo?

—¿Y si no, por qué no iba a escribir acerca de todo esto?

—A ver —le dije, con algo de impaciencia—, ¿usted no cree que pensaban matarme?

—No lo creo.

—¿Por qué no?

—Hay otras maneras de hacer callar a alguien, ¿no? —dijo, y movió los dedos para insinuar que podía haber dinero de por medio.

—¿Y a usted?

—Usted lo ha visto. Yo trabajaba para ellos. Sigilo profesional —arguyó, pero no acabó de convencerme.

—Bueno —le dije—, cuénteme lo que me quería contar.

El licenciado pidió más vino.

El muchacho tenía una larga trayectoria de mala conducta, me dijo. Él lo había conocido poco, pero la Vieja había contado a Bárbara muchas cosas que Bárbara acabó transmitiéndole a él, el licenciado. Desde muy pequeño, cuando su madre los abandonó, a Claudio lo habían mandado a pasar largas temporadas a casa de una prima hermana de la Vieja, que tenía varios hijos mayores que

Claudio. Éstos, muchachos muy ricos y consentidos, habían tenido una influencia nefasta sobre el niño. Lo llevaban a sus fiestas, lo inducían a emborracharse, a probar drogas, a tratar con mujeres. Pero sin duda, él tenía sus propias dotes para el vicio, dijo el licenciado con esa sonrisita que había llegado a caerme mal.

Estos primos —prosiguió— le habían trasmitido un gusto exagerado por el dinero. Recordaba un incidente, ocurrido años atrás, en el que Claudio acusó de robo a una de las sirvientas de su tía. Pero luego se descubrió que el ladrón había sido el niño, que tendría ocho o nueve años. Lo enviaron a Palo Verde como castigo, y fue entonces cuando conoció a Mincho.

—La vida de campo y la compañía de aquel joven trabajador ayudarían a regenerar al niño. Pero…

—¿Usted sabía que lo tenían encerrado en ese calabozo? —lo interrumpí.

—No. Pero esa clase de lugares, tal vez usted lo sabe, no es tan inusual en las fincas de por aquí —me dijo el licenciado—. Se usaban para encerrar a los peones problemáticos —otra vez la sonrisita— y a los ladrones.

—A mí me dio la impresión de que el muchacho había pasado mucho tiempo ahí —le dije.

—Es que Claudio empezó desde muy temprano, como le decía. La primera vez que supe de él fue hace unos cinco años. La Vieja me llamó. Estaba muy preocupado. Su hijo había extraído varios miles de quetzales de una de las cuentas corrientes de don Guido. Sí, a los diez años. ¿Nada mal, eh? Había tomado un cheque aquí, otro allá, de distintos talonarios. Falsificó la firma de su abuelo, y convenció a uno de los guardaespaldas, o al chofer de turno, no estoy seguro, pero al fin es lo mismo, ¿no?, para que los cobrara, probablemente a cambio de una comisión.

—Increíble —dije.

—No era sólo el dinero lo que le obsesionaba. También estaba el sexo —siguió diciendo el licenciado.

En uno de los discos que extraje del calabozo, yo había visto imágenes de zoofilia y tortura de animales (gatos, sobre todo), actos sexuales donde aparecía Claudio con otros niños y niñas, y toda clase de técnicas de masturbación.

—¿A quiénes permitían visitar al muchacho? —le pregunté, pensando en la caja de preservativos.

—Probablemente sólo a Mincho —me dijo.

Un mesero llegó a quitar la mesa, y estuvimos callados hasta que se alejó.

—No es extraño que el muchacho terminara teniendo una influencia negativa sobre Mincho. Y pienso que entre ellos pudo haber relaciones más allá de la amistad —me dijo—. Usted recuerda mi primera hipótesis. Mincho sí tuvo que ver con Bárbara (se acostaban, para ser más claro —me lo dijo ella finalmente). Supongamos que, después de sorprenderlos, lo despidieron de mala manera. Ella también me dijo que estaba segura de haber visto a los hombres de la Vieja que lo llevaban a la finca, atado de manos, el día después del show. Parece natural que quisieran interrogarlo por lo del caballo.

—La policía debió hacerlo —dije.

—Yo creo que cuando Claudio se enteró de que habían despedido a Mincho, decidió desquitarse con el caballo. No me extraña que alguien como él reaccionara de manera tan violenta, si Mincho era la única persona con quien tenía contacto —se sonrió otra vez cínicamente.

—Entonces usted sabía que el muchacho estaba aquí, y no en los Estados.

—Era un secreto —me dijo el licenciado—. Un secreto que prometí guardar. —Hizo una pausa.— Iban a mandarlo fuera, a un reformatorio en Washington, creo, o a otro lugar en los Estados. ¿Qué otra cosa podían hacer? Con nuestras instituciones... ¡Hombre! Parecía una medida comprensible. Hubo complicaciones para obtener el visado, eso fue todo. Si hubieran podido mandarlo antes, tal vez lo habrían salvado.

—Me pregunto si él sabría que Mincho y Bárbara…

—Seguramente lo sospechaba. Rayado el Mincho, de todas formas, ¿no?, componiéndose no sólo a la vieja, sino también al hijo del patrón.

—¿Y qué pasó con él, en su hipótesis?

El licenciado se pasó un dedo por el cuello de manera significativa.

—Claro —dije—, y nadie va a investigar más. Nunca se sabrá.

Con un susto, creí ver a uno de los pistoleros de la Vieja. Se había acercado a la barra del restaurante y me daba deliberadamente la espalda. Vestía pantalones vaqueros, una camisa amarilla y roja a cuadros y botas color crema.

—Suele ocurrir, como usted sabe —dijo el licenciado—. ¿Otro café? ¿Un digestivo?

Ciudad de Guatemala, diciembre del 2005

Sobre el autor

Rodrigo Rey Rosa nació en Guatemala en 1958. Después de abandonar la carrera de Medicina en su país, residió en Nueva York (donde estudió Cine) y en Tánger. En su primer viaje a Marruecos, en 1980, conoció a Paul Bowles, quien tradujo sus tres primeras obras al inglés. En su obra, traducida a varios idiomas, destacan los libros de relatos *El cuchillo del mendigo* (1985), *El agua quieta* (1989), *Cárcel de árboles* (1991), *Lo que soñó Sebastián* (1994), cuya adaptación cinematográfica dirigida por él mismo se presentó en el Festival de Sundance del 2004, y *Ningún lugar sagrado* (1998), y las novelas *El cojo bueno* (Alfaguara, 1995), *Que me maten si…* (1996), *La orilla africana* (1999), *Piedras encantadas* (2001), *Caballeriza* (2006), *El material humano* (2009), *Severina* (Alfaguara, 2011) y *Los sordos* (2012). Ha sido traductor de autores como Paul Bowles, Norman Lewis, Paul Léautaud y François Augiéras. Su obra le ha valido el reconocimiento unánime de la crítica internacional y el Premio Nacional de Literatura de Guatemala Miguel Ángel Asturias en el 2004.

Esta obra se terminó de imprimir en mayo 2014
en los talleres de PROcosa S.A. de C.V.
Santa Cruz, No.388, Col. Las Arboledas,
C.P. 13219, México, D.F.